김대산 **新무협 판타지 소설**
FANTASTIC ORIENTAL HEROES

잡조행 雜徂行

잡조행 3

김대산 新무협 판타지 소설

초판 1쇄 찍은 날 § 2009년 3월 17일
초판 1쇄 펴낸 날 § 2009년 3월 24일

지은이 § 김대산
펴낸이 § 서경석

편집장 § 문혜영
편집책임 § 이재권
편집 § 서지현

펴낸곳 § 도서출판 청어람
등록번호 § 제1081-1-89호
등록일자 § 1999. 5. 31
어람번호 § 제2-1697호

주소 § 경기도 부천시 원미구 심곡2동 163-2 서경B/D 3F (우) 420-822
전화 § 032-656-4452 팩스 § 032-656-4453
http://www.chungeoram.com
E-mail § eoram99@chollian.net

ⓒ 김대산, 2009

ISBN 978-89-251-1728-7 04810
ISBN 978-89-251-1681-5 (세트)

잡조행

3

이강(李强)

김대산 新무협 판타지 소설

FANTASTIC ORIENTAL HEROES

雜組行

청어람

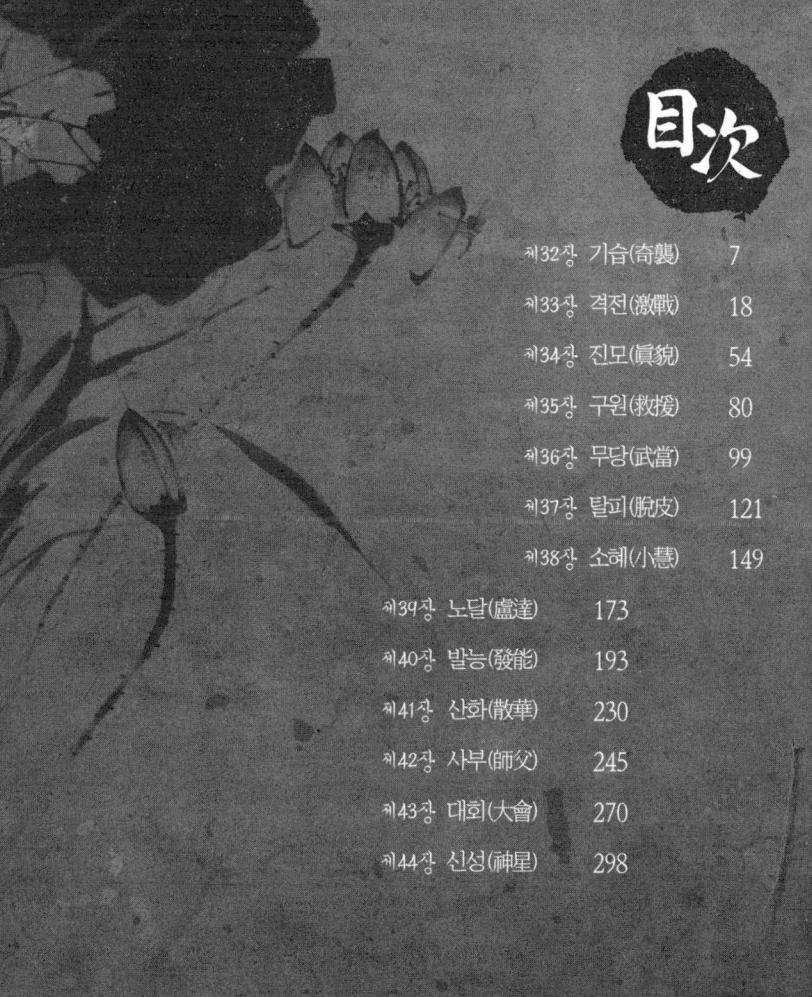

目次

三十二
기습(奇襲)

1

　밥을 먹고, 말들을 먹이고, 또 천막을 거두는 등의 노숙 뒷정리로 수행단의 아침은 분주하기 짝이 없었다.

　고이강과 도순학은 무거운 얼굴이었다. 아침 일찍 전도(前道)의 정찰을 나갔던 경계조가 복귀하여 올린 보고 때문이었다.

　십 리 전방에 정체를 알 수 없는 여러 작은 무리가 산개(散開)해 있는데, 그 복색(服色)에 통일됨이 없고 무리 간의 움직임에 뚜렷한 질서가 없는 것으로 보아, 아마도 여러 패의 녹림도(綠林徒)이거나 강호를 횡행(橫行)하는 낭인 무리인 듯하다는 것이었다.

도순학이 총수에게 전도의 정세가 수상함을 보고하며, 얼마간 출발을 미루는 것이 좋겠다고 조심스럽게 건의하였다. 그러나 총수는 웃으며 고개를 저었다.

　　"허허허! 자네는 다 좋은데 때로 너무 꼼꼼하게 구는 것이 탈이야! 무림맹의 맹주 문파인 무당파가 예서 겨우 삼십 리 지척인데, 기껏 녹림도당이나 낭인의 무리가 어찌 함부로 설칠 것인가? 그 수상쩍다는 무리들이란 그저 지나치는 소상(小商)들이나 될 테지."

　　"그러나 역으로 생각해 보면 이곳이 무당의 영향권하에 있는 지역임에도 그들 무리가 한두 개도 아니고 여러 개로 산개해 있다고 하니 더욱 수상해지는 것입니다. 만사 불여튼튼이라고 하지 않았습니까? 잠시 기다렸다가 무당파에서 사람들이 나온 다음에 출발하는 것이 가장 안전할 것입니다."

　　"무당파에서 사람들이 나온다는 얘기가 있었던가?"

　　"딱히 얘기가 있었던 것은 아니지만, 우리가 이곳에서 노숙한 것을 무당파에서도 알고 있으니 필시 아침에 마중하는 사람들을 내보낼 것입니다."

　　"허! 그럴 것 없대도? 자네의 우려가 사실이라고 해도 우리에게도 무사들이 없는 것이 아닌데, 그깟 녹림도나 낭인들에 대해 그처럼 크게 염려할 바는 아니지 않겠는가? 그리고 자네 말대로 이제 곧 무당파에서 마중하는 사람들이 올 터인데 도중에서 만나면 모르되, 우리가 예서 꼼짝하지 않고 그들을 기다리고 있는 것도 모양새가 영 우습지 않겠나?"

"하지만……."

도순학이 다시 한 번 주장을 세우려는데 총수는 가볍게 손을 저어 그를 제지하는 한편

"고 조장!"

하고 고이강을 불렀다. 고이강이,

"예! 총수 대인!"

하고 복명하자 총수가 확인하듯이 물었다.

"우리 쪽 무사들의 수가 어찌 된다고 하였던가?"

"경비조 열 명에, 본단 호부무사가 삼십 명으로, 총 사십 명입니다."

"허허허! 거기에다 자네가 있고, 또 남궁 공자 외 오대세가의 후기지수들이 있으며, 노부의 특별호법이 있지 않은가? 아니지! 정아(靜兒) 그 아이가 그래도 제법 검을 수련했다고 할수 있고, 또한 순동이 있으니… 흠! 여하튼 그만하면 웬만한 도적들쯤이야 떼를 지어 덤빈다 하더라도 능히 대적할 만하다 싶은데… 어떤가?"

"예?"

"경호조장으로서 자네 생각은 어떤가 말일세?"

고이강이 잠시 신중한 얼굴로 생각을 정리하는 기색이다가 곧 조심스럽게 대답했다.

"말씀하신 대로 지금 우리의 무력 정도면 강호의 웬만한

방파에 비해서도 크게 뒤지지 않는다고 할 수 있습니다. 다만……."

"다만?"

"막상 전면전이 벌어진다고 가정했을 때, 비전투 인력들을 어떻게 보호하느냐 하는 것이 관건이 될 것입니다. 그런 만큼 예상되는 위협요소가 있다면 미리 만반의 대비를 갖추어야만 할 것입니다."

고이강의 진지한 대답에 총수가 빙그레 웃으며,

"고 조장!"

하고 새삼스럽게 불렀다. 그에 고이강이,

"예!"

하고 대답하는데 사뭇 긴장한 얼굴이었다.

"도 조장과 오래 함께 있다 보니 자네도 조금씩 물이 들어가는 모양인가?"

"예?"

"그렇지 않은가? 본래 자네는 '가(可)!' 아니면 '부(不)!' 로만 대답하는 사람이었는데 이제 이처럼 말이 복잡해졌으니 말일세!"

그 말에 고이강이 자신도 모르게 힐끗 도순학을 돌아보고 나서,

"소직은 소직에게 맡겨진 직분을 다하기 위해 언제라도 목숨을 버릴 각오가 되어 있습니다."

하고 말하는데, 그 목소리에 뿌듯함이 들어가 있었다. 그에 총수가,

"하하하!"

하고 큰 소리로 웃고 나서 이번에는 도순학을 향해,

"어떤가, 도 조장! 고 조장이 자네만큼이나 빈틈없는 인사라는 건 누구보다도 자네가 잘 알 일! 이제 우리가 출발해도 되겠는가?"

하고 물었다. 총수가 그렇게까지 하는데야 도순학이 뭐라고 덧붙일 말이 있겠는가? 그저 허리를 숙일 뿐이었다.

2

가까이까지 다가와 있던 산들이 점차 멀어지고 있었다. 그러더니 이윽고는 관도 양편으로 제법 사방이 트이며 나지막한 초목들과 바위들만 듬성듬성한 황무지의 평지가 펼쳐졌다.

선두에서 속보(速步)로 말을 달리며 전방을 살피던 고이강의 눈빛이 반짝 빛을 발했다.

삼십여 장 앞쪽의 완만하게 굽어지는 모퉁이를 십여 명의 무리가 막 돌아 나오고 있었다. 고이강은 곧바로 긴장하며 고삐를 잡아당겨 말의 걸음을 완보(緩步)로 늦추었다. 그러나 당황할 일까지는 아니었다. 이미 우려하던 바였고, 또 충분히

대비하고 있던 바인 것이다.

선두의 고이강이 말의 속도를 늦추자, 그 뒤를 따르던 열 대의 사두마차가 잇달아 속도를 줄였다. 그리고 선두와 중간, 그리고 후미로 나누어 배치된 무사들의 움직임이 바빠졌다.

고이강의 수신호에 따라 무사들 속에 섞인 열 명의 경호조원이 말을 달려 앞뒤를 오가며 빠르게 대열을 정비하였다.

그러나 아무 일도 일어나지 않았다. 아직 십여 장이나 거리가 있었는데도 저편에서는 미리 관도 변의 초지로 내려서서 순행단에게 길을 비켜주었다.

비슷한 형태로 고이강은 벌써 대여섯 개의 무리를 지나쳤다. 작게는 대여섯씩, 많게는 스물에 가까운 숫자의 무리였다. 그때마다 긴장했지만, 그들은 하나같이 관도의 양편으로 물러나며 길을 비켜주었다. 대개는 순행단의 규모에 놀란 듯 입을 벌리고 구경하는 모습이었다. 하긴 사두마차만 열 대에, 행렬을 보호하는 기마가 오십여 명에 이르는 대규모의 행렬을 보는 것이 흔한 일은 아닐 것이다.

한동안 곧게 뻗어 있던 관도는 오십여 장 앞쪽에서 다시 완만하게 굽어지고 있었다. 그리고 다시금 한 무리의 사람들이 그 모퉁이를 돌아 나오는 것을 고이강은 이제 별생각없이 보고 있었다.

딱히 긴장을 늦추었다는 것은 아니지만, 고이강은 자신도 모르게 무리들과 마주치는 일에 익숙해져 있었다. 그러던 중에 그는 언뜻 이마를 찌푸렸다. 생각보다 무리의 수가 많았다. 모퉁이를 돌아 나온 자들이 이십 명에 이르더니, 금방 다시 삼십 명이 되는데, 아직도 그 끝이 보이지 않았다.

'심상치 않다!'

흠칫 긴장한 고이강이 급하게 사방의 형세를 살피는 순간 돌연 앞쪽에서,

"와!"

하는 함성이 일었다. 고이강이 놀라 앞쪽을 바라보니 무리들이 저마다 병장기를 뽑아 들고 질주해 오는데, 그 숫자가 백여 명으로 불어나 있었다.

"적이다!"

고이강이 크게 외치며 행렬을 세우는데, 이번에는 다시 뒤쪽에서,

"와아!"

하는 커다란 함성이 일었다. 역시나 족히 백여 명에 이르는 무리였다. 고이강이 냉정을 찾으며,

"방어대형을 갖춰라!"

"응전조(應戰組)는 전후로 대응하라!"

하고 잇달아 명령을 하달했다. 그에 따라 행렬이 분주히 움직였다. 경호조는 다섯 명씩 나뉘어 신속히 행렬의 전방과 후방으로 나아갔다. 그리고 호부의 무사들은 각기 가까이에 있는 마차에서 병장기들을 내려 무장을 갖추는데, 커다란 방패

와 창, 그리고 활 등이었다. 행렬의 전후방에서는 곧바로,

챙!

채앵!

차차창!

급박하게 병장기 부딪치는 소리가 울리는 가운데 경호조와 적의 선봉들 간에 접전이 벌어졌다.

그러나 경호조원들 각각의 무공이 뛰어나다고는 하나 겨우 다섯 명씩일 뿐인데 삽시간에 열 명, 스무 명으로 불어나는 적을 감당하기란 역부족이었다. 경호조원들이 금세 행렬 쪽으로 되밀릴 때였다.

"궁사(弓射)!"

하는 고이강의 명령이 있었고 곧바로,

쉿!

쉬쉿!

쉬쉬쉿!

하는 소리들이 허공을 갈랐다. 화살이었다. 행렬의 앞뒤에서 각기 수십 대의 화살이 적들을 향해 쏘아졌다.

"악!"

"으악!"

비명 소리와 함께 적들 중 선두의 서넛이 바닥으로 나뒹굴었고, 그 바람에 달려오던 적들의 기세가 일시 주춤하였다. 그때 다시 고이강이,

"회진(回陣)!"

하고 명령하자 그에 경호조원들은 신속히 후퇴하여 행렬 중으로 복귀하였다.

그사이 행렬은 이미 대강의 방어진형을 갖추었으니, 일렬이던 십여 대의 마차가 빠르게 움직여 총수가 탄 마차를 가운데다 두고 방원 십 장여의 사방을 빙 둘러막음으로써 원형의 방어진을 구축하였다. 그리고 마차들의 사이사이에는 호부의 무사들이 배치되어 키 높이의 방패를 앞에 세우고 그 틈새로 활과 창을 겨누었다.

사실은 그러한 것들이 다·만약의 경우를 대비하여 미리 역할을 나누고 상황별로 방침을 정하여 둔 덕분이었다.

고이강의 얼굴은 딱딱하게 굳어 있었다. 급한 불을 끄고 한숨을 돌렸다고는 하나, 그들은 지금 완전히 포위된 형세가 되고 만 것이다.

적들의 숫자는 앞뒤로 근 이백여에 달했다. 순행단 전체의 두 배요, 실질적인 전투인력으로만 따지자면 네 배에 달하는 숫자였다. 그런 중에 고이강을 더욱 절망하게 만드는 것은, 적들이 결코 숫자만 많은 오합지졸로 보이지 않는다는 사실이었다.

적들의 움직임에는 지휘체계가 있어 보였으며, 그 각각의 무공들 또한 결코 만만해 보이지가 않았다. 경호조원들은 몰라도 호부의 무사들과는 족히 대적이 될 만하다 싶은 것이었다.

더욱이 그들에게도 정예가 있을 것이고, 이 정도 규모의 무리를 이처럼 능란하게 통제할 정도라면 적의 수뇌는 결코 보통의 인물이 아니라고 보아야만 했다.

그렇다면 총수가 믿고 있으며, 고이강 자신 또한 최후의 안배로 생각하고 있는 특별호법과 순동, 그리고 남궁세옥 등이 다 나선다 하더라도 지금의 이 위기를 능히 타파한다고 확실히 보장할 수는 없지 않겠는가.

'놈들은 우리가 누구인지 알고 있으며, 치밀하고도 대담한 계획하에 우리를 공격한 것이다. 대체 어떤 놈들이기에?'

소강상태는 잠시뿐이었다.

앞뒤의 적들로부터,

쉬싯!

쉬쉬싯!

수쉬쉬쉬싯!

하고 화살비가 쏟아지는데, 호부의 무사들은 방패 뒤에 숨어 감히 바깥으로 머리를 내놓지 못했다. 적들은 화살을 쏘는 한편,

"와!"

"와아!"

하고 함성을 지르며 다시 돌격을 감행해 왔다. 전황을 보고 있던 고이강이,

"응사(應射)하라!"

하고 독려하여 호부의 무사들이 겨우 마주 화살을 쏘았으나, 그때는 이미 적들의 선두가 가까이까지 바짝 근접한 터라 별반 효과를 보지 못하였다.

이윽고는 적들의 선봉이 방패진에 이르러 칼로 내리찍고 창으로 찌르며 치열한 근접전이 벌어졌다. 그리고 다시 얼마 안 가 방패진은 조금씩 조금씩 뒤로 밀리는 형국이 되었다.

三十三
격전(激戰)

1

챙!

채챙!

캉!

카캉!

사방에서 치열한 전투의 소음들이 난무하는 가운데, 잡조
는 마차 안에 죽은 듯이 웅크리고 있었다.

사실은 그것 또한 이런 상황에 대비해 미리 정해진 바였다.
만약의 전투상황에서 그들처럼 비전투원으로 분류된 사람들
은 마차 안에 그대로 머물러 있는 것이 차라리 안전하다고 판
단된 것이다.

하긴 찰나의 순간에 목숨이 왔다 갔다 하는 치열한 전투상
황에서 무방비의 비전투원들이야 파리 목숨이나 진배없다고
할 것이니, 마차의 출입문과 측면 창들을 단단히 걸어 잠그고
죽은 듯이 들어앉아 있는 것이 차라리 안전할 것이었다. 물론
그런 데에는 상단의 마차가 일반의 마차와는 달리 제법 단단
하게 제작되었다는 사실에 기대는 바도 약간은 있었다.

다만 비상상황에서도 예외는 있었다. 바로 중요 인물로 분
류된 소수의 사람들은 전투상황이 벌어지고 방어진형이 구
축되는 즉시 총수의 마차로 이동하는 것으로 되어 있는 것이
다. 이를테면 이번 순행에서 총수를 보필하여 제반실무를 관
장하는 다섯 명의 행장 급(行長級) 인사가 바로 그런 경우였
다.

솔직한 말로 잡부나 경호무사들이야 결원이 생기면 언제
라도 다시 채용하면 될 일이겠으나, 상단의 핵심 인력들이 어
디 그런가? 핵심 급의 인재를 양성하는 데는 상당한 비용과
노력을 투자하고도 적어도 십 년 이상은 걸리는 일이니 말이
다.

지금 잡조가 탄 마차 안에도 예외가 하나 있었다. 바로 유
정이다. 유정이 사해상단의 후계자 신분이니 그녀보다 더
중요한 이가 또 있겠는가? 그러니 그녀와 순동은 전투상황
이 벌어지는 즉시로 총수의 마차로 가도록 되어 있는 것이
었다.

그런데도 그녀는 지금 그대로 잡조와 함께 마차에 머물러 있었다. 누구라도 그녀에게 총수의 마차로 옮길 것을 재촉할 만도 하건만, 누구도 그런 충심(?)을 보이는 이는 없었다.

순동에게 기대할 바도 아닌 것이, 그의 인물됨이야 원래부터 유정의 곁에서 떨어지라는 것만 아니면 유정이 하고자 하는 대로 무조건 따르는 인물이 아니던가. 순동은 지금 이 순간도 예의 그 해맑은 얼굴로 얌전히 유정의 곁에 앉아만 있었다. 그때였다. 마차 바로 가까이에서,

"악!"

"으악!"

하고 두 마디의 다급하고도 처참한 비명 소리가 들렸다. 윤파가 저도 모르게,

"제기랄!"

하는 소리를 뱉고 마는데, 그 비명이 귀에 익은 것이 아무래도 호부무사의 것인 듯하기 때문이리라.

윤파가 얼굴을 일그러뜨린 채 가만히 측면 창의 걸쇠를 풀고 틈을 만들어 밖을 살필 때, 강산이 슬쩍 윤파의 곁으로 붙어 앉았다. 그런 후 강산은 창문을 더 밀어 아예 한 뼘이나 되도록 열어버렸다.

윤파와 다른 이들 모두가 영문을 몰라 눈을 크게 떴다. 그러나 강산은 묵묵히 소매 어림을 잠깐 주섬주섬 하였다. 이어

오른손 검지를 시위 삼아 둥글게 말고 그 위에 엄지의 손톱을
활처럼 걸어 창틈에다 대고는 뭔가를 올려 가볍게 튕겨냈다.

틱!

손가락 튕기는 소리가 났다. 이어 조원들은 곧바로,

"윽!"

하는 다급한 비명 소리를 들었다. 그러나 그때쯤 바깥에서
는 비명 소리들이 점차로 늘어나고 있었기에 그것이 방금 강
산의 행위와 관련된 것이라고 결부시키기에는 무리가 있었
다. 그때 깅산이 다시 창틈으로 바깥을 한번 살피고 난 다음
에,

틱!

틱!

하고 두 번 연속으로 손가락을 튕겨 냈다. 그러자,

"큭!"

"악!"

하고 마치 장단을 맞추듯이 두 번의 비명이 울리는 것이었
다. 그제야 조원들은 강산이 재주를 부리고 있다는 것을 확연
히 알게 되었다. 일전 그들이 황보세가에서 이미 한차례 견식
해 본 바 있던 강산의 그 엉뚱하면서도 기묘한 재주를 보며
선변이 감탄인지 탄식인지 모를 소리로,

"탄두신공(彈豆神功)."

하고 나직이 중얼거렸다. 아마도 예전 그때에 강산이 대충

주워섬겼던 말을 문득 기억해 낸 것이리라.

2

워낙 중과부적의 형세였다. 피를 뿌리며 바닥에 쓰러지는
자가 속출하고 있었다.

"악!"

"으악!"

속속 비명을 지르며 쓰러지는 이들은 대개는 호부의 무사
들이었다. 그런 가운데 방어진의 곳곳이 금방이라도 뚫리고
말 위급지경으로 몰리고 있었다.

그때 방어진의 중심부에는 도순학과 고이강, 그리고 남궁
세옥과 제갈중, 황보소추 등이 초조한 기색으로 사방의 형세
를 살피며 서 있었는데, 도순학이 문득 결연한 기색으로 고이
강을 보며,

"이대로는 안 되겠네. 방어진의 범위가 너무 넓어! 즉시 최
후 대응을 지시하게!"

하고 말하였다. 그러나 고이강은 대답 대신에 굳어 있던 얼
굴을 더욱 딱딱하게 굳혔다. 도순학이 다시,

"뭘 망설이나? 상황을 냉정하게 읽게! 더 이상 미루다가는
자칫 돌이킬 수 없는 상황을 초래하게 된다는 것을 알지 않
나?"

하고 재촉하자 고이강은 그제야 무겁게 침음성을 뱉었다.

"으음!"

고이강이 이어 소매 속에서 두 자루의 판관필을 꺼내 든 다음 도순학의 등을 떠밀었다.

"마차 안으로 들어가게!"

뒤이어 고이강은 허공을 향해 날카롭게 휘파람을 불었다.

삐이익!

그 즉시로 적들과 치열하게 접전을 벌이고 있던 상단의 방어진이 일제히 뒤로 물러섰다. 방어 범위를 좁히는 것이었다. 모든 것을 포기하고 오로지 총수의 마차만을 방어하려는 것이다.

그럼으로써 다른 마차들은 버려진 것이었다. 여전히 그 안에 숨어 있는 사람들을 포함해서.

"정렬(整列)!"

고이강의 명령에 따라 원형으로 늘어선 방패들이 바짝 밀착하여 틈새를 좁혔다. 그 뒤에 팽팽히 시위가 당겨진 활과 장창(長槍)들이 적들을 겨누었다.

이백여 명의 적에게 겹겹이 포위된 상황에서 고이강이 내력을 끌어올려 결연히 외쳤다.

"죽음으로써 각자의 위치를 사수한다!"

그에 상단무사들이 일제히,

"옙!"

하고 비장하게 복명하였다. 그들이 보이는 결사의 각오 때문인지 열 몇 배나 되는 숫자의 적들의 기세가 일시 주춤하는 듯했다. 그때 마차 앞문에 달린 작은 쪽문이 열리며 도순학이,

"고 조장!"

하고 급하게 고이강을 찾았다.

고이강이 재빨리 다가가자 도순학이 목소리를 낮추어,

"아가씨는 어디에 계시나?"

하고 물었다. 순간 고이강은 흠칫 어깨를 떨고 말았다. 총수의 안위에만 집중하느라, 미처 유정에게까지는 신경을 쓰지 못하였던 것이다.

퍼뜩 고개를 돌리는 고이강의 당황한 눈길이 이제는 적들의 포위망 바깥쪽에 버려진 한 대의 마차 쪽으로 가서 꽂혔다. 바로 잡조가 타고 있는 마차였다. 그때 마차 안으로부터 총수의 무겁고도 다급한 목소리가 들려왔다.

"지금 즉시 정아를 데려오게!"

그런데 그 말에 고이강이 뭐라 답하기 전에 옆의 다른 이에게서,

"저희들이 가겠습니다."

하는 대답이 있었다. 남궁세옥이었다. 그와 오대세가의 다른 두 청년의 눈빛은 지금 불굴의 기개로 번뜩이고 있었다. 이어 총수의,

"부탁하네!"

하는 말이 있자마자 남궁세옥이,

"갑시다!"

하고 곧장 앞으로 나아갔고, 제갈중과 황보소추가 지체없이 그를 뒤따랐다. 그리고 그들이 방패진의 한쪽을 열고 바깥으로 나서는 것으로써, 잠시 소강상태였던 양측의 접전은 다시 치열하게 불붙었다.

채채채챙!

차차차창!

그들 세 명의 청년이 맹렬히 검을 휘두르며 앞으로 치고 나아가는데 그 놀라운 무공과 용맹에 적들은 감히 그들의 앞을 막아설 엄두를 내지 못하고 우르르 다투어 물러서기에 급급해했다. 그리하여 세 청년의 앞으로는 마치 물길이 갈라지듯이 길이 만들어졌다. 그러나 그것은 잠시일 뿐이었다. 적진 중에서,

"놈들을 막아!"

하는 노갈이 터지자 곧바로 십여 명으로 이루어진 일대(一隊)의 창수(槍手)들이 반원형으로 벌려 서며 남궁세옥 등을 맞아 나오는 것이었다.

남궁세옥 등의 무공이 탁월하다 하나, 사방에 적을 둔 상황에서 짧은 검으로 그 십여 명의 창수(槍手)를 일시에 돌파해 나갈 수는 없는 노릇이라 그대로 발걸음이 묶이고 말았다. 그

때 마차의 주변 사방에서도 치열한 격전이 벌어지고 있었다.

챙!

채챙!

검 부딪치는 소리 사이에,

쉿!

쉬쉿!

화살 쏘아지는 소리.

핏!

피잇!

창 날아가는 소리.

캉!

카앙!

창이 방패에 가서 부딪치는 소리들이 난무하였다. 그런 중에,

"으악!"

"크악!"

누구의 것인지도 구분 못할 비명들이 처참하고도 애절하게 터져 나왔다.

고이강은 버티고 선 자리에서 움직이지 않았다. 그가 접전 속으로 뛰어드는 순간 그렇지 않아도 위태롭기만 한 전세의 중심이 한순간에 무너져 버릴 것을 알기 때문이었다.

무엇보다도 그의 임무는 이 싸움에서 이기는 것이 아니었다. 어떻게 하든 총수 대인의 안전을 확보해야만 하는 것이었다.

이대로 얼마나 더 버틸 수 있을지는 참으로 암담했다. 그러나 버티는 데까지 버텨보는 수밖에 없었다. 그러는 중에 어떤 형태로든 변수가 생기기를 바라야만 했다. 그리고 그때야말로 마지막으로 자신과 마차 안의 특별호법이 나설 때였다. 오로지 총수 대인의 목숨을 구하기 위해.

바로 그때였다. 놀연 먼 전방에서,

휘이이이익!

하고 사람들의 귓전을 웅하니 떨어 울리는 날카로운 휘파람 소리가 길게 울렸다. 그런데 그 휘파람 소리에 녹아 있는 내력이 얼마나 심후하던지 휘파람을 분 사람은 아직 보이지도 않는데, 다만 그 소리만으로도 격전 중이던 피아의 사람들을 일시 흠칫하여 멈추게 만들 정도였다.

고이강의 낯빛이 크게 변했다. 피아를 판단하기는 아직 일렀지만, 방금 장소(長嘯)의 주인은 우군이기보다는 필시 적의 편일 공산이 다분하였다.

휘파람 소리에 실린 내력의 정도로 가늠하여 보건대 무당의 사람이라면 적어도 일대제자 이상일 것이었다. 그러나 무당의 일대제자라면 장로 급인데 그런 인물이 산 밑에 내려와 마중하는 정도라면 또 모르되, 삼십 리 바깥까지나 마중을 나온다는 것은 아무리 사해상단 총수의 방문이라고 해도 과례(過禮)라고 할 일이었다.

사실 고이강이 지금 누구보다도 절실하게 무당의 구원을 기다리는 입장이긴 하나, 같은 이유로 무당의 이대제자들 몇몇이 마중 나오는 정도를 예상하고 있는 것이었다. 그러나 적의 무력이 이만큼이나 대단하다는 걸 알게 된 이쯤에는, 그들 몇몇의 무당 제자들이 온다고 하더라도 직면한 위기를 벗어나는데 도움이 되지는 않을 것이라는 좌절을 가지고 있는 중이었다.

그때 동쪽 멀리서 한 사람이 치달려 오고 있었는데, 그야말로 질풍 같은 기세였다. 그 사람은 키 작은 초목들과 바위들로 굴곡 심한 황무지를 마치 평지처럼 달려서 잠깐 보고 있는 사이에 어느새 십여 장 가까이로 거리를 좁혀오는 것이었다.

장대한 체구에 흑의 장삼을 걸치고 얼굴에는 또한 검은색의 복면을 한 그자는 양측의 대치선 직전에서 가볍게 도약하여 사람들의 머리 위 허공을 홀홀 날아 넘더니 허공에 뜬 채로 강력한 일장을 쳐냈다.

파아아앙!

허공을 찢는 날카로운 파공성과 함께 강력하기 이를 데 없는 일진의 장력이 공기를 가르며 거세게 밀려왔다. 그리고 실제의 위력이 미처 와 닿기도 전에, 다만 그 기세만으로도 전

면에 섰던 경호조원 두엇이,

"헛!"

"아앗!"

하고 억눌린 듯한 비명 소리를 흘렸다. 고이강은 잔뜩 긴장
하여 좌우수(左右手)의 쌍필(雙筆)을 가슴 높이에서 교차시켰
다. 그런데 그가 막 복면인의 장력에 마주쳐 나가려 할 때였
다.

"갈!"

등 뒤 마차 안으로부터 한 소리 차가운 냉갈이 터져 나오며
벌컥 마차의 문이 열리는 동시에 한 인물이 번개처럼 허공으
로 쏘아져 나가 복면인의 장력을 맞받았다. 순간,

쾅!

하는 격한 폭음이 터졌고 거센 기파의 소용돌이가 회오리
치며 주변 바닥의 흙먼지를 끌어올렸다. 그러나 그 자욱한 먼
지 더미가 미처 퍼지기도 전에 격돌했던 두 사람은 튕기듯이
각각 날아왔던 방향을 되짚어서 날아갔다.

마차의 지붕 위로 가볍게 착지한 이는 회의무복을 걸친 평
범한 인상의 노인이었다. 바로 총수의 특별호법이었다. 총수
외에는 그의 정체를 아는 사람이 없었으니, 바로 독행괴마(獨
行怪魔) 모걸(牟杰)이었다.

모걸의 표정에는 잠시의 당황과 놀라움, 그리고 잇달아 의
혹이 떠올랐다 사라졌다. 방금 그는 드물게 구성(九成)에 달

하는 내공을 썼는데, 그러고도 상대의 복면인과 호각을 이루는데 그쳤으니 어찌 놀랍고 당황스럽지 않겠는가? 그런데 놀라고 당황스러워하는 것은 마차로부터 오 장여 되는 곳에 내려선 복면인도 마찬가지인 것 같았다.

잠시 아무 말 없이 서로를 노려보고 있던 두 사람은 한순간 약속이라도 한 듯이 다시 상대를 향해 쏘아져 갔다. 그리고 중간의 한 지점에서 격돌하며 두 사람이 벼락처럼 각기 장권과 각퇴의 절초들을 쏟아내며 주고받는데,

쾅!

콰쾅!

팡!

파팡!

하고 충만한 내력들이 부딪치는 폭음들이 잇달아 나며 강력하기 이를 데 없는 경기의 여파가 사방 삼사 장 바깥까지 미쳤다. 그 여파로 두 사람의 주변에 금세 자욱하니 먼지가 일어나 사람들의 시야를 가렸다. 참으로 보기 드문 일대의 격돌이었다.

그런데 복면인과 격돌하고 있는 중에도 모걸은 순간순간의 틈을 내어 가까이에 있는 적을 향해 장력을 후려치곤 했다. 그럴 때마다,

"악!"

"으악!"

하는 단발마의 비명이 터지며 주변의 적들이 우르르 사방으로 물러났다. 그런 까닭에 모걸이 움직이는 반경 내의 적진이 크게 흐트러지고 있었다. 그런데 모걸이 그런 정도의 여유를 부리는 걸 보면 그가 당장에 흑의복면인을 어떻게 할 수는 없다 해도, 흑의복면인에 비해 그의 무위가 한 수 위에 있다는 것은 능히 짐작해 볼 수 있었다.

아닌 게 아니라 몇 차례의 격돌이 있은 후부터 힘에 부치기 시작하는지 한 걸음씩 주춤주춤 뒤로 물러나던 흑의복면인은, 한순간 돌연히 허공으로 신형을 뽑아 올렸다. 아예 등을 돌리고서 도망쳐 버리는 것이었다.

흑의복면인이야말로 적의 수괴임에 분명하다고 단정하고 있던 참이라 모걸이 그를 잡을 욕심이 앞서 앞뒤 생각할 여지 없이,

"놈! 서라!"

하고 크게 외치며 곧장 복면인의 뒤를 따라 몸을 날렸다. 그것을 보고 고이강이 다급하게,

"호법! 돌아오시오!"

하고 외쳤지만, 그때 모걸과 복면인은 이미 삼사십 장이나 날아가 쏜살같이 멀어지고 있는 중이었다.

3

잡조는 마차 안에서 죽은 듯이 있었다. 이제 사방이 적이니 어떻게 숨이라도 크게 쉴 것인가? 다만 적들은 버려진 마차들을 뒤지기보다는 총수의 마차를 포위하고 공략하는 데만 주력하였으므로, 그런 덕분으로 잡조는 적들의 등뒤에서 오히려 안전하게 방치(?)된 측면도 있었다. 비록 잠시의 안전일 뿐이겠지만.

"허!"

"이야!"

쪽창을 통해 바깥의 돌아가는 정황을 살피던 서활과 선변은 연신 소리 죽인 감탄을 흘렸다. 특별호법과 흑의복면인의 일장 대결에서 펼쳐지는 보기 드문 무공들과 용호상박의 긴박감 때문일 터였다. 그러다가 돌연히 흑의복면인이 도주를 하고 특별호법이 맹렬히 그 뒤를 쫓아가는 것을 보고는 선변이 참지 못하고서,

"어리석다!"

하고 탄식하였다. 특별호법의 소임이 총수를 보호하는 것일진대, 그가 지금과 같이 일개 승패에 연연하여 적을 쫓아가서는 결코 안 되는 일이었다. 일단 그와 흑의복면인을 함께 제외하면 순행단의 전력은 곧바로 적들의 비해 절대열세에 처하게 되는 것이다. 두 절대고수가 사라진 뒤에 양측은 다시금 격렬한 접전으로 접어들었다.

유정이 자리를 박차고 일어선 것은 선변의 탄식 소리가 채

사라지기 전이었다. 걸쇠를 풀고 앞문을 연 그녀는 곧바로 마차 밖으로 뛰어나갔다. 순동이 자석처럼 그녀의 뒤를 따라붙었다.

누가 말릴 틈도 없었거니와, 말릴 명분도 없었다. 그동안에도 상단 무사들이 일방적으로 몰리기는 했지만, 그래도 특별호법과 고이강 등의 고수들이 총수를 지키고 있다는 점에 기대고 있던 부분이 있었다.

그러나 그중 최고수인 특별호법이 어이없게도 위치를 이탈한 이상 이제 총수가 즉각의 위기로 몰릴 것은 자명하였다. 그러니 유정이 어찌 조부의 위급을 보고만 있을 수야 있겠는가?

그러나 마차를 나선 유정이 곧장 앞으로 달려나가지는 못했다. 그녀를 발견한 적들이 금세 몰려들며 포위했기 때문이다. 곧바로 유정의 연검이 화려하게 춤을 췄다.

파팟!

파파팟!

검극이 공기를 꿰뚫으며 위를 향하였다가 어느새 아래를 향하고, 그런가 하면 다시 좌우를 번갈아 점하였다. 그렇듯 그녀의 검이 일시에 상하좌우전후의 육방(六方) 모두를 점하니, 적들은 그녀와 검을 부딪쳐 보지도 못하고 어디를 막아야 할지를 몰라 당황하여 주춤주춤 뒷걸음치기에만 급급해하였다. 그리고,

"윽!"

"악!"

하는 비명이 잇달아 터지며 적 서넛이 팔이며 어깨를 감싸 쥐고는 펄쩍 뛰듯이 뒤로 물러섰다. 긴박한 중에도 유정이 끝내 모질지 못하여 차마 목숨을 취하지는 못하고 기껏 어깨며 팔다리를 찌르는 것에 그친 것이다. 그렇다 하나 그녀의 놀라운 무공에 주변의 좌우와 앞쪽으로는 대번에 약 일 장 반의 빈 공간이 생겨났다.

강산을 필두로 잡조의 다른 조원들이 마차 밖으로 나온 것은 바로 그때쯤이었다. 사실 강산은 유정이 마차 밖으로 나가는 것을 보고 바로 뒤따라서 일어섰던 것이니, 유정의 그 한 바탕 칼 사위는 그처럼 번개같았던 것이다.

강산 등이 유정과 순동의 뒤에 엉거주춤 선 것은 마치 앞의 두 사람을 방패막이로 앞세우고 그 뒤에 숨은 꼴이었다.

유정은 검을 곧게 뻗어 앞을 겨누며 천천히 걸음을 옮겼다. 그런데 그녀가 다만 검을 겨누는 것만으로도 눈에 보이지 않는 한 무리의 검세(劍勢)가 일어났기에 그녀의 앞을 막은 적들은 주춤거리며 뒤로 물러났다.

그때 유정의 뒤쪽에 선 순동은 양손에 하나씩의 철봉을 꺼내 들고 있었다. 장식처럼 늘 그의 등 뒤에 꽂혀만 있었기에 가끔씩 잡조의 궁금증을 사던 바로 그 철봉이었다.

유정이 서너 걸음쯤 옮겼을 때였다. 돌연 저쪽의 적진 가운

데쯤에서,

삑!

삐이익!

하는 특이한 호각 소리가 잇달아 울렸다. 그리고 선변은 언
뜻 사방의 적들이 돌연 자신들이 있는 쪽으로 몰려든다는 느
낌이 들었기에 퍼뜩 시야를 넓혀 사방을 살폈다.

과연 그랬다. 적들은 지금 두 패로 갈리고 있었다. 그런 중
에 더욱 이상한 점은 적들이 총수가 있는 가운데 쪽보다 오히
려 그늘, 잡조가 있는 쪽으로 더욱 지중하는 형세가 뇌고 있
는 듯하다는 것이었다.

선변이 한 가지 생각이 퍼뜩 들기에 좀 전 호각 소리가 울
렸던 쪽을 살폈다. 그리고 어렵지 않게 적들 사이에서 눈에
띠는 한 사내를 발견했다.

사내가 쉽게 눈에 띈 것은 바쁘게 움직이는 적들 사이에서
그가 유독 우뚝 서 있는데다, 제법 멀리서 보기에도 독특하다
싶게 확연히 붉은빛이 도는 그의 얼굴 때문이었다.

선변은 다시 잠시간 사내를 지켜보는 것으로써, 사내가 적
들의 중심이 되어 전체적인 진형을 통제하고 있다는 것을 읽
을 수 있었다. 그리고 그 적면(赤面)의 사내는 지금 이쪽을 보
고 있었는데, 그 눈길은 정확히 유정에게 고정되어 있었다.

그때 앞을 가로막은 적들의 벽이 급격히 두터워지면서 유
정은 더 이상 전진할 수가 없게 되었다.

뿐만 아니라 적들은 갑자기 악착스러워진 것 같았다. 혹은 유정이 모질지 못하다는 것을 알기 때문인지 현란하게 베고 찌르는 유정의 검을 두려워하지 않는다는 듯이 아예 무작정이다시피 도검을 휘두르며 덤벼들었다.

유정의 검은 자연히 어지러워졌다. 그러나 여전히 차마 적들의 사혈을 찌르지 못해 그녀가 고초를 자처하고 있을 때, 한순간 순동이 유정의 앞으로 돌아 나왔다. 그리고 그의 양수철봉이 거세게 허공을 갈랐다.

부웅!

부우웅!

반 장 길이의 철봉 두 개가 휘둘러진 결과는 처참했다. 순동은 유정보다도 오히려 해맑은 사람이었지만, 그러나 일단 주어진 환경에서는 이런저런 것들을 깊이 가리는 인물이 못되었다.

퍽!

퍼억!

퍼퍽!

미처 비명도 지르지 못한 채 몇 개의 머리통이 잇달아 터져 나갔다. 마치 잘 익은 수박이 깨어지는 것처럼 온 허공에다 붉고 흰 뇌수들을 쏟아냈다.

순동의 앞쪽은 일시적으로 초토화가 되어버렸다. 살아남은 자들은 넘어지고 구르고 기며 도망쳤고, 순동의 앞쪽 일

장여는 으깨어진 머리를 가진 네 구의 시체만 누워 있었다.

그 처참한 광경을 차마 바라보지 못하여 유정은 고개를 돌리고 입을 막았다. 그러나 처절한 살육의 현장에서 유정의 그러한 사치는 오래가지 못했다.

고이강이 일찍부터 절감한 바이지만, 적들은 결코 오합지졸이 아니었다. 전방의 적들이 돌연 양쪽으로 갈라졌고, 그 사이로 장창을 든 일대(一隊)가 모습을 보였다.

그 십여 명이 든 장창은 그 길이가 자그마치 일 장여에 달했다. 장창수(長槍手)들은 반원형의 대형을 유지한 채 전전히 전진해 왔다.

순동은 일시 어떻게 대응을 해야 할지 몰라 당황하는 모습이었다. 어찌 순동뿐이랴. 일 장 길이의 장창 십여 자루가 그대로 찌르고 들어온다면 순동 뒤에 선 유정과 강산 등 또한 한꺼번에 꼬치 신세가 되는 것을 무슨 수로 면할 것인가?

순동이 대책없이 주춤주춤 물러서는 바람에 그 뒤의 유정과 다시 강산 등이 또한 멈칫거리며 밀려났다. 그러나 이미 삼면이 적들로 둘러싸인 상태에서 겨우 마차를 후방의 보호벽으로 삼고 있는 처지에 물러날 공간이 얼마나 있겠는가?

장창수들은 곧장 압박해 들며 창을 찔러댈 기세였다. 그때였다. 강산보다 뒤쪽에 있던 선변이 돌연,

"에라, 이놈들! 칼침 맛이나 봐라!"

하고 뾰족하게 외치더니 한 걸음 옆으로 빠져 서며 홱 하고
양 손목을 잇달아 떨쳐 냈다. 그러자,

쉿!

쉬쉿!

하고 몇 개의 번뜩이는 물체가 쏘아져 나가는데, 한 뼘이
채 못 되는 비수들이었다.

"악!"

비명과 함께 장창수들 중의 하나가 얼굴을 감싸 쥐며 바닥
으로 뒹굴었다. 그러나 그것으로 형세를 바꾸지는 못했다.

선변이 던진 비수가 겨우 네 자루에 불과했을 뿐더러, 그중
세 자루는 장창수들이 고개를 젖혀 피해 버렸으니, 장창수들
을 일시 멈칫하게 하였을 뿐 이내 더욱 악착스럽게 달려들도
록 만든 것이다. 그때 선변이 다시,

"이놈들! 이번에는 오독사(五毒沙) 맛 좀 봐라!"

하고 움켜쥔 손바닥을 홱 떨치자 사방으로 검은 모래가 쫙
하니 흩뿌려졌다.

졸지에 독암기 중에서도 지독하기로 이름난 오독사를 머
리 위로 뒤집어쓰게 된 장창수들이 일순 당황해하였고, 그 때
문에 촘촘히 찔러들던 장창들의 열이 주춤거리며 흔들렸다.

그런데 그때 강산과 잡조 역시 선변이 뿌린 모래 중의 일부
를 맞아야 했지만, 막상 그들은 당황하는 기색이 아니었다.
오히려 순동이 그 틈을 놓치지 않고,

"우아압!"

하고 벼락같은 고함을 치며 맹렬히 두 자루의 철봉을 휘두르며 앞으로 치고 나갔다.

따당!

타다다당!

뜨거운 무쇠솥 안에서 마른 콩 튀는 듯한 소리가 나며 장창들이 제 중심을 잃고 어지러이 상하좌우로 튕겨 올랐다. 그때,

"차앗!"

하는 맑고도 짜랑한 외침 소리와 함께 유정이 가볍게 도약하여 흐트러진 창대들을 밟고 서는데, 동시에 그녀의 검극이 현란하게 번뜩이며 한 무더기의 화려한 검화를 피워 올렸다.

파라라라랏!

장창수들 중에서,

"악!"

"으악!"

하는 비명들이 잇달아 터져 나왔고, 그중의 일부가 바닥으로 나자빠지고 혹은 고꾸라졌다. 나머지 또한 우르르 흩어지며 뒤로 물러나기에 바빴다.

그러나 전방이 뚫린 것은 아니었다. 일대의 장창수(長槍手)들이 무너진 뒤에는 어느새 또 다른 일대의 장창수들이 준비를 하고 있다가 앞을 가로막았던 것이다. 순동이 다시 유정의

앞으로 나아가며 맹렬히 쌍 철봉을 휘둘렀다.

타타탕!

타타타타탕!

순동의 기세는 좀 전과는 또 달랐다. 그는 지금 단신으로 십여 명의 장창수를 대적하면서도 밀리지 않고 오히려 몰아쳐 한 걸음씩 앞으로 내딛고 있었다.

그러나 그때 유정의 표정은 암담했다. 앞쪽 십오 장여 떨어진 곳에서 일대의 궁수들이 이쪽을 향해 일렬로 벌려 서고 있는 것을 보았기 때문이다. 그때 또한 그 같은 상황을 일별한 선변이 숨차게 욕을 뱉었다.

"제기랄!"

이렇게 되면 죽으나 사나 적진 속으로 파고들어 가는 수밖에 없는 노릇이었다. 적들과 거리가 벌어지는 순간 화살이 쏟아질 테니 말이다. 그런데 바로 그때, 적 궁수대의 뒤쪽 어림에서 누군가 크게 부르짖었다.

"이놈들!"

웅혼한 사자후와도 같이 사방을 우렁우렁 울리는 그 우렁찬 일갈의 주인은 바로 남궁세옥이었다. 그와 제갈중, 그리고 황보소추가 이쪽을 향해 적진을 돌파해 오고 있었다.

세 사람의 무공과 용맹은 과연 오대세가의 후기지수들답게 대단하였다. 앞을 가로막는 적들을 거침없이 베어 넘기며 치달리는데, 번뜩이는 세 갈래의 검광이 한데 뭉쳐 돌아가며 주변 일대를 섬뜩한 살기로 수놓았다. 그들 세 사람은 곧바로 궁수대가 있는 쪽으로 들이닥쳤고, 그 일대의 궁수대는 미처 활을 쏠 틈도 가지지 못하고 그대로 도륙나고 말았다. 그같은 쾌거를 보고 서활이,

"좋아! 잘한다!"

하고 손뼉을 치며 쾌재를 불렀다. 그러나 그 곁에서 선변은,

"잘하는 짓이기는 하지만……."

하고 왠지 딴지를 걸고 싶은 듯이 말끝을 흐렸다. 그때 남궁세옥 등이 잡조 쪽을 향해 치달아오는데, 그들 세 사람 중에서도 앞장선 남궁세옥의 기세란 가히 일기단창(一騎單槍)으로 바람처럼 적진 속을 누비는 용맹한 장수와도 같았다. 그가 검을 떨칠 때마다,

우르릉!

우르르릉!

하고 은은한 벽력음이 울리며,

번쩍!

팻!

번쩍!

패팻!

하고 섬전과도 같은 검광이 사방을 유린하였다. 그때마다 한두 명씩의 적들이 짚단처럼 고꾸라졌고, 앞을 가로막은 적

들은 감히 대항할 엄두를 내지 못하여 우르르 좌우로 물러났다. 바로 남궁가의 절학 섬전십삼검뢰(閃電十三劍雷)의 위용이었다. 잡조가 적들에게 둘러싸여 있는 처지에서도 다들 감탄을 금치 못하며 남궁세옥의 활약상에서 눈길을 떼지 못할 정도였다. 그때 남궁세옥이 이쪽을 향해,

"유 소저! 잠시만 버티십시오! 여기 남궁세옥이 갑니다!"

하고 크게 외쳤다. 그 낭랑한 음성에 심후한 내력이 실렸으니, 그야말로 이 시대 청년영웅의 표상답다는 감탄이 절로 이는 것이었다.

다만 선변은 저 혼자 무엇이 못마땅한지 내내 찌푸린 얼굴이더니 마침 남궁세옥의 그 외침에 대해,

"에이, 씨! 왜 소리는 지르고 난리야? 사방의 적들을 다 끌어모을 셈이야?"

하고 짜증스럽게 투덜거리는 것이었다. 사실 남궁세옥 등이 맹활약을 하고는 있었지만, 그때쯤 그들 주변으로 몰려드는 적들이 점차로 늘어나면서 저항 또한 점차로 두터워지고 있는 중이었다. 자연히 그들의 적진 돌파 속도 또한 확연히 느려지고 있었다.

그렇다 하더라도 선변의 투덜거림은 남궁세옥에 대한 일종의 반사적인 거부감 때문이라고 해야 했다. 그리고 그것 때문에 선변은 적들이 자신들을 향해 몰려드는 이유가 처음부터 남궁세옥 등이 필요 이상으로 소란을 떨며 적들을 경동시

키고 자극했기 때문이라고 치부해 버리고 말았다.

그리고 냉정하게 말하자면 사실 남궁세옥 등이 와서 합류한다고 해도 상황이 크게 달라질 것은 없었다. 적에게 넓게 포위된 형세이기는 어차피 마찬가지인 것이다.

선변이 옆의 서활을 돌아보며,

"제길, 어젯밤 꿈자리가 사납더니 오늘 이곳에서 비명횡사(非命橫死)할 운세를 미리 보여주느라 그랬나 봅니다!"

하고 짐짓 한탄조로 투덜거렸다. 그에 서활이,

"죽기는 왜 죽어? 어떻게든 살아남을 방도를 짜내야지."

하고 나무라듯이 말했다. 그런데 서활이 평소 말에 거침이 없기는 해도 실없는 말은 잘 안 하는 터라, 선변이 언뜻 눈빛을 반짝이며 물었다.

"무슨 생각하고 있는 방도라도 있는 겁니까?"

그러자 서활은 힐끗 강산을 돌아보며,

"잠깐 생각해 봤는데, 우리가 지금 앞으로 갈 게 아니라 차라리 반대로 빠져 버리면 어떨까?"

하고 말하는데 목소리가 높았다. 마치 강산과 다른 사람들도 함께 들으라는 것 같았다. 선변이 짐짓 눈을 크게 떠 보이며 곧바로 물었다.

"반대로 빠져 버리다니? 도망을 치자는 겁니까? 우리만 살겠다고?"

"도망치자는 건 맞는데, 우리만 살겠다는 건 아니지."

그때 윤파가 끼어들며,

"어이! 시간없으니까, 무슨 소린지 알아듣게 빨랑 말해!"

하고 소리를 질렀다. 서활이 언짢은 기색 없이 말을 계속했다.

"이유는 모르겠지만, 어쨌든 지금 적들은 총수 대인 쪽보다는 오히려 우리 쪽에다 더 열을 올리고 있는 것처럼 보이지 않아? 게다가 저기 세 사람이 지금 적을 잔뜩 끌어오고 있는 형국이니, 이제 우리가 방향을 돌려 달아난다면 필시 적들 중 상당수도 우리 뒤를 따라붙을 거란 말이지."

그 말에 윤파가 곧바로 따지고 들었다.

"뭐야, 그러니까 우리가 미끼가 되어 적들을 꼬여내자는 거 아냐? 그래서? 그다음에는 어떻게 되는 건데? 총수를 위하여 장렬히 전사라도 해야 하는 건가? 니미! 여기 충신열사 하나 났구만!"

윤파가 말 중에 욕을 섞고 마는데도 서활의 대답은 여전히 수수로웠다.

"뭐, 적을 무찌르자는 것도 아니고 그냥 도망치자는 건데, 그렇게 절망적으로 말할 것만은 아니지 않나? 우선 자네만 제대로 실력 발휘를 해줘도 상황이 많이 달라질 것 같은데?"

그 말에 윤파가,

"지금 무슨 되도 않은 소리를 지껄이는 거야?"

하고 으르렁대며 인상을 확 그었다. 그러나 서활은 여전히 차분한 기색이었다.

"물론 나도 자네만큼은 할 자신이 있지. 그리고 이강과 노달 영감님, 그리고 선변이 또한 제각각의 역할을 해줄 수 있다는 점은 나보다도 자네가 더 잘 알고 있을 텐데? 아닌가?"

그에 윤파가,

"음……!"

하고 무겁게 침음성을 뱉었고, 그 외에도 몇 사람의 눈빛이 덩달아서 무겁게 가라앉았다. 서활이 개의치 않고 나시 말을 이었다.

"그뿐인가? 내가 보기에 유 소저와 순동 아저씨야말로 능히 고수 소리를 듣고도 남음이 있겠고… 뭐, 조장님 역시도 크게 짐이 되지는 않을 것 같네만?"

윤파는 잔뜩 인상을 쓴 채로 입을 꾹 다물었다. 윤파만큼 노골적이지는 않지만 다른 사람들 역시 착잡한 심정들인 모양이었다.

서활은 설핏 희미한 웃음기를 떠올렸다. 가만히 고개를 돌려 자신을 바라보는 유정의 눈길과 마주쳤기 때문이었다.

유정의 눈빛에는 수긍의 빛이 담겨 있었다. 그리고 그녀의 눈길이 이내 강산을 향하는 것을 보고 서활은, 이제 잡조의 행동 방향이 어떻게 될 것인지를 능히 짐작해 볼 수 있었다. 그리고 그의 짐작은 곧바로 확인되었다.

"좋아!"

무거운 분위기에 걸맞지 않게도 너무 간단한 그 한마디는 강산이 뱉은 것이었다.

아주 잠깐 동안 기다려 누구도 이의를 제기하지 않는다는 것을 확인하고 나서 서활은 빠르게 말을 꺼냈다.

"좋습니다. 방향이 결정된 이상, 지금부터 우리는 절대 흩어지면 안 됩니다. 죽어도 같이 죽고 살아도 같이 사는 겁니다. 그러자면 무엇보다도 지휘 체계가 절대적으로 일사불란해야만 합니다. 일단 움직이기 시작한 다음부터 명령은 오로지 조장님만 합니다. 아니, 다른 사람은 아예 말을 하지 않는 것으로 합니다. 그리고 적진을 완전히 벗어날 때까지는 그 어떤 명령이라도 무조건 따릅니다."

서활의 말투는 확정적이고도 단호한 투로 바뀌어 있었다. 서활이 빠른 어조로 말을 쏟아낸 다음 급하게 숨을 돌리는 사이, 선변은 새삼 이채로운 눈빛으로 그를 살펴보았다.

사실은 잡조의 조원들이 제각기 예사롭지 않은 사연들을 지니고 있으며, 그런 만큼 또한 평범하지 않은 능력들을 지니고 있음을 서로가 대강은 짐작하고 있는 터였다. 그러니만큼 서활에게도 예사롭지 않은 면모가 있음을 이미 눈여겨보고 있던 중이었다. 그러나 서활이 이처럼 냉철한 판단력과 합리적이면서도 강력한 추진력을 갖추고 있는지는 미처 발견하지 못했던 터였다.

그때 서활의 말이 다시 빠르게 이어졌다.

"일단 선두는 저와 윤 형이 서는 것이 좋겠습니다. 가운데는 유 소저와 선변이 서고 그 좌우에 조장님과 순동 아저씨, 그리고 후위는 노달 영감님과 이강이 맡습니다. 단, 선두가 되고 후위가 되는 것은 상황과 형세의 변화에 따라 수시로 바뀌게 될 텐데, 그때그때의 지시는 조장님이 해주시면 되겠습니다."

서활의 말은 그대로 이제부터의 잡조의 행동지침이 되었다. 어찌 보자니 서활이 말로는 강산의 질대적인 시휘권을 상조해 놓고 막상은 자신이 실권을 행사하는 것처럼 보이기도 했다.

그러나 그런 사소한 문제까지를 짚기에는 주변의 상황이 너무 촉박했다. 먼저 강산이 선뜻 고개를 끄덕여 수긍을 표했고, 이어 서활에 대해 가장 까칠한 윤파까지 싱긋 웃으며 짐짓 만족감(?)을 표하였기에 더욱이 문제가 될 것은 조금도 없었다. 그런데 짐작해 보건대 윤파의 만족 중에는 아마도 서활이 말한 중에 '윤 형'이라는 한마디가 미치는 영향도 제법 있지 않았을까.

"가!"

강산의 짧고 나직한 외침으로 그들의 도주는 시작되었다.

그것은 격렬한 돌파였다. 서활과 윤파가 동시에 앞으로 쏘아져 나갔고, 그들은 곧바로 적들과 부닥뜨렸다.

치리릿!

서활의 연검이 풀려 나오는 기세 그대로 허공에다 십여 개의 점을 단숨에 찍었고, 그중 실체인 삼점화(三點花)가 적들의 목 돌기를 정확히 찍었다.

"큭!"

"끅!"

"끄윽!"

미처 완성되지도 못한 비명들이 동시에 터져 나오며 비명의 주인들이 바닥으로 쓰러질 때,

취릿!

하고 허공에다 붉은 선혈 몇 방울을 떨군 서활의 검은 또 다른 희생물을 고대하며 파르르 전율하였다.

윤파는 서활과 세 걸음쯤 옆으로 벌려서 있었다. 그의 목검이 그리는 궤적은 거칠고도 단순했다.

머리 위에서 곧장 종으로 떨어져 내렸다가 돌연 사선으로 솟구쳐 오르며 오른쪽을 베고 다시 거칠게 방향을 돌려 횡으로 공간을 베어버리는 식이었다. 그러나 그의 검은 빠르고 정확했으며, 무엇보다도 강력했다.

딱!

따악!

목검이 그리는 궤적의 끝은 정확히 적들의 머리와 어깨를

때렸고, 그것들은 예외없이 부서지며 참혹한 비명을 이끌어 냈다.

"악!"

"크악!"

서활과 윤파의 살기는 그처럼 냉정하고도 치열하였다. 그들의 살수는 잡조의 동료들이 보기에도 전율스러울 정도였으니, 적들의 처지에서야 굳이 말할 나위가 없을 것이다.

방금까지도 어깨를 맞대고 있던 동료들 대여섯이 한순간에 픽픽 쓰러지고 마는, 보면서도 차마 믿지 못할 경악스러운 광경에 앞쪽의 적들이 지레,

"와악!"

하는 비명을 내지르며 급급히 사방으로 흩어졌다.

적들의 저지선이 일시적이나마 뚫린 것을 보고 강산이,

"바짝 따라붙어!"

하고 외쳤다. 그리고 곧바로 유정과 선변을 필두로 좌우의 순동과 강산 자신, 그리고 후미의 이강과 노달까지가 한 몸처럼 잰걸음으로 달려나가며 선두와의 거리를 좁혔다.

그런데 그 와중에 유정이 문득 바깥쪽으로 엇갈려 나가며 슬쩍 강산을 가운데 쪽으로 밀어 넣는 것이었다. 아마도 강산을 보호하고자 하는 배려이리라. 순간 강산은 씁쓸한 자괴의 심정으로 내심 한탄 몇 마디를 읊지 않을 수 없었다.

'제기랄! 여자한테 기대어 보호나 받아야 하는 처지라니!

그러고도 육관통(六貫通)이 뭐니 하면서 좋아라 하고, 무형방호막이니 탄능이니, 흡능이니 하는 따위의 같잖은 말장난이나 해댔다니……!'

그러나 사실 그에게 지금, 사방에서 사정없이 찌르고 휘둘러 들어오는 적들의 칼날에 능히 대응하여 동료들과 동조를 취할 능력이 딱히 있는 것은 아니었다. 그 혼자의 몸이나 잘 보존하라고 한다면 또 어떻게 급한 대로 이런저런 수를 동원해 보겠지만 말이다.

강산이 언뜻 옆을 돌아보니 선변이 양손의 손가락 사이마다 몇 자루씩의 표창을 끼워놓은 채 날카롭게 좌우를 살피고 있었는데, 금방이라도 표창을 던질 듯이 손목과 어깨가 연신 움찔움찔 하였다. 선변이 집중하고 있는 쪽은 주로 틈새를 비집고 들어오는 적들이었다.

좌측 외곽에서 치고 들어오는 적들에 대해서는 유정의 검이,

팟!

파파팟!

하고 허공을 끊어내며 유희라도 하듯이 이리저리 번뜩이고 있었고, 우측 외곽 쪽은 순동의 두 자루 철봉이,

붕!

부우웅!

하고 육중한 바람 소리를 내며 아예 철벽을 만들고 있었다.

그러니 두 사람이 맡고 있는 좌우의 외곽은 오히려 여유가 있어 보였다.

적진에 대해 본격적인 돌파가 이루어지면서 후미 또한 선두에 못지않게 적들의 강력한 공세를 감당해야만 했다.

이강이 검을 뽑아 들고 후미의 한 축을 맡긴 했으나, 아무래도 피가 튀고 살점이 난무하는 참혹한 실전을 직접 치른 경험이 없기 때문인지, 막상 찌르고 베어야 할 순간에도 자주 멈칫멈칫 하는 경우가 많았다. 그러더니 이윽고는 적들의 집중적인 목표가 되어 수세에 급급한 처지로 몰리고 밀었다.

노달은 어디서 주워 들었는지 한 자루 검을 들고서 건성으로 휘두르고 있었는데, 이강이 확연히 곤란지경에 처하는 것을 보고서 문득 소매를 떨쳤다. 순간,

파르릉!

하는 묘한 파공성이 울리더니 어찌 된 일인지 이강을 핍박하던 적들 중에 둘이 휘청거리며 밀려나더니 그대로 엉덩방아를 찧으며 나가떨어졌다.

4

고이강은 갑작스러운 형세의 변화를 읽었다. 그가 간절히 고대하던 변화이기도 했다. 그 변화는 바로 잡조의 돌연한 탈출(?) 덕분이었다.

잡조가 그 같은 돌발 행동을 하리라고는 고이강으로서는 전혀 생각지 못한 일이었다. 그런 중에 다시 잡조가 어떻게 그처럼 맹렬한 기세로 적진을 돌파해 나갈 수 있는지를 포함해, 그가 의문을 가져 볼 점은 많았다.

그러나 어쨌든 잡조가 이미 적의 포위망을 거진 다 헤쳐 나가고 있다는 것은 분명한 현실이었다. 게다가 잡조의 뒤로는 다시 남궁세옥 등 세 청년이 유정을 구하기 위해 맹위를 떨치며 힘겹게 적진 속을 헤쳐 나가고 있는 중이었다.

고이강은 퍼뜩 시야를 넓혀 전황을 파악했다. 잡조와 남궁세옥 등에게로 몰려 있는 적들의 수는 근 백이삼십에 이르고 있었다. 지금 그와 총수 대인이 있는 주변을 포위하고 있는 숫자보다 오히려 많은 숫자가 그쪽으로 몰린 것이다.

판단이 서는 즉시 고이강은 마부석으로 뛰어올랐다. 총수 대인이 탄 마차에서 말을 분리시키지 않고 버텨온 것은 바로 이런 기회를 바랐던 것이었다. 고이강이,

"이랴!"

하고 말고삐를 채어 마차를 출발시키는 동시에,

"경호조는 길을 열어라!"

하고 외쳤다. 그 명령에 살아남은 경호조원 예닐곱이 즉시 마차에 앞서 질주해 나갔고, 남은 호부무사 십여 명 또한 일제히 마차를 따라 내달렸다.

두두두두둑!

굉음과 뿌연 먼지 기둥을 만들어내며 마차는 전력으로 질주하였다. 무당산이 있는 방향이었으며, 잡조가 돌파해 가고 있는 쪽과는 직각의 방향이었다.

물론 지금의 이 선택으로 인해 향후 신랄한 비난과 엄중한 문책을 받게 될 것임을 고이강도 모르지는 않았다.

부상자들을 그대로 적의 수중에 남겨두고 도피하는 것이니 상단의 모두로부터 두고두고 비난을 받을 것이며, 또한 유정의 위급을 보고도 구하려 하지 않고 오히려 그 틈을 이용하여 도망하였으니 총수로부터의 엄중한 문책을 모면하지 못할 것이었다.

그러나 지금 고이강에게는 이것이 최선의 선택이자 마지막의 기회였다. 그에게 주어진 최대의 임무이자, 최후의 임무는 총수 대인의 목숨을 보전하는 것이었다. 그 임무를 위해서는 다른 모든 것들을 포기할 수 있었다. 물론 자신의 목숨까지도.

三十四
진모(眞貌)

1

윤파와 서활은 이제 제법 서로 조화를 이루는 데가 있어 보였다.

목검과 연검. 결코 어울려 보이지 않는 두 자루의 검이 만들어내는 그 어울림은 뭐랄까, 강맹(强猛)과 다변(多變)? 혹은 강유(剛柔)의 조화랄까? 이제 그들은 서로 의도하거나 미리 작정한 바가 없음에도 자연스럽게 서로의 약함을 보완하고 강함을 더욱 강하게 보강하는 이치를 쉬이 만들어내고 있는 중이었다.

캉!

카캉!

윤파의 목검은 격한 쇳소리를 만들어냈다. 그 사이사이로 장단을 맞추어,

땅!

따당!

하고 서활의 연검이 경쾌한 금속음을 만들어냈다.

윤파의 목검이 맹렬히 휩쓸고 지나가는 세(勢)의 언저리로 생겨나는 빈틈을 유린하며 서활은 저도 모르게 싱긋 웃음기를 흘렸다. 그것을 보았던지 윤파 또한 빙그레 미소를 스쳐 흘렸다.

앙숙으로 으르렁대던 평소의 두 사람에게서는 기대해 볼 수 없었던 모습이었다. 도검이 난무하며 선혈이 흩뿌려지는 치열한 살육의 전장에서 지금 이 순간 두 사람은 자신을 알아주고 이해해 주는 지기를 만난 듯한 느낌을 서로 간에 가지는 것이었다. 적어도 각자가 가장 열망하고 있는 부분에 대해서는 뭔가 통하는 것이 있다는 그런 느낌.

"멈춰!"

강산이 돌연히 외친 것은 선두의 서활과 윤파가 적의 포위를 거진 다 헤쳐 나갔을 즈음이었다. 그러자 두 사람은 그대로 멈춰 섰다. 흘깃 뒤를 돌아보니 뒤따르는 유정 등과의 거리가 제법 벌어졌기도 했지만, 이유 여하를 막론하고 따르기로 했던 명령인 것이다.

적들의 포위가 금세 두터워지고 있었다. 그러나 적들은 선뜻 달려들지 못하고 멀찍이 둘러싸기만 했다.

모르는 사이에 격하게 차올라 있는 숨결을 추스르며 윤파는 짐작해 보았다. 근 오십여 장 이상을 죽을힘을 다해 적진 속을 헤쳐 달려왔으니 강산의 체력이 이제 드디어는 한계에 달했구나 하고.

그러나 이윽고 후미의 노달과 이강까지 거리를 좁혀와 원래의 대형(隊形)을 회복했을 때, 윤파는 자신이 짐작했던 바와는 전혀 다른 사실을 확인해야만 했다.

강산은 숨을 고르기만 했다. 너무 태연해 이상할 정도로. 오히려,

"헉!

"헉!"

하고 헐떡이며 턱밑에까지 차오른 밭은 숨을 몰아쉬고 있는 것은 선변이었다.

강산이 선두와의 거리가 따라잡기 힘들 정도로 벌어지는데다, 바로 옆에서 뛰고 있는 선변의 헐떡이는 숨소리가 그대로 계속 달리다가는 허파 터져 죽는 꼴 볼지 모르겠다 싶은 생각이 들 정도로 급박하던 터라, 이것저것 가릴 것 없이 곧바로 멈추라는 명령을 내렸던 것이다.

강산이 스스로 생각하기에도 이상하기는 이상했다. 지금 선변이 지쳐서 곧 죽을 듯이 숨을 헐떡거리고 있는 터에 자신

이 멀쩡한 데 대해서 말이다.

사실 잡조 중에서는 그와 선변이 가장 약한 축에 드는 것은 분명했다. 그리고 둘 중에서도 또다시 그 자신은 선변과 감히 비길 수 없다고 강산은 생각해 왔었다. 선변이 여러 분야에서 총기있음은 물론이고, 암기 쓰는 재주와 박투술(拍鬪術) 등의 무공재간을 제법 부리는 것을 본 바 있으니 말이다.

그러나 지금은 그런 정도의 '이상함'에 대해서까지 깊게 생각할 여유를 부릴 형편은 아니었다. 강산은 그저 육관통의 공능이겠거니 하고 긴단히 넘겨 버렸다.

그러나 사실은 그런 것이 아니었다. 그것은 바로 금강부동 신법의 공능이었던 것이다.

하긴 강산이 금강부동신법이란 말 자체를 들어본 적이 없는데다, 그것이 또 그의 의지와는 전혀 상관없이 발휘되는 것이니 그가 어찌 꿈에서라도 그런 사실을 짐작해 볼 수 있으랴?

2

"적들이 벌 떼처럼 몰려들고 있는 판국에 왜들 멈춰 서 있는 것이오? 어서 달리시오!"

뒤쫓아와 합류한 남궁세옥은 다급하게 잡조를 재촉하였다.

그러나 잡조의 누구도 대꾸하지 않을뿐더러 당장에 움직일 기색도 아니었다. 강산에게서 명령이 나오지 않았고, 더욱이 선변이나 윤파 같은 이는 여전히 남궁세옥 등에 대해 반갑게 여기지 않기 때문이었다.

사실 여태껏 남궁세옥 등 세 사람이 잡조의 후방을 든든히 받쳐 준 것이니, 잡조가 그들의 덕을 본 바가 적다고는 할 수 없는데도 말이다. 특히나 겨우 급한 숨을 돌린 선변의 경우에는 내심,

'니미! 지네들이 다른 곳으로 적들을 몰고 갔으면 됐을 일 아니야?'

하고 외려 탓을 해보는 것이었다.

잡조의 사람들이 꿈쩍할 기미조차 안 보이자 남궁세옥이 다시 유정을 향해,

"소저! 일단은 적의 포위에서 벗어나고 봐야 합니다."

하고 급히 재촉하였다. 이어 제갈중과 황보소추에게 눈짓하자, 두 사람이 유정의 좌우로 다가섰다. 호위하려는 것이리라.

그러나 그렇게 하는 것은 용이하지가 않았다. 유정의 좌우에 가까이 붙어 서 있던 순동과 선변이 그대로 버티고 서서 자리를 내주지 않았기 때문이다. 급기야 남궁세옥이 두 눈을 홉뜨며,

"이 사람들이 지금 대체 뭘 하자는 거야?"

하고 노해 꾸짖었다. 그에 선변과 윤파의 표정이 대번에 확 구겨졌다. 강산이 또한 지그시 눈매를 좁히고 마는데, 바로 그때였다.

앞쪽 이십여 장쯤에서 흑의복면인 하나가 이쪽을 향해 치달려오는데, 잡조와 남궁세옥 등이 험한 분위기 속에서도 동시에 그 흑의인에게로 시선을 주지 않을 수 없었던 것은, 흑의복면인이 달려오는 그 가공할 만한 속도 때문이었다. 가히 한줄기 질풍 같은 기세였다. 앞쪽을 지키고 섰던 서활이 나직이 외쳤다.

"그자다!"

확연히 긴장된 목소리였다. 바로 그자였다. 특별호법과 거의 대등한 절대의 무위를 보여주었던 바로 그자.

그자는 놀라운 속도로 이미 십여 장으로 거리를 좁혀오고 있었다. 남궁세옥이 유정을 향해,

"소저, 소생이 막아볼 테니 속히 피하시오!"

하고 결연히 말하고는 곧바로 앞쪽으로 신형을 쏘아져 나갔다. 그사이 흑의복면인은 벌써 포위하고 있던 무리의 머리 위를 홀홀 날아서 넘어서고 있었는데, 마침 쇄도하던 남궁세옥의 검을 맞아 그대로 장력을 내갈겼다. 곧바로,

쾅!

하는 육중한 폭음이 있고, 한 사람이 뒤로 튕겨 나와 거칠게 바닥에 내려섰다. 바로 남궁세옥이었다.

그런데 남궁세옥은 바닥에 내려서고도 몸을 제대로 가누지 못한 채 휘청거리며 잇달아 십여 걸음을 급하게 물러서고 있었다. 그때 마침 뒤따라 달려나가던 황보소추가 포란공(抱卵功)으로 충격을 최대한 흡수하여 남궁세옥의 몸을 받아 안았다.

황보소추 덕분으로 겨우 멈추긴 했으나 남궁세옥은 곧바로 격렬히 허리를 접으며,

"웩!"

하고 한 모금의 선혈을 토해내고 말았다.

폐부를 저미는 듯한 고통이 뒤따랐다. 그러나 고통보다는 낭패와 좌절, 그리고 그 생소한 느낌들에 대한 두려움이 더 컸다. 남궁세옥으로서는 처음으로 맛보는 패배였다. 그것도 단 일합만에 피를 토하고 말다니! 그러나 상대는 너무 강했다. 지금으로서는 감히 다시금 맞설 투지를 가져 볼 엄두조차 내지 못할 정도로.

겨우 고개를 들던 남궁세옥의 얼굴이 순간 아예 하얗게 질려 버렸다. 좀 전의 격돌로 일시 주춤하여 멈춰 섰던 흑의복면인이 그를 향해 다가오고 있었다. 뚜벅거리는 걸음이었다. 순간 남궁세옥은 마치 거대한 산악 하나가 통째로 그를 향해 무너져 오는 듯한 절박한 좌절감을 느껴야만 했다.

서활과 윤파는 검을 고쳐 잡았다. 당장에 남궁세옥을 도울 방도도, 또한 그럴 의사도 없었지만, 어쨌든 다음에는 바로

그들의 차례였다.

또한 분명한 것은 그들 역시도 흑의복면인의 절대무위에
는 역부족이라는 사실이었다. 그러나 그들이 물러설 데는 없
었다. 그들의 바로 뒤에 유정과 선변 등이 있는 한.

아니, 설혹 물러설 여지가 있다 하더라도 그들은 물러서지
않을 것이다. 강자와 대적하여 비록 앞으로 나아가지는 못한
다 하더라도, 결코 물러서지 않겠다는 불퇴(不退)의 신념. 그
것이야말로 부드럽고, 강한 대조적인 성격의 그들 두 사람이
드물게 가지는 공통점이었다. 그리고 그것이야말로 그들이
보다 강해지기 위해, 그리고 언젠가 최고의 강자가 되기 위해
선택한 공통의 신조(信條)인 것이다.

그런데 바로 그때였다. 그들의 뒤쪽에서 한 사람이 달려나
오더니 그대로 흑의복면인을 향해 달음박질쳐 가는데, 바로
강산이었다.

"조장님!"

"조장!"

서활과 윤파가 놀라 비명처럼 외쳤다. 그러나 강산이 달려
가는 속도는 뜻밖에도 제법 빨라서 그는 벌써 남궁세옥과 황
보소추를 지나쳐 마침 마주 걸어오고 있는 흑의복면인에 거
의 근접하고 있었다.

강산은 주먹을 휘두를 것도 없이 곧장 어깨를 앞세우고 그
대로 흑의인의 가슴을 치받아갔다. 그에 대해 흑의복면인은

걸음을 조금도 늦추지 않은 채 오른손 바닥을 들어 간단히 위에서 아래로 강산의 머리통을 내려쳤다. 조금도 주저없이 바수어 버릴 태세였다.

바로 그 찰나의 순간 여전히 어깨를 앞세운 중에 강산의 오른손이 반사적이다시피 앞으로 튀어나갔다. 그럼으로써 흑의인의 오른손 바닥과 그대로 맞부딪쳐 간 것이다.

팡!

하는 비교적 가벼운 소리와 동시에 바로 뒤이어,

쿵!

하는 무거운 충격음이 뒤따랐다. 그리고 강산의 몸은 달려들어 가던 때보다 훨씬 급하고도 격렬하게 뒤로 되튕겼다.

거의 허공에 떠서 날아오다시피 하는 강산의 몸을 이십 보쯤에 와 있던 서활이 급히 내력을 끌어올려 부드럽게 받쳐 안았다.

순간 서활의 표정으로 짧은 이채가 스쳤다. 원래 그는 상당한 충격을 예상하였었는데, 의외로 강산의 몸에는 충격이라 할 만한 여력이 크게 동반되지 않은 것이다.

강산은 일단은 멀쩡해 보였다. 그때 강산이 서활에게 나지막하게, 그러나 짧고도 단호하게 말했다.

"가!"

순간적으로 서활은 차라리 얼떨떨하다.

"가라니까!"

강산이 다시 말하는 것을 듣고 나서 서활은 그때 뒤쪽에 와 있던 윤파와 설핏 시선을 교환했다. 윤파는 당황한 중에도 눈빛에다 강한 부정을 담았고, 서활의 눈빛에는 다시 암담함과 다급함이 스쳤다. 그때 묵묵히 상황을 주시하고 있던 흑의복면인이 문득 입을 열었다.

"넌 누구냐?"

강산에게 묻는 말이었다. 거칠고 꺽꺽한 목소리였다. 마치 일부러 변성을 한 듯한, 그리고 그의 눈빛에는 한가닥 이채가 떠올라 있었다.

강산이 대답하지 않자 흑의복면인은,

"방금 그것은 무슨 수법이냐?"

하고 다시 물었다. 그러나 강산은 흑의복면인에게 대답하는 대신 서활을 향해,

"뭐 해?"

하고 무겁게 말했다. 그러나 서활은 여전히 어찌할 바를 결정하지 못하는 기색이었다. 그에 강산이 인상을 확 일그러뜨리며,

"항명이야?"

하고 거칠게 소리쳤다. 그때 흑의복면인이,

"놈! 광망하구나!"

하고 일갈하였는데, 동시에 앞으로 미끄러져 나오며 일장을 쳐냈다. 산악과도 같은 기세로 쇄도해 오던 복면인의 장력

은 강산의 일 장 앞에서 돌연 수많은 갈래로 갈라져 아예 사방 공간을 뒤덮다시피 하며 강산에게로 덮쳐 들었다.

서활의 두 눈에 절박함이 서렸다. 그러나 바로 이어 그의 두 눈은 가득히 경악을 담았다.

취리리릿!

추리리릿!

하는 묘한 소리가 나더니, 곧바로 두 무리의 예기(銳氣)가 폭발적인 기세로 터져 나가며 강산 주위의 공간 일대를 무차별적으로 유린하는 것이었다.

그것은 섬뜩한 예기(銳氣)의 광란이었다. 예측 불허로 무질서한 중에 다시 사납고도 광포(狂暴)하기 이를 데 없는 위험스러운 궤적들이었다. 또한 서활로 하여금 잡조에 끼도록 만든 주요 원인 중 하나의 재연이었다. 바로 강산의 양 손목에서 풀려 나간 무명(無名)이었다.

"허어!"

흑의복면인에게서 놀람보다는 차라리 탄성처럼 들리는 나직한 일성이 뱉어지는 순간, 강산을 가두고 있던 수많은 장력의 갈래들이 일시에 사라졌다. 그러나 강산은 양손의 무명을 거두지 않은 채 크게 외쳤다.

"나는 잡조의 조장이다!"

그 말은 좀 전 흑의복면인이 질문한 것 중의 하나에 대한 조금 뒤늦은 대답일 것이었다. 동시에 서활과 윤파에게는 그들이 지금 이 순간 무엇을 해야 하는지를 다시 한 번 상기시켜 주는 마지막 명령이기도 했다. 그때 복면인이,

"좋다!"

하고 크게 외쳤다. 그 모양이 마치 강산이 보이는 뜻밖의 면모에 흥이라도 인 듯 보였다. 이어 흑의복면인은 번뜩하고 한쪽으로 쏘아가더니 포위하고 있던 적 무리들 중 하나에게서 검 한 자루를 취해 다시 돌아왔다.

윤파를 보는 서활의 눈빛이 굳어졌다. 지금 어떻게 하는 것이 가장 올바른 방향인지는 나중의 결과에 따라 달라질 것이다. 그러나 어쨌든 지금은 가야만 했다. 그에게 주어진 임무를 위해서라도.

서활이 뒤를 돌아보며 무겁게 외쳤다.

"제갈 공자와 황보 공자는 남궁 공자를 부축하여 가운데로! 나머지의 위치는 전과 동일하게!"

이어 윤파에게,

"윤 형! 조장님의 명령이오! 갑시다!"

외치고는 자신이 먼저 내달리기 시작했다. 강산이 버티고 선 방향과는 직각이 되는 방향이었다.

순간 윤파는 흠칫하며 짧은 망설임을 보였다. 그러나 그는 더 이상 지체하지 못하고 곧바로 서활의 뒤를 따라붙었다. 그 뒤를 남궁세옥을 좌우에서 부축한 황보소추와 제갈중이, 다시 그 뒤를 차마 발걸음을 떼지 못하는 유정을 잡아끌다시피

하며 선변과 순동이, 그리고 가장 후미에는 노달과 이강이 앞의 사람들을 압박하듯이 따라붙었다. 그럼으로써 잡조 전체가 한 몸이다시피 다시 치달리기 시작했다. 강산만을 뒤에 남겨두고서.

이내 따라붙는 사방의 적들을 피하기 위해 선두의 서활이 이리저리 방향을 틀어대었고, 뒤따르는 사람들은 각자의 위치를 지키기 위해 전력을 다해 달렸다. 그런 중에 좌우의 부축을 받고 있는 덕분으로 절박함 속에서도 약간의 여유를 가질 수 있었던 남궁세옥은 힐끗 뒤를 돌아보았다.

강산과 흑의복면인의 모습은 뿌연 먼지로 가려져 희미하게 윤곽만 보이고 있었다. 그런 중에 혼탁한 먼지 속에서 번쩍거리는 것들이 있었다. 마치 섬광과도 같이 명멸하는 불빛이었다.

3

한 자루 검과 두 자루의 채찍 같은 은빛 투명한 사검(絲劍). 곧 흑의복면인의 검과 강산의 두 자루 무명이었다.

그것들은 지금 도저히 눈으로 쫓아갈 수 없도록 너무나 빠르게, 또한 너무도 복잡하게 뒤엉켜 부딪치며 기이한 소음들을 만들어내고 있었다.

카라라라랑!

아울러 그것들에서 비롯된 경력의 소용돌이는 일대의 바닥에서 흙먼지를 휘말아 올려 삼 장여 방원의 사방을 온통 자욱한 먼지구름으로 뒤덮고 있었다. 그런 속에서,

파바바밧!

하고 무수한 섬광들이 명멸하고 있었다.

강산은 바로 그 무수한 빛의 명멸 속에 서 있었다. 그를 중심으로 한 일 장 반경의 사방은 지금 하나의 투명한 망(網)이 형성되어 있었다.

그것은 바로 무명의 엄밀한 궤적으로 이루어진 낭으로, 부명한데다 먼지가 자욱한 가운데 너무도 빠르게 움직이고 있어서 그저 희끄무레한 은빛의 장막처럼 보였다.

강산은 양팔을 적당히 흔드는 것 외에는 그저 수월히 서 있는 것 같았다. 그러나 그의 회색 무복은 지금 축축이 젖어 있었다. 땀이 아닌 그 자신의 선혈로.

그는 지금 처절한 악전고투를 치르고 있는 중이었다. 그가 할 수 있는 모든 능력과 재주를 다 쥐어짜 내고 있는 중이었다.

무형방호막. 탄능. 흡능. 그런 것들은 밖으로야 드러나지 않는 것이었으나, 지금 눈에 보이는 그의 악전고투는 무명을 다루는 일이었다.

그동안 틈틈이 무명을 다루는 연습을 해왔거니와, 지금 그는 연습했던 그 이상으로 최대한의 재주를 뽑아내고 있는 중

이었다. 그럼에도 자신의 피로 전신을 적시고 있었으니, 그것은 오로지 흑의복면인의 엄청난 무위 때문이었다.

사실 강산의 무형방호막과 탄능, 흡능, 그리고 무명은 공격 수단으로써는 몰라도 방어 수단으로써는 제법 효과적이었다.

그럼에도 흑의복면인의 무위가 엄청나다고 하는 것은, 그의 검에서 뿜어져 나오는 경력 운용의 능란함이었다.

날카롭고 무거운 것만으로도 대단했지만, 그것만이 아니었다. 치밀하고도 신랄한 변화가 있었다. 봄바람같이 살랑거리다가도 돌연 태산같이 무거워지는 경중의 묘가 있었다. 뱀이 기어가는 것처럼 느릿하다가 한순간 섬전처럼 쏘아오는 능란한 완급의 절묘가 있었다.

그런 신랄한 변화는 강산이 가진 바, 굳세나 투박하기만 능력으로는 제대로 막아내기가 어려웠다. 무형방호막과 무명의 엄밀한 궤적으로 몸 주변에다 철통같은 방어막을 쳐놓았다고는 해도, 그 방어막에 끊임없이 부딪쳐 드는 예측불허의 가변적 경력으로 인해 강산은 안 그래도 아직 완벽히 익숙하지는 못한 무명의 날카로움에 스스로를 베이는 경우가 많았다.

사실은 그의 상처가 대개는 그렇게 해서 생겨난 것이었다. 그러나 남의 칼에 의한 것이나 내 칼에 의한 것이나 베이면 피나고 아픈 것은 매일반이다. 강산의 몸에는 시간이 갈수록 무수히 상처가 늘어나고 있었고, 이제는 숫제 혈인(血人)으로 화해 있는 그 모습은 차마 보기 어려울 정도로 참혹했다.

다만 다행인 것은 와중에도 무형방호막의 탄능과 흡능은
제대로 작용하여서 그 숱한 상처 중에 막상 그다지 심하게 베
이거나 깊게 찔린 상처는 거의 없다는 점이었다.

4

빠르게 질주해 가던 서활은 앞쪽 삼십여 장의 거리에서 마
주 질주해 오고 있는 십여 명을 발견하고 멈칫 속도를 줄였
다. 그러나 윤파는 그를 제치며 계속 달려나갔는데, 그대로
돌파하고 나아갈 요량인 모양이었다. 서활이,

"멈춰!"

하고 소리치며 자신부터 우뚝 멈춰 섰다. 그에 뒤따르던 사
람들이 모두 멈춰 섰다. 그때 윤파는 이미 대여섯 걸음이나
앞서가 있었으나 다른 이들이 모두 멈춘 것을 보고는 어쩔 수
없이 되돌아와서는 서활에게,

"왜?"

하고 마치 잡아먹을 듯이 눈을 부라렸다. 서활이 차분하게
전면에서 달려오는 자들을 가리키며 말했다.

"저자들 하나같이 고수 급들이다."

"그래서?"

윤파가 날선 목소리로 반문하는데, 그때 헉헉거리는 숨을

급하게 돌리며 선변이,

"맞아요! 저기 가운데 적면(赤面)의 사내가 바로 놈들의 수뇌예요!"

하고 외쳤다. 서활이 문득 안색을 굳히고서 윤파에게,

"여기는 내가 맡는다. 그러니 자네는 조원들을 이끌고 우회하여 이곳을 빠져나가!"

하고 무겁게 말하였다. 그러자 윤파가 당장에,

"니X미!"

하고 욕부터 내뱉었다. 서활이 급한 기색 중에도 다독이듯이 다시 말했다.

"빨리 가! 부상자까지 있으니 늦으면 가고 싶어도 못 가는 수가 있어!"

"X같은 소리만 골라서 하고 있네!"

"뭐라?"

"니가 가라! 여기는 내가 맡을 테니까!"

그때 이미 십여 장으로 거리를 좁혀오고 있는 사내들을 힐끗 보며 서활이,

"좋다! 그럼 부탁한다!"

하고 간단히 윤파에게 답했다. 이어 서활은 즉시 오른쪽으로 방향을 틀어 달려나가며,

"갑시다!"

하고 외쳤다. 그것을 신호로 잡조는 다시 달렸다, 뒤에 윤

파를 남겨두고서.

윤파는 천천히 등에서 목검 한 자루를 더 풀어냈다. 그는 지금까지 격전의 와중에도 한 자루의 목검만을 썼는데, 이제 두 자루를 다 쓸 작정인 모양이었다.

그때 그 십여 명의 사내는 윤파의 바로 앞쪽에서 세 패로 나뉘고 있었다. 가운데의 두 명은 그대로 윤파를 덮쳐 오고, 나머지는 각 네 명씩 좌우로 나뉘어 윤파를 돌아 계속 잡조를 추격해 가는 것이었다.

순간 윤파의 쌍검이 동시에 앞을 향해 찔리 나갔다. 난순한 경로였다. 그러나 지독히도 빨랐다.

"큭!"

"헉!"

정확히 목젖을 찔린 자들이 비명도 제대로 토해내지 못하고서 그대로 바닥으로 처박혔다. 윤파는 즉시 몸을 돌려 달려 나갔다. 지나쳐 간 자들을 따라잡기 위해서였다.

그러나 윤파는 그처럼 다급하게 달려가지 않아도 좋았다. 그때 벌써 십여 걸음 너머 치달려가던 자들이 급하게 멈춰 서고 있었으니까.

여덟 사내 중 가운데의 적면사내가 한 손을 들어 동료들을 그 자리에 서 있게 하고 천천히 윤파를 향해 걸어왔다. 우선 쓰러진 두 명을 흘깃 살피고 난 뒤에 적면사내는 덤덤한 투로,

"즉사로군!"

하고 뱉듯이 말했는데, 비탄이나 분노가 아니라 감탄 같은 느낌이 녹아 있었다.

윤파는 두 자루의 목검을 중단(中段) 어림에서 가볍게 엇갈리며 나직이 포효했다.

"사람 성가시게 만들지 말고 모두 한꺼번에 덤벼라!"

그때 적면사내는 뒷짐 지듯이 등 뒤로 두고 있던 왼손을 앞으로 돌려놓았다. 그 손에는 한 자루의 창이 들려 있었다. 길이 오 척 정도 되는 흑오철(黑烏鐵)의 단창. 윤파가 흥미롭다는 듯이 언뜻 이채를 떠올리며,

"호, 무슨 뜻인가? 일대일로 한번 붙어보시겠다?"

하고 떠보듯이 물었다. 사내가 대답 대신 희미하게 웃음기를 떠올리며 창을 중단으로 눕히며 가볍게 한번 허공을 찌르는데,

파르르릉!

창대에 격한 진동이 일어나며 창극이 파르르 떨었다. 윤파가 이를 드러내며 웃었다.

"좋아! 꽤 마음에 드는 친구로군!"

적면사내가 역시 빙긋이 웃더니 처음으로 입을 열었다.

"그 말 기억해 두지. 물론 네가 살아남는다면 말이야!"

말을 맺자마자 사내의 창이 곧바로 허공을 난자했다.

파팟!

파파파팟!

창극이 점점이 허공을 찔렀고,

파르릉!

파르르릉!

창대의 울림은 끊임없이 이어지는데 마치 늑대나 승냥이가 목 안에서 울려내는 으르릉거림 같았다.

창 그림자는 금방 허공에다 빽빽한 숲을 이루어냈다. 참으로 귀신같은 솜씨였다.

"좋다!"

윤파가 자신도 모르게 외쳤다. 절로 마음에서 우러나는 탄성이었다. 이어 그의 쌍검이 또한 난무하며 창을 맞아갔다.

타라라라랑!

따다다다당!

세 자루의 창검이 서로 어울리며 무수히 부딪쳤다.

윤파는 금방 승부에 몰입해 들었다. 처한 상황의 다급함쯤은 잠시 잊어도 좋을 것 같았다. 아니, 사실은 그런 생각할 겨를조차 없이 이미 잊어버렸다. 윤파는 오로지 그가 지닌 본연의 능력을 쏟아내는데만 몰두했다.

윤파가 결연한 각오로 추구하던 바의 검을 이루기 위해 천하를 떠돌아다닌 이래로 지금과 같은 감흥은 처음이었다.

물론 지금의 상대보다 더욱 강한 상대를 못 만나보았다는 것은 아니다. 그러나 지금의 감흥이란 것은 무공의 강약과는 다른 차원이었다.

이를테면 지금 적면사내가 창을 운용하는 형태와 기교는 그가 추구하는 검리(劍理)에 궁합이 맞는 것이었다. 그럼으로써 그동안 그가 밤낮으로 고민하고 또 얼마 전부터는 실제로 손에 익히기 시작하고 있는 하나의 검법을 상상하던 그대로 온전히 한번 펼쳐 볼 수 있겠다는 그런 종류의 감흥이었다.

그가 추구하는 대로의 검이 제대로 펼쳐지고 있는지에 대한 확신은 없었다. 그의 모든 감각에 살의(殺意)를 담아 쌍검을 펼치기는 처음이었으니까. 그러나 이대로도 좋았다. 쌍검에서 그의 손끝으로, 다시 그의 심장으로 마치 전율처럼 전해져 오는 이 치열한 느낌만으로도.

정반합삼십육검(正反合三十六劍). 그 무한의 조합 중에서 좌검(左劍)은 반(反)의 비파뇌전(飛波雷電)이, 우검(右劍)은 정(正)의 혈해등룡(血海登龍)이 펼쳐질 때였다.

"윽!"

악다문 입술을 억지로 비집고 나오는 듯한 짧은 비명과 함께 두 사람 주위의 허공을 온통 메우며 어울리고 있던 한 자루의 창과 두 자루의 검의 그림자가 일시에 사라졌다.

"아아!"

순간 윤파는 자신도 모르게 길게 탄식하고 말았다. 지극한 아쉬움의 탄식이었다.

그 비명으로, 그리고 그럼으로써 그 한 판의 승부가 갈림으로 인해, 이제 막 정점을 향해 치닫고 있던 그의 몰입이 한순간에 깨어져 버린 것이다.

또한 그럼으로 그는 마해건곤(魔海乾坤)과 벽해도도(霹海滔滔)로 이어져 마침내 만해귀일(萬海歸一)로 마무리되는 나머지의 검초들과 그것들이 좌우정반합으로 이루어내는 수많은 조합들을 펼쳐 볼 기회를 상실하고만 것이었다.

5

해남파(海南波). 그곳의 역사와 전통은 구대문파에 비견될 정도이며, 무림의 역사 중에서는 그 성세가 오히려 구대문파를 능가했던 적도 없지 않다.

그럼에도 해남파가 늘 변방의 세(勢)로만 치부되어 온 이유는 대륙과 격리된 섬이라는 지리상의 이유도 있겠지만, 그보다는 해남파의 무공이 지니는 특성들 때문임이 크다.

해남무공의 정수는 한마디로 쾌(快)와 일반무학의 상리(常理)를 벗어나는 기이함에 있다. 예를 들어 강호에서 흔히들 해남파의 대표적 검법으로 알고 있는 반수검(反手劍)만 해도 그렇다.

강호에서는 반수검보다는 좌수검(左手劍)으로 알려져 있는 바와 같이 좌수로 펼친다는 점에서만도 이미 강호의 일반 검법과는 완전히 상반되는 검리를 지닌다고 해야 할 것이었는데, 거기에다 해남파 특유의 쾌가 더해져 그 검세가 번개같이 빠르고 날카로우며, 검을 뽑으면 반드시 피를 보고 마는 신랄하고도 집요하여, 강호의 소위 정대검파인 무당과 화산 등으로부터는 음독, 독랄한 좌도이단의 검법으로 배척받은 바 있는 것이다.

그러나 해남파의 검은 결코 좌도이단이 아니었다. 검의 최고봉이라는 무당이나 화산의 검에 비해서 결코 손색이 없는 것이다.

해남파 제자들의 그런 자부심은 바로 남해삼십육검(南海三十六劍)으로부터 나오는 것이었다. 제일초 환환비해(幻幻秘海)로부터 마지막 만해귀일(萬海歸一)까지 이어지는 삼십육초의 검법은 초식과 검결이 있되, 그 완성은 철저히 실전수련에 의해서만 가능하다는 실전의 검공이었다.

그러나 윤파는 해남의 검이, 기껏 무당검이나 화산검에 비해 손색이 없는 정도가 되는 것에 만족할 수가 없었다. 그것을 능가하고 싶었다.

검리(劍理)가 어떻고 검도(劍道)가 어떻고 하는 것은, 말 그대로 어떻게 되어도 좋았다. 그는 다만 무당검이든 화산검이든, 아니, 천하의 모든 검과 부딪쳐 반드시 이기는 검을 만들고 싶었다. 그리하여 검에 있어서 만큼은 천하의 그 누구에게도 결코 패하지 않는 무적이고 싶었다.

그러한 열망으로 그가 시도한 것은 쌍검이었다. 바로 해남파의 남해삼십육검에 정(正)과 반(反)의 이치를 접목시켜 좌우수(左右手)의 쌍검으로 동시에 펼쳐 내는 신기원에 도전한 것이다.

곧 정반합삼십육검이니, 삼십육검(三十六劍)이 칠십이검(七十二劍)이 되고, 다시 일백사십사검이 되고, 이윽고는 무궁무한의 검이 되는 것이다.

좌수 정(正)의 환환비해(幻幻秘海), 우수 반(反)의 잠해탈혼(潛海奪魂), 좌수 정(正) 잠해탈혼, 우수 반(反) 격랑노도(激浪怒濤). 좌수 반(反) 환환비해, 우수 정(正)의 격랑노도… 그렇게 끝없이 끝없이 조합되어 무한으로 연결되는.

6

윤파의 좌(左) 목검은 사내의 어깨를 관통했다. 목검이었으나, 진검처럼 깨끗한 관통이었다.

윤파가 목검을 거두는 순간 사내의 어깨에서 세차게 피가 분출되었다. 그러나 사내는 마치 남의 일인 것처럼 그저 물끄러미 제 상처를 내려다보고만 있었다. 윤파가 설핏 이마를 찡그리며,

"출혈 과다로 죽기 싫으면 지혈부터 하시지!"

하고 투박한 소리로 빈정거리듯이 말하였다. 그러자 적면

사내가 또한 마땅치 않다는 얼굴로,

"한 수 봐준 건가?"

하고 받았다. 윤파는 대답 대신에 손바닥으로 왼쪽 귀와 목을 훑었다. 창극에 스쳐 찢어진 그의 귀에서 흘러내린 피가 목까지 적시고 있었다. 벌겋게 피칠 한 손바닥을 들여다보며 윤파가,

"같이 피를 봤으니, 양패구상이지."

하고 혼잣말처럼 말하자 사내는 피식 웃으며,

"좀 별나지만, 훌륭한 검법이었다."

하고 말하는데 무덤덤했으나 언뜻 진심이 비치는 듯했다. 윤파가,

"제길! 아직 멀었어. 역시 아직까지는 쌍검을 실전에서 다루기에는 무리란 말이야!"

하고 이번에도 혼자서 투덜거리는 투로 말했고, 사내는 순간 다소 애매한 기색이 되고 말았다.

바로 그때였다.

"우우우우우!"

멀리서 한 소리의 장소성이 울리는데, 분노에 가득 찬 그 장소성에는 사방을 부르르 떨게 만드는 엄청난 내력이 담겨 있었다.

순간 사내의 표정이 변하더니 곧바로 뒤쪽에서 기다리던 자들에게 손짓하고는 바로 몸을 돌려 좀 전에 달려왔던 방향

을 되짚어서 급하게 달려갔다.

　사내들이 옆쪽 가까이로 지나갔지만, 윤파는 그들을 제지하거나 가로막을 생각이 없어 보였다. 그때 저만치 달려가던 사내가 달리는 채로 고개를 돌려 외쳤다.

　"어이, 다음에 다른 곳에서 다시 만나게 되면 술이나 한잔 하세!"

　윤파는 굳이 대답하지 않았다. 다만 이를 드러내고 씨익 웃었을 뿐이다. 적면사내도 웃었다, 하얗게.

三十五.
구원(救援)

1

과아아앙!

지상에 나지막이 떠서 더 이상 쾌속할 수 없는 속도로 날아
오는 하나의 신형. 그것은 마치 전설의 육지비행술 같았다.
그는 바로 총수의 특별호법이었다. 독행괴마 모걸.

모걸은 잡조를 발견했지만, 잠시 멈칫하였을 뿐 그대로 그
들을 스쳐 날아갔다. 잡조의 시선이 일제히 그의 뒤를 쫓았
다.

지금 모걸의 눈에는 오로지 흑의복면인만 보였다. 찢어 죽
여도 시원치 않을 것 같은 분노의 대상이었으니까.

애초에 흑의복면인을 추격해 가던 모걸은 한순간 그의 종

적을 놓치고 말았다. 그리고 한참이나 먼 곳까지 추격해 간 다음에야 자신이 어처구니없게도 흑의복면인의 얄팍한 계략에 의한 몇 가지 장치와 흔적들에 속고 말았다는 사실을 뒤늦게 깨달았다. 그에 다급하기도 하고, 무엇보다도 적에게 그처럼 간단히 농락당하고만 데 대한 참을 수 없는 분노로 분기탱천하여 되돌아오는 중이었던 것이다.

"놈! 이제 지옥 외에는 네놈이 다시 도망칠 곳은 없으리라!"

순식간에 거리를 좁힌 모걸이 허공에 뜬 채로 천둥처럼 외치며 흑의복면인에게로 쇄도해 갔다.

흑의복면인은 크게 다급해하는 기색이 되었으나, 그는 지금 자유롭지가 못한 상태였다. 거추장스러운 짐을 달고 있는 것이다. 강산이었다. 강산이 피투성이 혈인(血人)의 형상으로 죽을 둥 살 둥 엉켜들고 있는 것이었다.

흑의복면인이 이제까지는 강산의 독특하고도 특별한 저항 방식에 대해 놀라는 중에도 한편 흥미로움이 있어 조금만 더, 조금만 더 지켜보자 하는 마음이 있었던 것이 사실이다. 그러나 이제 그 자신의 처지가 다급해지고 보니 일단은 강산부터 처리하고 보아야 했다. 다음 순간 그는 전력을 다해 강산에게 일장을 쳐냈다. 당장에,

와르르릉!

하고 멀리서 들리는 우레 같은 소리가 일어나더니 이어,

콰르릉!

하고 마른하늘에 벼락치는 소리가 세차게 울렸다. 그리고 곧바로 하나의 인영이 화살처럼 뒤로 쏘아져 나갔다. 그것을 보고 모걸이 낭패하여 외쳤다.

"이놈! 이 쥐새끼 같은 놈! 서지 못할까?"

그러나 그때 흑의복면인은 허공에서 몸을 뒤집은 뒤 벌써 십여 장 이상이나 거리를 벌려 쏘아져 가고 있었다. 모걸이 그야말로 머리 뚜껑이 열릴 지경이 되어 전력을 다해 흑의복면인을 뒤쫓았으므로,

쉬아앙!

하고 바람 가르는 소리가 날카롭게 일었다. 바로 그때였다.

"멈춰요!"

한 소리 맑은 위엄을 담은 외침이 짜랑하게 울렸다. 바로 유정의 불문사자후였다. 순간 섬전처럼 쏘아가던 모걸의 신형이 허공에서 우뚝 멈추더니 곧바로 비룡번신(飛龍飜身)의 수법을 발휘하여 몸을 뒤집어 아래로 떨어져 내리는 것이었다.

모걸이 본시 괴팍하여 괴마(怪魔)로 불리는 인물이나 일단 일을 함에 있어서는 반드시 지키는 나름의 철칙이 몇 가지 있었다. 그중의 하나가 바로 공사(公私)의 구분이었는데, 이번에 그가 사해상단 총수의 순행기간 중 특별호법을 맡은 것은

대가를 받는 일이니 바로 공(公)으로 구분되는 것이었다.

계약에 의거, 그가 지켜야 할 대상은 둘이었다. 그 둘 중 하나가 바로 유정이었으니, 그는 스스로의 철칙에 따라 감히 그녀의 말을 무시할 수가 없는 것이었다.

비록 참혹한 혈인의 모습이긴 했지만, 강산은 원래의 그 자리에 우뚝 버티고 서 있었다.

"으음!"

되쏘아와 강신의 곁에 내려서며 모걸은 나직이 침음성을 뱉었다. 이어 그는 가만히 고개를 저었다. 그것은 흑의복면인을 놓쳤다는 아쉬움이나 분노이기보다, 좀 전에 그가 직접 목격한 바 흑의복면인의 전력을 다한 마지막 일 장을 능히 버텨낸 강산에 대한 가벼운 놀람이었다. 비록 흑의복면인의 그 일장에 다른 의도가 있었다고 하더라도 그것은 놀라운 일임에 분명했다.

그러나 만약 모걸이 도망치는 복면인의 두 눈에 맺혀 있던 한가닥의 경악을 보았더라면, 그의 놀람이 그저 가벼운 것으로 그치지는 못하였을 것이다.

사실 흑의복면인은 방금 강산과의 마지막 일 장 격돌에서, 아니, 자신이 일방적으로 쳐낸 그 일 장에서, 전혀 상상하지도 못하게 결코 가볍지 않은 내상을 입고 말았다.

바로 탄능이었다. 흑의복면인이 전력을 다해 쳐낸 그 일 장의 장력이 강산의 몸에 미치는 순간, 강산의 무형방호막이 자동적으로 반응했으며 또한 탄능이 작렬한 것이다.

그 덕분(?)으로 흑의복면인은 강력한 반력을 얻어 단숨에 십여 장을 쏘아 나감으로써 모걸의 손아귀에서 벗어날 수 있었으나, 대신에 그 또한 내상을 입고 만 것이다. 신주십삼존 중의 일인인 독행괴마 모걸을 단신으로 유인하여 농락할 만큼 대단한 무공을 지닌 그가 말이다.

남궁세옥은 강산에 대해 크게 놀라고 의아한 바가 있었다. 물론 강산의 피투성이가 된 모습 때문이 아니라, 흑의복면인을 끝까지 버텨낸데 대해서다. 흑의복면인의 무공이 어느 정도라는 것은 남궁세옥 자신이 직접 몸으로 체험해 본 바가 아니던가.

그러나 남궁세옥은 금방 그럴듯한 사유 하나를 짐작해 내었다. 바로 하나의 기물(奇物) 덕분일 것이었다.

좀 전까지만 해도 묘한 형태의 두 자루 사검(絲劍)으로 있다가 어떤 묘용에 의해서인지 지금,

쉬리리릿!!

하는 희미한 소리와 함께 돌연 한 쌍의 팔찌 형태로 변해 버리는 한 쌍의 기물. 그 기물들이 놀라운 날카로움과 예측불허의 신묘한 변화를 일으켜 내며 강산으로 하여금 능히 흑의복면인에 대항할 수 있게 해주던 광경을 그가 직접 목격한 바

있는 것이다.

짐작을 이윽고는 분명한 사실로 확정 지으면서 남궁세옥은 새삼 그 기물들에 대한 감탄과 그러한 기물을 소유한 강산의 운에 대해 부러움과 또한 자격없는 자가 천하의 보물을 가진데 대한 안타까움과 불만스러움, 시기심 등등의 복잡한 느낌들을 잠시 동안 가져 보았다.

그렇게 남궁세옥은 지금 무의식적으로, 혹은 어쩌면 너무도 강한 자의식으로, 강산이 해낸 일들이 결코 강산 자신의 능력으로 해냈을 리 만무하며, 다만 그 기물들의 넉분으로만 가능하였다는 사실을 당연시하고 있었다.

선변은 무명의 실체를 목격하고 놀라움을 금치 못하였다. 그러나 후회하거나 아쉬워하는 것은 결코 아니었다. 다만 진정으로 감탄하는 심정이었다.

또한 자신의 판단이 정확하였음에 대해 사뭇 뿌듯함까지도 느끼는 것이었다. 물론 그가 판단했던 것에 대해 그 최종적인 결과까지야 아직까지는 훨씬 더 많은 시간이 지나 보아야 알 수 있을 일이었다.

그러나 강산에게 무명의 주인이 될 어떤 자격이 있음은 확인되었다고 할 수 있지 않겠는가. 비록 그 자격이 과연 무엇인지에 대해서는 선변으로서도 여전히 알 수 없는 일이지만. 그러나 분명하다 하지 않을 수 없는 것은, 그의 가문에서 지난 수백 년 동안이나 아무도 보지 못하였던 무명의 실체가 강산의 손에서 마침내 구현(具現)되었다는 지극히 객관적인 사실이다.

유정은 곧장 강산에게로 달려갔다. 이어 가늘게 떨리는 손길로 강산의 상처들을 세심하게 훑었다. 그렇게 강산의 목과 가슴, 등과 허리의 상처들을 빠짐없이 살피고 나서야 그녀는 이윽고 가만히 숨을 내쉬었다. 안도의 한숨이었다. 그녀는 우선 강산이 입은 상처들의 중한 정도를 살펴본 것인데, 다행히도 중하다고 할 정도로 깊은 상처는 없었다.

이어 유정은 찌푸린 얼굴이 되었다. 그녀는 강산의 피로 또한 피투성이가 되어버린 두 손을 강산의 눈앞에 들어 보이며 다소간 차갑게 말했다.

"도대체 이게 뭐예요?"

그 첫마디의 의미는 사뭇 애매모호하였는데, 어쨌든 그 어조가 탓하여 나무라는 것임에는 분명했다.

그러나 선변은 알았다, 유정의 그 나무람이 심중의 안타까움을 표시하는 것이란 것을. 유정의 두 눈에 언뜻 어렸다 사라지는 엷은 습막이 그것을 말해주고 있었다. 그때 선변이 불쑥,

"하여간에 우리 조장님은 못 말려요! 싸움이란 게 상대의 피 보는 게 우선이 아니고, 내 피 안 흘리는 게 우선이라고 그

리도 누누이 말했건만. 아니, 상대방의 옷자락 하나 못 건드리고 자기만 피투성이가 될 거면서 처음부터 덤비길 왜 덤비냐고 글쎄!"

하고 말하였는데, 제 딴에는 유정의 역성을 든 셈이었다. 유정이 자칫 당혹스럽고 부끄러울 수도 있는 감정을 주변에 드러내 보이는 것에 대해, 선변이 나름대로 배려를 한 것이었다.

2

서쪽으로부터 수십에 달하는 무리가 달려오고 있었는데, 달려오는 속도들이 쾌속하기 이를 데 없어서 마치 화살들이 일제히 쏟아져 오는 것 같았다. 선변이 외쳤다.

"우리 편이다!"

그랬다. 대오를 갖춘 무리의 바로 뒤쪽으로 고이강과 낯익은 경호조원들의 모습이 보였다. 구원군임에 분명했다.

신법의 경지만 놓고 보더라도 각각이 능히 일류고수의 반열일 그들의 수는 사십여 명에 달했다. 더욱 놀라운 모습은, 그들이 대략 일곱 명의 단위로 다섯 개의 독특한 검진(劍陣)의 형태를 이루고 있다는 것이었다. 그 다섯 개의 검진은 정연하게 질서를 이루며 적진을 돌파하고 있었다.

남궁세옥이 문득 놀라고 감탄하며,

"아아! 저것은… 무당칠성검진(武當七星劍陳)이다!"

하고 외쳤다. 그에 선변이 다시 보니 일곱 명으로 구성된 그 검진은 각각이 북두칠성의 형태여서, 과연 칠성검진임에 틀림없었다.

선변이 알기로 칠성검진은 무당의 이대제자 중 촉망받는 정예들로 이루어진다고 하였다. 그런데 당금 무당에 이대제자가 몇이나 되는지는 모르겠으나, 지금 다섯 개의 칠성검진이라면 적어도 무당 이대제자의 주력이 거의 다 이곳으로 왔다고 해야 할 것이었다.

"휴~!"

선변은 가만히 한숨을 토했다. 절로 나오는 안도의 한숨이었다. 전혀 기대하지 못했던 구원이되, 어쨌든 확실한 구원이었다.

칠성검진의 위력은 과연 대단했다. 파죽지세로 적진이 무너지고 있었다. 그런 중에도 칠성검진은 여전히 그 정연한 진형을 조금도 흩뜨리지 않은 채로 무인지경이다시피 적진을 돌파하는데 그 광경이 가히 장관이었다. 이윽고는 적진의 큰 형세가 허물어지면서 적들은 사방으로 흩어져 도주하기 시작하였다.

3

사망 이십이(二十二) 중(中) 경호조 사(四), 호부무사 십팔(十八).

고이강은 총수에게 피해 보고를 하면서 사망자만을 언급했다. 중경상자를 굳이 언급하지 않은 것은 무사들 중 멀쩡한 자가 거의 없었기 때문이다.

총수와 순행단 모두가 침울해졌다. 총수는 부상자들을 일일이 찾아다니며 위로했다. 남궁세옥의 부상 또한 위로하는 중에는, 그를 위시한 오대세가의 세 명 청년이 유정을 구하기 위해 보인 용맹에 대해 특별히 치하하였다.

유정이 호두알 만한 검은색의 외상요환(外傷療丸) 두 알을 구해왔기에 강산이 받으려 하였으나, 유정은 고개를 가로저으며,

"어차피 등 쪽은 누군가의 손을 빌려야 하잖아요."

하고는 환약 한 알을 자신의 두 손바닥 사이에 놓고 으깼다. 환약은 그 자체에 적당한 점도가 있는지 금세 연고 형태가 되었다. 유정은 망설이는 기색없이 대뜸 강산의 뒤로 돌아가 등에다 손을 대었다.

강산은 흠칫 몸을 움츠리고 말았다. 영 불편하고 어색했다. 그러나 유정은 강산의 몸에 손을 대는 일이 처음이 아니라는 듯이 한층 익숙한 태가 났다.

유정의 손이 닿을 때마다 강산은 움찔거렸다. 그러지 않을 수 없는 것이 그녀의 손이 닿을 때마다, 그 손길 하나하나에 온갖 느낌이 너무도 생생하게 되살아나고 있었기 때문이다.

　그럴 때 그것은 어떤 능력이 아니라 차라리 절박한 고통이었다. 마침내는 폭발할 듯한 지경이 되고 마는지라 강산이 벌떡 자리를 박차고 일어나기 직전인데, 마침 그를 구해준 것은 선변이었다. 자꾸 한 곳으로만 집중되려는 강산의 주의를 간발의 차이로 흩뜨리며 다른 곳으로 분산시켜 준 것이다.

　선변이,

　"제길! 공을 세운 것으로 따지자면 남궁 머시기니 하는 저 작자들보다 우리가 몇 배는 더 세웠다고 해야 할 터인데……."

　하고 혼잣말로 투덜대려는 것을 강산이 잘되었다 하며 말허리를 뚝 자르며 불쑥 간섭하였다.

　"본래 공은 젊은 사람들의 것이라고 하데?"

　선변이 당장에 발끈하였다.

　"그럼 우리는요? 조장님과 다른 분들은 또 그렇다 치고, 저와 이강은요? 저와 이강은 뭐 젊은 사람이 아니고 늙은 사람입니까?"

　강산이 대번에 머쓱해져서 우물쭈물하다가 슬며시 들어가

는 목소리로,

"그런 건 아니지만, 너희들은 어쨌든 잡조잖아?"

하고 말았다. 그 말에 선변이 잠시 먹먹한 듯이 있더니,

"쳇!"

하고는 입을 닫아버렸다.

남궁세옥은 마차에 기대어 저쯤의 유정과 잡조를 보고 있었다. 그런 중에 그의 마음속에는 문득 한가닥의 질시(疾視)가 이는 것이었다. 사실 그동안 내내 유정에게 어쩔 수 없는 관심을 두고 있는 중에, 유정이 강산에게 드러나지 않게 관심을 주고 따뜻한 배려를 하는 모습을 여러 차례나 보아왔었다. 그럴 때마다 남궁세옥은,

'내가 겨우 저런 자보다도 못하다는 말인가?'

하는 회의를 느껴야만 했었다. 그런 마음이 이제 와서는 이윽고 강산에 대한 괜한 미움과 시기로 나타나는 것이리라.

그런 한편으로 남궁세옥은 스스로의 대범하지 못함과 나아가 남자답지 못함에 대해 자책하였다. 그러나 스스로의 마음이 자꾸만 그런 쪽으로 가는 것은 그로서도 어쩔 수가 없는 일이었다.

포로들에 대해 고이강이 일차적으로 취조를 하였으나, 결

과는 영 시원치가 않았다. 순행단을 공격한 동기에 대해서는 대개가 일이 끝난 후 후한 보수를 약속받았다고 했는데, 개중에는 평소의 친분과 연줄에 의해 무작정으로 도당(徒黨)에 긴 경우도 있었다. 무리를 지휘했던 자가 누구냐는 취조에 대해서는 제각기 말들이 달라 혼란스러웠고, 공격을 사주한 배후가 누구냐는 데 대해서는 대충이라도 감을 잡고 있는 자가 아예 없어 보였다.

그런 중에 분명한 것은 포로로 잡힌 자들이 모두 어중이떠중이로 삼삼오오 강호를 떠도는 말 그대로의 떠돌이 낭인에 불과하다는 사실이었다. 적들의 지휘부는 형세가 틀어지는 순간에 재빠르게 현장을 빠져나갔음에 틀림이 없어 보였다. 그런 점은 나중의 현장 조사에서 사뭇 치밀하게 행해진 그들의 뒤처리 흔적에서도 여실히 짐작해 볼 수 있었다.

적들의 시신 중에는 정확하게 심장에 비수 한 자루씩이 박혀 있는 것들이 있었다. 아마도 적들의 지휘부에 속하는 자들이지 싶었고, 순행단의 무사들이나 무당의 칠성검대들 중에서는 아무리 적이지만 부상자에 대해서까지 그런 잔인한 손속을 취한 자가 없었으니, 역시 적들이 물러나면서 스스로의 꼬리를 자르기 위해 저지른 짓거리임에 분명했다.

도순학은 일단 가장 가까운 상단 지부들 몇 군데로 긴급 전문을 띄웠다. 사망자들의 장례를 치르게 하고, 포로들을 인계하여 추가적으로 취조를 하도록 하고, 또 순행단에 계속 남기 어려운 정도의 부상자들을 따로 후송하는 등 긴급히 조치해야 할 일들이 한두 가지가 아니었다. 또한 손실된 인력과 말, 마차 그리고 기타의 필요한 물품들도 긴급히 보충해야만 했다. 그것만 해도 최소 이삼 일은 족히 걸릴 일이었다.

4

무당산 아래에는 무당파의 상로인 무장자(無瞕子)가 총수 일행을 기다리고 있었다. 그는 당대의 무당을 대표하는 고수들인 무당오자(武當五子) 중의 한 사람이기도 했다.

총수는 무당에서 정예들을 보내준 덕분에 위급지경을 무사히 넘길 수 있었음에 대해 심심한 감사를 표했다.

그에 대해 무장자는 간단히 정황을 설명했다. 근래 사천무림(四川武林)의 갈등 심화로 사천, 섬서, 호북 삼개 성 일대에 심상치 않은 전운이 감돌고 있다는 사실. 게다가 요 며칠 새 갑자기 무당산 인근 백 리 주변에서 정체를 알 수 없는 낭인들의 움직임이 빈번히 관측된 사실. 그리하여 무당 장문인인 무광 진인이 혹시나 해서 다섯 대의 칠성검진으로 하여금 총수 일행을 마중 나가게 했던 정황들에 대해서였다.

도순학은 총수를 보필하여 무당산에 오를 사람을 선별했

다. 무당과 실무 차원의 협상이 달리 있을 것은 아니었으니, 경호와 의전 위주의 소요 인원들만 추렸다. 그리하여 고이강과 경호조 다섯, 그리고 도순학 자신과 비서조도 다섯에다가, 더하여 잡조와 남궁세옥 등 오대세가의 세 사람이 추가로 포함되었다.

잡조가 포함된 것은 당연히 소림에서 불공을 드릴 때와 같이 유정의 편리를 위해서일 것이고, 남궁세옥 등이 포함된 것 또한 그때와 비슷한 상단 차원의 계산이 있는 것이었다.

나머지 인원들은 무당산 아래에서 인근 지부의 사람들이 올 때까지 기다리기로 하였다. 무당파에서는 남는 인원들의 안전에도 세심히 신경을 써서, 일대(隊)의 칠성검대가 산 아래에 남기로 했다.

무당산으로 오르기 직전에 뜻밖의 문제가 하나 생겼다. 얼굴빛을 굳힌 무장자가 정중한 중에도 사뭇 강경한 기색으로 일행 중에서 한 사람을 제외해 줄 것을 요청한 것이다. 칠성검대의 제자에게서 뒤늦게 보고를 받았는데, 산으로 오를 상단 사람들 중에 무당의 파문제자가 포함되어 있다는 얘기였다.

무장자가 지목한 사람은 바로 이강이었다. 이강은 처음에 당황하였고, 이내 절망하였다가, 다시 체념을 거쳐 이윽고는 풀 죽은 모습이었다.

그러나 이강은 부정도 변명도 하지 않았다. 다만 자신은 산 아래에서 기다리겠다고만 했다. 그럼으로써 그는 자신이 바로 무장자가 말하는 무당의 파문제자임을 인정한 셈이었다.

즉시로 반발하고 나선 것은 선변이었다. 처음에 그는 이강에게 나약해 빠졌느니, 사내답지 못하느니 하며 성질을 부려대더니, 이윽고는 무당의 무례와 경우없음을 싸잡아 욕하며 이강이 가지 않으면 자신도 가지 않겠다는 것이었다.

선변과 이강이 빠진다고 해서 무슨 큰일이 될 것은 없었으니, 그 뜻밖의 문제는 그렇게 정리가 되는 듯했다.

강산이,

"이강은 잡조의 조원입니다. 그에게 문제가 있다면 잡조에게 문제가 있는 것이나 마찬가지이니, 그가 가지 못한다면 잡조 또한 가지 못합니다."

하고 또한 뜻밖의 엉뚱한 선언을 하고 나서기 전까지는.

도순학은 난감한 얼굴이 되고 말았다. 강산의 그 한마디에 잡조의 나머지 조원들이 당연한 듯이 동조하는 기색들로 된 것까지는 여전히 큰 문제라고 할 것까지는 아니었다. 잡조 모두를 제외시켜 버리면 그만이니까. 역시 문제는 유정의 반응이었다.

유정이,

"그동안 저는 계속 잡조와 함께해 왔으니, 이번에도 그렇게 하지 않을 수 없군요."

하는 것까지는 그녀가 또 잡조에 대해 나름의 의리를 보인 것이라 쳐서 도순학이 어떻게 설득을 해볼 요량이라도 내어 볼 것인데, 뒤이어 유정이,

"제가 할아버지께 무당파를 방문해 주십사 하고 청을 드렸던 것은 오로지 무당이 도가(道家)의 성지이기 때문이었습니다."

하고는 짐짓 한숨을 쉬고 나서, 무장자가 듣기를 바란다는 듯이 목소리를 높였다.

"그런데 저 자신이 부족하게나마 불도를 공부하였거니와, 불존(佛尊)께서는 당신의 품에 들려는 사람을 결코 가리는 법이 없거늘, 그 명망과 위세를 천하에 떨치는 무당파에서는 사람을 차별하여 받겠다고 하는 것을 보니 도존(道尊)의 경우는 아마도 많이 다른 모양입니다. 저의 소견에 그것은 참으로 의문이 아닐 수 없으니, 나중에 기회가 될 때 천하의 석학고인들에게 두루 의견을 물어봐야 할 일입니다."

유정이 은근히 무당의 대범하지 못한 처사를 비트는 것으로 그치지 않고 이번에는 유직을 향하여,

"할아버님, 원래부터 제가 무당산에 오르기를 청한 것이 상단의 일 때문이 아니라 저의 개인적인 이유 때문이었는데,

이제 사정이 이처럼 변하였으니 제가 무당산에 굳이 올라야 할 이유 또한 없어졌다고 하겠습니다. 듣기에 천하의 도가도량이 무당뿐인 것이 아니라 화산 또한 무당과 능히 쌍벽을 이룬다고 하고, 더욱이 화산이 이곳에서 그리 멀지 않으니 저는 차라리 화산으로 가볼 생각이 듭니다."

그 말이 대개는 유정이 다만 심기 불편하여 해보는 소리라는 것을 짐작하고 남음이 있으면서도, 도순학과 총수는 함께 곤혹스럽지 않을 수 없었다.

화산이라니? 아무리 멀지 않다고 해도 이제 와서 왔던 길을 다시 한참이나 되돌려 가자는 말이 되지를 않는가.

뜻밖에도 유정이 그렇게까지 나오자 무장자 또한 곤혹스러워지기는 마찬가지였다. 유정이 어떤 신분인지를 모르지 않는 터에, 만약 이대로 그녀와의 관계가 틀어져 버린다면 그로 인해 무당이 받을 손해는 지금 당장이 문제가 아니라, 나중에 더욱 크게 미칠 일이었다.

무장자는 총수에게 잠시간의 양해를 구한 다음에 발 빠른 제자 하나를 골라 급히 산 위로 보냈다. 그리고 대략 반 시진쯤 후에 산 위에서 하회가 내려오기를, 굳이 누구를 제외할 필요까지는 없다고 하였다.

도순학의 얼굴에 설핏 그늘이 졌다. 일단은 무당의 수뇌부에서 커다란 양보를 한 셈인데, 그러나 말썽이 될 소지를 여전히 안고 간다는 것이 영 마음이 편하지를 않았다. 또 한편

으로는 무당에서 양보를 한만큼 향후에 어떤 형태로든 그에
상응하는 보상 성격의 조치를 해주어야만 할 것이란 점이 부
담이 되기도 했다.

三十六
무당(武當)

1

　　무당산은 마치 커다란 향로 같은 모양을 하고 있는데, 둘레가 오백여 리에 달하고 봉우리는 늘 흰구름에 싸여 있을 만큼 높다. 그 넉넉한 산세 속에는 기이하고 웅장하며, 또한 험준함이 모두 포함되어, 직벽(直壁)과 협곡, 깊은 동굴과 차고 맑은 샘물 등이 무수히 많다. 그중 한 봉우리의 꼭대기인 금정(金頂)에 무당파의 본 도량이 있다.

　　당금 강호에서 무당파의 위상은 객관적으로 오히려 소림을 능가하고 있었다. 그야말로 최고의 성세를 구가하고 있는 중인 것이다.

그런데는 장문인인 무광 진인(憮廣眞人)이 기여한 바가 절대적으로 크다는 것은 누구나 인정을 하는 바였다.

단 십 년 만이었다. 그 십 년 만에 그는 개인적으로 당금 무림 최고의 고수들인 신주십삼존 중의 한 사람이 되었고, 나아가 구파일방의 결맹체인 무림맹의 맹주의 위에 올랐다.

뿐만 아니라 문파 경영에 있어서도 그는 탁월한 역량을 발휘했다. 그 십 년 동안 천하각지의 숱한 기재들이 무당파의 제자가 되기를 원하며 무당산을 올랐다. 또한 강호의 각종 이권 조직들로부터는 크고 작은 후원이 줄을 이었으니, 무당의 재정이 풍족해지지 않을 수 없었다.

게다가 사오 년 전부터는 그동안 단기로 집중 육성시켜 배출했던 속가제자들이 조정과 관부를 비롯한 천하의 각처 요직에 진출하여 영향력을 발휘하기 시작하면서, 무당의 성세는 더욱 커져 가고 있었다. 그런 것이 모두 무광 진인의 역량으로부터 비롯된 결과였다.

그러나 세상사 중 어떤 것이라도 오로지 한 방향으로 일관된 평가만이 있을 수야 있겠는가. 무당의 본연(本然)이 진리를 구하는 도가도량임에도 작금에 이르러서는 지나치게 세속적인 영리와 영화를 추구한다는 내부적 자성과 비판의 목소리가 있는 것도 사실이었다.

그리고 그러한 비판에는 필연적으로 늘 과거의 한 가지 사건이 얽혀들었다. 바로 무광 진인의 사승(師承)에 따라붙는 비극이었다. 그리고 그 비극의 끝에는 이강이 있었다.

십 년 전. 당시 무광 진인은 무광자였고, 전대 장문 허량 상인(虛量上人)의 이제자(二弟子) 신분이었다. 그의 사형이자 허량 진인의 대제자로 당시에 차기 장문으로 예정되어 있던 사람은 무행자(憮行子)로, 바로 이강의 사부되는 이였다.

비극의 시작은 허량 상인의 돌연한 귀천으로부터 시작된다. 상인이 무공이 깊고 연치가 아직 창창하여 누구도 그가 그처럼 갑자기 졸(卒)할 것이라고는 생각지 못한 터였다.

그런데 비극은 상인의 대제자인 무행자에게로 다시 이어졌다. 상인이 졸한 지 한 달만에 사부를 잃은 상심을 이기지 못했던지 무행자가 돌연히 중한 병을 얻어 자리에 눕고 말았던 것이다.

그때까지 정식으로 장문직에 오르지는 않았지만, 요식적 수순만 남았을 뿐 실질적으로 그는 이미 무당의 신임 장문이었다. 그러니 무당의 신묘한 단약(丹藥)과 영험한 처방들이 모두 다 동원되었음은 당연했다.

그러나 어떻게 제대로 치료를 해보기도 전에 무행자는 그만 병사(病死)하고 말았다. 변고였다. 그러나 당황스럽고 상심이 클수록 무당으로서는 빠른 수습책이 필요했다.

하여 긴급 장로회의에서 결정한 것이 바로 이제자인 무광자를 차기 장문으로 세우는 일이었다. 그가 바로 당금의 무광 진인이다. 또한 거기까지가 강호에 알려진 무당의 비극이다.

그러나 그런 가운데에는 무당의 외부로는 알려지지 않은 숨은 비사(秘史)가 있었다.

본래 허량 상인의 돌연한 귀천에 대해 당시 무당의 원로들 중에서는 타살이라는 의문이 제기되었다. 그리하여 비밀리에 장로들로 구성된 특별조사반이 가동되었다. 그리고 그 조사 결과는 누구도 예상하지 못했던 경악스러운 것이었다.

상인의 시신을 세밀히 검안한 결과, 사인은 돌발적인 기혈의 역류로 밝혀졌다. 그러나 상인의 내공이 화경에 달해 있었고, 더욱이 무당의 내공이 얼마나 안정적인지를 고려하여, 기혈 역류의 원인으로는 운공 중의 암습뿐이라는 결론에 도달했다.

딱히 증거가 있는 것은 아니었다. 그러나 추론은 일사천리로 진행됐다.

상인이 암습을 받고 사망한 것으로 추정되는 시간은 당일 자시(子時) 무렵이었다. 흉수는 우선 그 늦은 시각에 장문인 처소 주변의 경호를 간단히 무력화시키고 상인의 방에 무단으로 출입할 수 있는 자로 좁혀졌다.

다음으로 상인의 무공경지라면 아무리 운공 중이라고 하더라도 예기치 않은 주변 상황에 대해 모를 리 없고, 필요하다면 즉시로 운공을 중단하고 적절한 대응까지 할 수도 있을 것이었다. 그런데 상인은 전혀 경계하지 않고 흉수를 방으로

들였으며, 또한 어떤 대응의 흔적도 없이 완전한 무방비로 당하고 말았다.

그런 모든 점에서 흉수로 지목될 수 있는 인물은 단 하나였다. 바로 무행자다.

우선 무행자는 당시 두세 달 동안이나 거의 매일이다시피 주로 자시 무렵에 상인의 처소로 출입을 하고 있던 중이었다. 태극혜검을 전수받기 위해서였다.

사실은 그가 장문 제자로서 벌써 오래전에 사부로부터 태극혜검의 구결을 전해받은 바 있으니, 새삼 전수라고 하기에는 약간의 어폐가 있었다. 그보다는 상인이 근래에 태극혜검에 대해 새로이 깨달음을 얻은 것이 있기에 그것에 대해 제자와 토론해 가며 전해주고 있었던 것이다. 그런 일들은 주로 자시 무렵에 이루어졌다.

흉수가 바로 무행자라는 추론이 힘을 받지 않을 수 없는 무엇보다 큰 이유는 바로, 무행자야말로 상인이 가장 신임하는 제자이자, 측근이라는 점이었다. 곧 상인이 죽음의 순간까지도 조금도 경계하지 않았던 단 하나의 확실한 이유가 되는 것이다.

무행자가 왜 그런 일을 벌였을까 하는 타당성에 대해서는 누구도 추론조차 하지 못했다. 아니, 하려고 하는 사람도 없었다. 다만 그만이 그럴 수 있었을 것이라는 정황적 타당성만이 강조되었다.

그렇게 누군가의 희생을 감수하더라도 무당이 직면한 당황과 혼란을 시급히 수습하여야만 한다는 상황적 절실함이 있었던 것이다. 그런데는 당시 무당에 모든 면에서 무행자보다 오히려 뛰어나다고 평가받는 한 사람의 기재가 존재하고 있다는 이유가 은연중에 작용하기도 했다. 바로 무광자다.

상인이 생시에 두 제자를 평가한 적이 있었다. 우선 무행자를 두고는 도인으로서의 그릇이 크다고 평가했다. 그리고 무광자에 대해서는 무공적 재능이나 문파를 경영할 안목과 재주 등등 전반적 역량에서 뛰어나다고 평했다.

상인이 평상시에도 기회있을 때마다 두 제자를 불러놓고, 두 사형제가 합심하여 향후의 무당을 잘 이끈다면 무당의 성세는 이전과 비교할 바가 아닐 것이라고 당부하곤 했다. 사실 그것은 상인이 무광자에게 하는 당부이자 경계였다. 사형인 무행자를 넘어서려 하지 말고 잘 보필하라는.

사부를 시해한 죄는 어떤 이유로도 결코 용서받지 못할 극악한 죄이다. 그러니 무당의 입장에서는 죄 이전에 결코 일어나서는 안 되는 일이었다.

결국 무행자가 자결로써 자신의 억울함을 주장했을 때, 무당은 밖으로 그의 죽음을 병사로 처리한 후에, 다시 내부적으로 장로회의를 열어 무행자의 어린 제자를 파문처리 했다. 그때 무행자의 유일한 제자가 바로 이강인 것이다.

그런데 그 안에는 다시 알려지지 않은 또 한 가지의 비사가 있었다. 바로 무당진산절기 태극혜검에 관한 것이다.

태극혜검은 다른 유수의 무당절학들과는 달리 비인부전이 아니라 오로지 장문인에게만 대를 이어 전해지는 무공이다. 그것은 아마도 태극혜검이 어떤 실전적인 무공으로서의 위력보다는, 무당을 대표한다는 상징적 가치로서 더 중하게 여겨지기 때문일 것이었다.

어쨌든 그런 무당의 오랜 전통에 따라 태극혜검은 허량 상인에게서 장문 제자인 무행자에게로 이어졌다. 그러나 무행자가 자결함으로써 태극혜검의 맥은 그에게서 그만 끊어지고 말았다. 그에 대해 당시 무당의 장로 급들은 당혹스러움과 안타까움을 금치 못하였다.

장로들과 무광자가 무행자의 제자인 이강에게 일말의 기대를 가져 보았던 것은 당연하였다. 그러나 무광자와 장로들이 태극혜검에 대해 아는 바가 있느냐고 물었을 때, 당시 열 살의 어린 이강은 울기만 했다.

이강이 젖먹이 때 무행자에게 거두어졌으며, 이후 그에게 무행자는 스승이자 아버지이자 유일한 가족이었음을 무당의 모두가 아는 터였다. 그러니 갑작스럽게도 하늘 아래 유일하게 의지하던 무행자의 죽음을 목도하고 소리조차 내지 못하고 숨죽여 울기만 하는 그 모습을 보고야 누구도 더 이상은 추궁할 수가 없었다.

그리고 사리를 따져 보아도 이강이 태극혜검을 전수받기

위해서는 최소한 무행자가 장문인이 되고 난 다음이어야 했다. 그래야 이강이 장문제자의 신분이 되니, 그때서야 태극혜검의 전수자가 되는 가장 기본적이면서도 중요한 요건을 갖추게 되는 것이다. 사실은 그 후에도 최소 십여 년 이상 무당의 검학들을 두루 수련한 연후에야 비로소 태극혜검의 난해한 요결을 전수받게 될 것이었다.

다만 사부 잘못 만난 죄 하나로 열 살의 어린 나이에 파문제자라는 일생의 멍에를 써버린 불쌍한 처지가 되었다는 동정여론 덕분인지, 이강은 파문에 따라붙는 참혹한 형벌 하나는 면할 수 있었다.

그 형벌이란 바로 단근절맥(斷筋絶脈)이다. 전신 주요부의 힘줄을 자르고 혈맥을 파괴하여 무공을 쓸 수 없게 하는 것이니, 곧 파문제자에 대한 자파의 무공회수라는 명분하에 이루어지는 참혹하기 이를 데 없는 형벌인 것이다.

사실 이강에 대한 동정 여론에는 그의 사부인 무행자가 유서로 남긴 마지막 애원이 더하여 작용한 바 있었다. 무행자는 자결하기 직전에 자신의 피로써 남긴 유서에서, 스스로의 억울함에 대한 항변보다는 제자에 대한 걱정과 부탁을 주로 남겼다.

자신이 게을러 그간 제자에게 가르친 무당의 무공이라고는 강호에서도 익숙한 기초적인 몇 가지의 권각과 검공뿐이니, 이제 겨우 열 살인 제자가 어디 가서 무당제자의 행세를 할 형편도 되지 못한다고 두둔하였다. 그리고 자신이 죽음으로 호소하니, 부디 어린 제자에게는 참혹한 형벌을 면하게 해 달라는 애절한 부탁이었다.

장로회의에서는 어린 이강에게 단근절맥의 참형만은 거두는 대신에, 엄히 경고했다. 향후 천하 어디에서건 감히 무당 제자였음을 말하거나, 혹은 아무리 기초적인 것이라고 할지라도 감히 무당의 무공을 일초반식이라도 사용한다면 결코 용서치 않으리라고.

그리고 이강은 무당에서 쫓겨났다. 이강은 비공개적으로 파문당했고, 그 사유는 기사멸조(欺師滅祖)의 죄였다. 기사멸조! 곧 스승을 속이고 조종(祖宗)을 멸한다는 죄이니, 그야말로 극악무도의 죄이다.

그러나 열 살의 이강은 자신의 죄에 대해 도무지 아는 바가 없었다. 그가 언제 단 한 번이라도 스승을 속이리라 생각이라도 해본 적이 있었으며, 조종을 하늘같이 여기지 않은 때가 있었던가?

또한 그러나 이강에게 파문과 기사멸조라는 죄목이 선포된 그 순간부터, 그 안에 어떤 구체적 내막이 있는지와는 상관없이 단지 그 사실만으로, 무당의 제자들은 단번에 이강에게 등을 돌려 버렸다. 그리고 이후로 그 일막의 비극과 비사는 무당제자들이라면 누구를 막론하고 언급하지 않아야 하는 일종의 자발적 금기사항이 되었다.

물론 그때의 비극과 비사의 내막에 대해 기억하고 있는 무당의 일대와 이대제자들 중에서는 지금까지도 안타까워하고 또한 석연치 않아 하는 이들이 있기는 하였다. 극소수에 불과했지만.

그러나 그들 중에서도 아무도 굳이 돌이켜 말하지는 않았다. 이미 세월은 흘렀고, 과거는 과거일 뿐이었다. 그때의 일을 지금에 돌이켜서 무당이 보다 명예롭게 되거나 혹은 이득이 될 일은 조금도 없을 것이기에.

2

무당산에서의 이튿날 아침. 이강은 어제 무당파 경내로 들어온 이후로 식사 때나 측간을 갈 때를 제외하고는 줄곧 처소 안에서만 머물고 있었다. 침울하게 가라앉은 그의 기색에서는 조심하고 삼가는 빛이 가득했다.

그러나 십 년 만에 돌아온 고향이었다. 그의 눈에 닿는 어느 것 하나라도 정겹고 눈물겨운 추억들이 담기지 않은 것이 없는데, 어찌 돌아보고 싶지 않겠는가. 어찌 쓰다듬어 보고 싶지 않겠는가.

이강이 하루 종일 우두커니 앉아 먼 곳에다 멍한 시선을 놓아두고만 있자, 이제는 그의 지난 사연들에 대해 대강이나마 알게 된 잡조의 사람들은 안타까운 기색이었다. 선변이

또한 애잔한 빛으로 이강을 보고 있다가 괜히 툭 건드려 보듯이,

"야! 궁상맞게 그러고 있지 말고, 나하고 주변이나 한번 돌아보자!"

하였다. 이강은 말없이 고개만 가로저었다. 그에 선변이 짐짓 뿔난 투로,

"야! 넌 사내자식이 도대체 뭐 그러냐? 왜 그렇게 풀이 죽어서 그래? 니가 무슨 무당의 죄인이라도 되냐? 파문됐다고? 니미! 쥐뿔이나 그게 누슨 큰 죄라고? 야! 그게 그렇게 마음에 걸리면, 이참에 너도 무당을 확 파문시켜 버려! 그렇게 서로 피장파장해 버리라고! 그러면 간단하잖아? 무당은 널 버렸고, 너는 무당을 버렸으니, 서로 완전히 남남이 되는 거잖아! 그리고 넌 벌써부터 무당과는 관계가 없는 사람이야. 넌 사해상단 소속이고, 우리 잡조의 조원이라고. 또한 우리는 지금 무당의 손님으로 여기에 와 있는 거라고."

하고 목소리를 한껏 높이고는 말끝에다,

"안 그렇습니까? 조장님!"

하며 슬쩍 강산을 끌어들였다. 강산이 스무 살의 젊은 친구들 얘기에 반찬으로 끼어서 특별히 해줄 말이 있지도 않아서 그저 밋밋한 웃음기나 한자락 보여주었다.

이강이 도무지 따라나서려 하지 않자 선변은 기어코 모두를 들쑤셨다. 거기에다 마침 아침 기도를 마치고 돌아온 유정

이 이강의 기분을 돌려주려는 선변의 심정을 읽고는,

"무당파란 곳이 오고 싶대서 언제든지 올 수 있는 곳이 아닌데, 우리가 기왕에 무당파에 왔으니 강호에 이름난 장소들 몇 군데는 둘러보고 가야 나중에라도 후회하는 일이 없죠."

하고 거들어주었다. 그리하여 결국은 잡조 모두가 처소를 나서게 되었다.

선변과 이강은 일행보다 저만치 앞서서 걷고 있었다. 주로 선변이 얘기하고 이강은 그저 고개를 주억거리는데, 마치 두 사람만이 말이 통한다는 듯한 모습이었다.

그 백여 걸음쯤이나 뒤쪽에는 서활과 윤파, 그리고 노달이 따르고 있었다. 느긋하다 못해 무료한 기색들이다. 하긴 선변의 등쌀에 못 이겨 나온 데다, 이제 다시 선변과 이강의 나들이에 구색이나 맞추어야 하는 신세가 되어버렸으니 그럴 만도 하였다. 서활이,

"그러고 보니 이강 저 친구 검 찬 모습이 참 잘 어울리네?"

하고 실없이 툭 던지자 윤파가 짐짓 불만스럽게 받았다.

"어울리기는 개뿔! 제길! 사람 팔자 알 수 없다고 하더니, 그렇게 팔자가 더럽게 꼬이지만 않았어도, 지금쯤 무당의 장문제자가 되어 떵떵거렸을 놈이 저게 무슨 꼴이야? 젊디젊은 놈이 어깨가 한 발이나 처져 가지고."

윤파의 불만은 역시 이강의 처지에 대한 안타까움이리라.

서활은 자꾸 뒤를 힐끗거렸다. 윤파는 그런 서활에 대해 눈총을 주었고, 노달은 눈가에다 한자락의 느긋한 웃음기를 매달아놓았다.

그들의 십여 장 뒤쪽에는 강산과 유정이 따르고 있었다. 이를테면 지금 서활 등은 그들 남녀를 배려해 주고 있는 셈이었다. 물론 순동이라는 방해꾼이 무심한 체 다시 그들의 뒤를 따라붙어 있기는 하였지만.

또한 물론 그렇다고 해서 그들 두 남녀 사이에 정말로 무슨 상사(相思)가 닐 것이라는 생각까지는 도무지 헤보지 못하는 것이었지만.

그러나 어쨌든 재미있는 일이었다. 유정과 강산, 그 도무지 어울리지 않는 두 남녀 사이에 뭔가가 있을지 모른다는, 혹은 지금은 없지만 앞으로는 뭔가가 있게 될지도 모른다는 상상만으로도. 그리고 힐끗 돌아보는 것만으로도 어색해하고 있다는 느낌이 물씬 전해져 오는 강산의 어정쩡한 모습을 훔쳐보는 것만으로도.

3

선변이 짐짓 수다스럽게 얘기를 이어가며 막 하나의 웅장한 전각 모퉁이를 돌아서 나갈 때였다.

앞쪽에서 도인 둘이 마주 걸어오고 있었는데, 순간 선변은 이강이 움찔하는 것을 느낄 수 있었다. 그에 선변이 다시 유심히 도인들을 살펴보는 중에, 두 도인 중에서 상대적으로 작은 키에 다부진 체구를 가진 도인의 입가에 떠오르는 묘한 웃음기 같은 것을 볼 수 있었다.

그때 이강이 잔뜩 굳어 있는 표정으로 다부지게 생긴 도인을 보고,

"명철 사형!"

하고 나서, 다시 그 옆의 도인에게,

"명인 사형!"

하고 부르고는,

"오랜만에 뵙습니다."

하고 깊숙이 허리 숙여 읍했다.

그에 명인이라 불린 도인이,

"사제……!"

하고 언뜻 안타까운 기색이 되는데, 그것을 보고서 다부지게 생긴 명철이 얼굴을 확 붉히며 거칠게 호통쳤다.

"명인! 사제라니? 지금 누굴 보고 하는 소리이냐? 여기 너의 사제가 어디에 있단 말이냐?"

명인이 크게 당황하여 얼른 변명했다.

"사… 사형! 저는 다만……!"

"네 감히 사문에서 율법으로 정한 일을 우습게 여기는 것이냐?"

"아… 아닙니다. 소제가 잘못했습니다."

명철이 한번 더 매섭게 명인을 쏘아보고 난 다음에 다시 이강을 향하며,

"네가 아직도 분별없는 말을 함부로 지껄이는 것을 보니, 너는 필시 그동안에 파문제자로서 반드시 경계하여야 할 의무들을 다하지 못하였음에 분명하구나!"

하고 추궁하는 것이었다. 그에 이강이 황급히,

"아닙니다. 소제는… 저는 충심을 다하여 자숙하고 있습니다."

하고는 머리를 조아렸다. 선변이 보니 도인들이 기껏 나이 먹었다고 해도 이강이나 자신과는 두서너 살 차이나 날까 싶은데, 이강이 조심스러워하는 모습이 지나치다 못해 비굴하게까지 보이는 것이었다. 그리고 그것이 마치 자신이 당하는 모욕 같아서 심사가 확 뒤틀리고 말았다.

그에 선변이 참지 못하고 앞으로 나서려 할 때였다. 이강이 슬쩍 그의 손목을 틀어 잡고는 가만히 고개를 흔들었다. 그러나 선변은 오히려,

"야, 이거 놔봐!"

하고 짐짓 과장된 몸짓으로 잡힌 손목을 비틀어 빼내려 하는데, 그의 손목을 틀어 잡은 이강의 손은 꿈적도 하지 않았다. 이어 부드럽게 밀치는 이강의 손길에 선변은 순순히 두 걸음을 뒤로 물러섰다. 이강의 완력 때문이 아니라, 그의 의

지가 그처럼 강력하다는 것을 새삼 확인했기에.

그때 명철이 날카롭게 선변을 한번 쏘아보고 나서 가볍게 코웃음치며 이강에게 말했다.

"흥! 충심을 다하여 자숙하고 있다고? 좋다. 그렇다면 시험을 해보면 되겠군."

이어 명철이 비릿하게 웃으며 덧붙였다.

"내가 너의 무공을 직접 확인해 보면 간단히 판명이 될 일이다."

"예?"

"네가 지금 검을 차고 있으니, 곧 무공을 펼칠 수 있다는 것이 아니겠느냐?"

"이 검은… 이것은 다만 제가 사해상단에 소속된 처지로 이번에 순행단의 일원이 되었는데… 그 임무 중에는 호위의 임무도 없지 않은지라……."

"호위라고? 하하하! 네가 호위란 말이냐? 흠! 그렇다면 더욱이 확인을 해보지 않을 수 없는 일이다. 어쨌든 네가 무당의 무공을 자랑하지 않았다면, 사해상단 같은 곳에서 어찌 너 따위를 호위로 써줄 리가 있겠느냐?"

"결코… 결코 그런 일은 없었습니다."

명철이 계속하여 몰아붙이는 데 대해 이강은 다만 당황하여 해명하고자 할 뿐, 감히 대응하거나 반발할 엄두를 내지 못하는 모습이었다. 명철의 차가운 추궁이 이어졌다.

"파문제자로서 네가 지켜야 할 제일 첫째의 금율(禁律)이 무엇이더냐? 바로 어떤 경우에도 무당의 무공을 사용해서는 안 된다는 것이 아니더냐? 하면 그동안 십 년의 세월이 흘렀으니, 네가 그동안 진정으로 무당의 무공을 한 번도 사용하지 않았다면, 지금쯤에는 아주 잊어버렸어야 마땅하지 않겠느냐? 그러니 내가 이제 너의 무공을 직접 견식해 봄으로써 과연 정말로 너의 무공 중에 무당의 무공이 조금이라도 포함되어 있지 않은지 확인을 해보겠다는 것이다."

이어 냉철은 난호하게 외쳤나.

"뽑아라!"

"사… 사형?"

"누가 너의 사형이란 말이냐? 어서 검을 뽑지 못할까?"

"제가 어찌 감히…… 형께 검을 겨눌 수 있겠습니까?"

"네가 지금 입으로는 사형이니 형이니 하면서 한편으로는 내 말을 꼬박꼬박 씹어먹고 있으니, 그것은 곧 나를 능멸해 보겠다는 뜻이냐?"

"그럴 리가 있겠습니까?"

"하면 검을 뽑으라는 내 말이 들리지 않는 것이냐?"

한 치의 틈도 주지 않는 명철의 매몰찬 추궁에 이강이 어쩔 수 없다는 듯이 주춤거리며 검을 뽑아 들었다. 그러나 그는 감히 검극을 들어 올리지는 못하고 아래로 늘어뜨렸다. 그에 명철이 자신의 검을 뽑아 들고는,

칭!

칭!

팅!

하고 마치 장난치듯이 이강의 검을 툭툭 건드렸다. 그러더니 이윽고는 검극을 들어 찌를 듯한 시늉으로 위협하는데도, 이강은 감히 검을 들어 마주 대적할 생각을 하지 못한 채 고작 주춤거리며 한 걸음씩 뒤로 물러나기만 했다.

4

돌연히 검 부딪는 소리에 느긋하게 걷던 서활과 윤파, 그리고 노달이 걸음을 빨리했다. 그 순간 윤파는,

"어엇?"

하고 언뜻 놀라는 소리를 내고 말았다. 노달이 그를 추월하여 앞으로 쭉 나아갔기 때문이었다.

물론 그들 중 누구도 경공을 쓴 것은 아니었고, 그저 걸음을 재촉한 것일 뿐 힘껏 달린 것도 아니었다. 다만 지금 쭉쭉 미끄러져 나가는 듯한 노달의 걸음걸이는 그냥 달음박질이라고 보기에는 어려운 사뭇 묘한 움직임이었던 것이다. 어쨌든 노달이 그처럼 빨리 움직이는 것을 윤파는 오늘 처음으로 보았다.

노달이 먼저 전각의 모퉁이를 돌고 나서 윤파가 막 뒤따라

돌려 할 때였다. 앞선 노달이 급하게 멈추더니 뒷걸음질로 모퉁이를 되돌아 나오는 것이었다.

"엇? 영감님, 왜……?"

윤파가 급히 뒤따라 멈추며 의문을 제기하였다. 노달은 그런 윤파와 서활을 가로막듯이 서면서 가만히 고개를 저었다.

"이강이 기어코 무당 도인들과 문제가 좀 생긴 것 같은데, 우리가 무턱대고 나서는 것보다는 아무래도 무슨 상황인지 좀 지켜보고 난 다음에 차분히 대처하는 게 좋을 것 같네."

윤파가 더욱 궁금증이 치미는지라 슬쩍 노달을 돌아서 전각의 벽에 붙어서며 고개만 내밀어 앞쪽의 상황을 살폈다.

십여 장 앞쪽에 이강과 선변이 도인 둘과 마주하고 있었는데, 도인들 중 하나가 지금 검으로 이강을 위협하고 있었다. 그런데 이강은 감히 대적할 엄두조차 내지 못하고 있고, 도인은 기고만장하여 이강을 숫제 데리고 놀며 조롱하고 있는 것이었다. 윤파가 대번에 열이 올라,

"저 자식이?"

하며 앞으로 뛰쳐나갈 태세인데 노달이,

"경거망동하지 말게! 함부로 개입해서는 오히려 이강이 더욱 곤란해질 것이야!"

하고 훨씬 강한 투로 다시 만류하였다. 순간 윤파가 반발심

이 확 이는지라,

"이강이 저렇게 조롱을 당하고 있는데, 저것보다 더 곤란해질 입장이 뭐가 또 있겠습니까?"

하고 따지듯이 쏘아붙였다. 그러나 그때 노달의 눈빛은 차분하게 가라앉아 있었다.

"사람마다 형편이 다르고 사정도 다른 법! 그러니 자네가 보기에 이 이상으로 더 곤란해질 일이 없다고 해서, 이강에게도 그러리란 법은 없는 것일세. 결국 곤란해지는 것은 이강이지, 자네가 아니라는 것일세. 이건 어디까지나 이강의 일이야. 그러니 이강이 원하지 않는 이상, 우리는 최대한 신중을 기하는 게 좋겠다는 것이야!"

순간 윤파는 움찔하고 말았다. 노달에게서 언뜻 기이한 위엄 같은 것을 느낄 수 있었기 때문이다.

서활이 보기에도 노달에게는 뭔가 다른 의도가 있는 같았다. 그 의도가 어떤 것인지는 모르겠으되, 어쨌든 노달은 지금의 이 상황을 일단 이강에게 맡겨놓고서 그 결과가 어떻게 되는지를 지켜보고 싶어하는 것 같았다.

서활은 힐끗 뒤를 돌아보았다. 그때쯤에는 강산과 유정도 이쪽의 심상치 않은 낌새를 눈치채고서 걸음을 재촉했던지, 이미 거의 가까이까지 다가오고 있는 중이었다. 그런데 그때 무엇을 보았는지 서활의 두 눈이 슬그머니 커졌다.

5

앞쪽의 노달 등이 갑자기 바삐 움직이는 것을 보고 유정이,

"앞쪽에 무슨 일이 있나 봐요, 우리도 가봐야겠어요!"

하고 강산을 재촉하며 가볍게 신법을 전개했다. 무슨 일이 있는 듯하여 강산보다 한발 앞서 가서 상황을 알아볼 생각이었다. 그러나 그녀는 이내 놀라지 않을 수 없었다. 강산이 가볍게 그녀와 보조를 맞추고 있었기 때문이었다.

"어떻게 된 거예요?"

"뭐가 말이오?"

"지금 무슨 수법을 쓰고 있는 거죠?"

"허! 다짜고짜 무슨 수법이라니……? 도대체 뭐가 말이오?"

"지금 걷는 것 말이에요?"

"걷는 것? 허허! 그냥 걷는 거지, 걷는데도 무슨 수법이 따로 있소?"

"그게 그냥 걷는 거라고요?"

"그럼, 이게 걷는 게 아니면 나는 것이라도 된다는 거요?"

무슨 시비냐는 듯이 오히려 옥박지르는 듯한 강산의 기세에 유정은 그만 할말을 잃고 말았다.

그러는 중에 두 사람은 어느덧 노달 등이 있는 전각의 모퉁이 즈음에 당도하였기에, 그들의 관심사는 '강산의 걷는 수법'에 대한 것에서 당장 급한 쪽으로 쏠렸다.

三十七
탈피(脫皮)

1

선변의 얼굴이 붉으락푸르락하고 있었다. 이강은 계속 모욕을 당하면서도, 그가 개입하는 것을 극구 마다하고 있었다.

사실 선변에게는 눈앞의 도인들을 제지하거나 응징하여 이강을 구해줄 뾰족한 방법이 있지도 않았다. 도인들이 바로 어제 순행단을 구하러 나왔던 다섯 개 조의 칠성검진에 속해 있던 도인들이라는 것은 벌써 알아본 다음이었다.

물론 선변에게는 비장의 수라고 할 수 있는 재주들이 몇 개 있기는 하였다.

그러나 그것들은 상대방의 허를 찔러 단번에 상황을 역전시키는 그야말로 비장의 수로, 정파에서 흔히 말하는 암수에

해당하는 것이었다. 그러니 자칫 잘못 썼다가 만약에 도인들이 크게 상하기라도 하는 날에는, 그 뒤에 어떠한 사태가 오리라는 것은 뻔했다.

마침 저쪽에서 세 사람이 이쪽을 향해 걸어온 것은 그 즈음이었다. 바로 남궁세옥과 제갈중, 그리고 황보소추였다. 아마도 그들 역시 무당의 이곳저곳을 구경하고 있는 중인 듯 한가로운 모습들이었다. 남궁세옥은 하루만에 내상에서 거의 회복된 모양으로 본래의 한눈에 돋보이는 훤칠하고도 헌앙한 면모로 돌아와 있었다.

그때 그들도 앞쪽의 상황을 본 듯 제갈중이 문득 나서며,

"아니, 두 분은 어제의 그……?"

하고 명철과 명인에 대해 알은체를 하며 가벼이 포권부터 취했다.

명철과 명인이 또한 제갈중이 누구인지, 더욱이 남궁세옥이 누구인지 모르지 않는 터라 일단은 마주 예를 차렸다. 제갈중 등이 각기 오대세가의 후계자 신분이라는 것도 그랬지만, 그중 남궁세옥이야말로 그들의 대사형인 원지룡과 더불어 강호 삼대기재로 손꼽히는 이가 아니던가?

"한데 무슨 일이신지……?"

제갈중이 짐짓 조심스러운 투로 물었다. 그러나 그 또한 이미 이강과 무당파 사이에 얽힌 사연을 대강이나마 모르는 바

는 아니었다. 그때 곁에 섰던 황보소추가 문득 나서며,

"서로 무슨 오해가 있는 것 같은데, 여기 두 사람은 우리와 같이 사해상단의 순행단에 속한 일행입니다."

하고 말했다. 그런데 그 말에서 가볍게나마 이강의 역성을 들고자 하는 기미가 느껴지는지라 명철이 대번에 안색을 굳히며,

"그래서요?"

하고 따지듯이 반문하고 나섰다. 그에 황보소추 또한 가볍게 얼굴을 굳히며,

"혹시 어떤 오해가 있다면 말과 순리로서 풀어야지 대뜸 검을 맞대서는 서로가 곤란하지 않겠느냐는 겁니다. 만약 말로 풀지 못할 오해나 시비가 생겼다고 하더라도 일단은 양측의 상부에다 보고를 해서 해결을 보는 것이 순서일 것입니다."

명철의 얼굴이 드디어는 붉어졌다. 그가 막 고함이라도 치려는 기세인데 가만히 보고 있던 남궁세옥이,

"황보 형!"

하고 나직하나 힘있는 목소리로 불렀다. 그것이 비록 황보소추에게 자중하기를 요구하는 말이었지만, 명철 또한 짐짓 분기를 억누른다는 듯한 기색이 되었다. 역시 남궁세옥이라는 이름이 지니는 명성과 무게를 한 번쯤은 배려해 준다는 의미이기도 하리라.

남궁세옥이 명철에게 가볍게 고개를 숙여 보이고 나서 다시 황보소추에게 말했다.

　"우리가 자세한 내막을 알 수는 없는 일이나, 다만 이 일에 외인이 함부로 관여해서는 안 될 무당파의 내부 사정이 얽혀 있음은 능히 짐작해 볼 수 있지 않겠소?"

　그 말에 황보소추는 언뜻 표정을 굳혔지만, 당장에 남궁세옥의 말을 반박하지는 못했다. 이어 그는 일단 남궁세옥의 말에 따르기로 하였는지 힐끗 명철을 한번 보고 나서 묵묵히 뒤로 물러서는 것이었다.

2

　"네가 대항을 하든 아니하든, 나는 이제 정말로 검을 쓸 것이다. 우선은 네 오른 어깨의 운문혈(雲門穴)을 일 푼의 깊이로 찌를 것이다. 자! 나와 마찬가지로 너 역시 지금 검을 들고 있고, 또한 나는 네게 어디를 어떻게 찌르겠다고까지 분명히 말을 하였으니, 그럼에도 네가 검을 들어 막거나 피하지 않는다면 그것은 네가 검 든 자로서의 본분에 충실하지 못하고 태만한 것일 뿐이다."

　말과 동시에 명철은 곧장 검을 찔러냈다. 결코 빠르다고는 할 수 없는 일검이었다. 그러나 이번의 그의 검은 지금까지 위협에 그치던 것과는 달리, 반드시 찌르고 말겠다는 분명한 의지를 담고 있었다. 이강 또한 그것을 여실히 느끼는 터라 명철의 검이 어깨를 찌르기 직전에 어쩔 수 없이 가볍게 직상방(直上方)으로 검을 걷어올리며 명철의 검을 제쳐 냈다.

치칭!

검 부딪치는 소리가 조금은 늘어졌다.

그때 명철이 득의한 소리로 외쳤다.

"오라, 방금 너의 그 일검이 무당검이 아니라고는 못할 터! 이래도 네가 파문제자로서의 금율을 충실히 지켜왔다고 할 수 있느냐?"

그에 선변이 더는 울화를 참지 못하겠는지 성큼 이강에게로 다가가 그의 옷자락을 확 잡아챘다. 이어 그 앞을 막아서며 날 선 목소리를 뱉어냈다.

"니미! 별로 오래 살지도 않았는데 오늘 별 개 같은 경우를 다 보네."

선변의 험한 말은 분위기를 대번에 싸하게 만들었다. 명철이 어이없다는 듯이 선변을 노려보고 있다가 천천히 검 든 손을 뒷짐 지어 검을 등 뒤로 세우고는 선변을 향해 다가섰다.

"그 말 지금 나를 두고 한 말이오?"

선변이 싱긋이 웃으며,

"호, 당신이 듣기에도 그런 것 같소?"

하고 되받는데 아주 작정하고 놀린다는 투가 선명하였다. 선변이 다시 말을 잇는데, 그 말투가 혼잣말로 구시렁거리듯이 하였다.

"알고 보니 무당의 검법이란 것이 원래는 아주 형편없는 것이었던 모양일세? 내가 보기에 이강이 방금 한 거라곤 마지못해 검을 들어서 자신을 찔러 들어오는 검을 젖혀냈을 뿐인데, 그걸 두고 무슨 무당의 검이니 어쩌고 하며 다른 사람도 아닌 무당의 제자라는 자가 아주 호들갑을 떨어대는 걸 보면 말이야?"

명철의 눈빛이 차갑게 가라앉았다.

"당신은 방금 나를 모욕한 데 이어 이제는 본 무당파까지 모욕했으니, 반드시 그에 대한 응분의 책임을 져야만 할 것이오."

명철의 경고에 대해 선변은 오히려 피식거리며,

"뭐 그렇게 무게 잡을 것 없소. 내가 비록 내세울 것은 없지만, 그래도 책임질 일을 피해가는 사람은 아니니까."

하고 나서 다시 정색으로,

"하지만 그전에 과연 누가 책임질 말을 먼저 했는지에 대해서 좀 따져 봅시다. 귀하가 좀 전에 말하기를 이강이 무당의 검을 썼다고 했는데, 그래, 그가 과연 무당의 어떤 검을 썼다는 것이오?"

하고 물었다. 순간 명철의 눈빛에 가벼운 당황이 스쳤다. 그러나 이내,

"삼재검법이오!"

하고 대답했다. 선변이 픽 웃으며,

"호오, 삼재검법?"

하고 장단을 맞추듯이 되뇌이고 나서 다시,

"과연 그것이 삼재검법이라면, 그래서 무당의 검을 함부로 쓴 것이 된다면, 귀하는 이제 내가 외는 것을 한번 듣고 나서 다시 한 번 말해주시오."

하고는 이어 외웠다.

"삼재는 곧 천지인이라! 양을 대표하는 하늘[天], 음을 대표하는 땅[地], 그리고 그 사이의 중간적 주새자로서 사람[人]을 말함이니라! 나아가 천도(天道)는 음양(陰陽)의 보이지 않는 기운의 흐름이요, 지도(地道)는 기운의 흐름이 실체로 강유(剛柔)로써 나타난 음양의 형체를 이름이고, 인도(人道)는 곧 인의(仁義)로 천도와 지도 사이에 존재하며 천과 지를 이어 주는 생명의 성정(性情)이니라! 삼재에서 재(才)는 무엇을 할 수 있는 능력이니, 삼재의 각각에 차별이 있는 것이 아니어서, 사람[人]은 깨달음을 통해 천지공간과 일월의 음양을 초월하여 근본의 자리에 도달함으로써, 이윽고는 천지(天地)와 더불어 대등한 관계를 가지느니라!"

외기를 끝낸 선변이 잠시간 명철을 응시하다가 문득 물었다.

"내가 방금 외운 것은 삼재검법의 심결(心訣)에 해당되는 법문이오. 맞소?"

그리고 선변은 명철의 대답을 기다리지 않고서 다시 빈 손에다 검을 쥔 양으로 느릿하게 검초를 펼쳐 보이는 것이었다.

"이것은 삼재검법의 세 가지 검초요. 내가 정식으로 검을 잡아본 적이 없는 처지라 많이 엉성할 것이나, 최소한 좀 전에 이강이 한 것보다는 훨씬 더 삼재검법다울 것이오. 자! 다시 묻겠소? 나는 지금 무당파는 국물 한 방울도 튀긴 바 없이 전혀 무관한 처지로 감히 무당파의 검법을 함부로 펼친 것이오?"

명철은 선뜻 대답하지 못했다. 그의 표정에는 보다 짙게 당혹감이 떠올랐다. 그에 선변이 다시 추궁하듯이 잇달아 물었다.

"당금 강호에 나 정도로 삼재검법을 펼칠 수 있는 자는 그야말로 부지기수라, 조금이라도 검을 익혔다는 자라면 삼재검법을 모르는 자가 없는 형편인데, 하면 그 근본이야 비록 무당파로부터 비롯되었다고 하더라도 이제 와서 삼재검법이 과연 무당파만의 검이라고 할 수 있소? 모든 무림인들을 향해 삼재검법은 무당의 검이니 함부로 펼치지 말라고 할 수 있소?"

선변이 한 번 말문이 터지니 청산유수가 따로 없었다. 명철이 감히 뭐라고 시원한 대답 한마디를 끼워볼 엄두를 내지 못할 정도였다. 그렇게 선변의 말이 다 끝난 다음에야 벌겋게 얼굴이 달아오른 명철이 이윽고 고함쳤다.

"유유상종이라 했으니, 이강 따위와 어울리는 자체만으로도 당신이 어떤 사람인지는 능히 알 수 있겠소. 무당의 제자는 소인과 다투지 않으니, 나는 당신과는 더 이상 말을 섞지 않겠소."

그리고 나서 명철은 다시 이강을 향하여 사납게 검을 겨누었다.

"그러나 이강! 나는 무당의 제자로서 너에게 마저 따져 보아야만 하겠다!"

3

"더 이상 두고 보아서 좋을 일은 없을 듯하군요."

유정이 노달을 보고 하는 말이었다. 노달 또한 가만히 고개를 끄덕였다. 그런데 노달은 다소간 급해하는 유정과는 대조적으로 웬일인지 담담한 얼굴이었다.

유정이 앞으로 걸어나갈 때 강산이 성큼 그 옆으로 붙었다. 그런 것에 이제는 익숙해졌는지 순동은 별 이의 없이 두 사람에게서 한 걸음 뒤처져서 따랐다.

유정이 갑자기 모습을 보이자 제갈중은 당혹스러운 기색이 되었고, 황보소추는 은근히 얼굴을 붉혔다. 남궁세옥 역시 처음에 언뜻 당황해하는 듯하였으나, 이내 담담한 얼굴로 돌아갔다.

이강에게 가까이 갔을 때 강산은 유정보다 한 발 먼저 나섬으로써 명철 등의 주의를 자신에게로 돌렸다. 그리고 누가 뭐라고 하기 전에 명철을 보며,

"이보시오, 젊은 도인 양반! 거 사람이 순하다고 해서 너무 함부로 몰아붙이는 거 아니외다."

하고 말하였다. 결코 웃을 상황은 아니었지만, 윤파는 자신도 모르게 피식 웃고 말았다. 자못 정색인 강산의 기색과 또한 훈계조로 들릴 법한 그 말투 때문이었다.

처음 그가 강산을 만났을 때를 생각한다면 지금의 강산은 얼마나 많이 변한 모습인가? 나약하고, 소심하고, 우중충하고… 윤파가 기억하는 강산의 첫인상은 대개 그런 쪽이었다.

그랬던 강산이 지금의 저런, 사뭇 능글맞고도 삐딱한 모습을 겸비(?)하게 되리라고는 상상조차 하지 못했던 일이었다.

그때 서활의 눈 주위에도 슬며시 주름이 잡히는 것으로 보아 그 또한 웃음을 참는 모양이었다.

선변은 천군만마라도 얻은 듯이 득의한 기색이 되어 있었다. 사실 그가 명철을 상대로 한바탕 기세를 세울 수 있었던 것에는 윤파와 서활, 유정 등이 곧바로 뒤따라 올 것이라는 계산이 필경 있었지 않겠는가.

"역시 유유상종(類類相從)!"

잡조의 숫자에 눌린 듯이 마지못해 검을 거두어들이면서 명철은 그렇게 아주 간단히 강산의 격(格)을 분류하였다. 이어 그는,

"나는 이강 외의 다른 사람에게는 볼일이 없으니, 구태여 말을 주고받을 필요 또한 없소."

하고 아예 무시하겠다는 태도를 취했다. 그러나 강산은 순순하지가 않았다.

"그렇게는 안 되겠소."

"뭐요?"

명철의 말꼬리가 날카롭게 올라가는데, 윤파는 다시 피식 웃고 말았다. 강산이 이제 무슨 말을 할지가 뻔히 예상되었기 때문이다. 그리고 그의 예상은 과연 그대로 들어맞았다.

"이강은 우리 조원이고, 나는 그의 조장이오. 그러니 당신이 그에게 볼일이 있다면, 싫든 좋든 나와도 볼일이 있게 되는 것이오."

이제는 제법 익숙해진(?) 강산의 그 논리에 대해 윤파에 이어 서활과 노달, 선변이 잇달아 피식거리거나 빙긋거렸다. 그리고 이윽고는 유정까지도 슬며시 웃음기를 떠올렸다.

잡조의 단체 웃음(?)에 명철이 격해지지 않을 수는 없었다. 그가 비록 도인의 신분일지라도, 그는 이제 이십대 초반의 팔팔, 괄괄한 청년인 것이다. 명철이 곧바로 벌겋게 변한 얼굴

이 되어서는,

"당신… 당신은 지금 내게 시비를 거는 거요?!"

하고 외치며 손가락으로 강산을 가리키는데, 그 목소리가 분노로 가늘게 떨리고 있었다.

대답 대신에 강산은 희미하게 웃음기를 떠올렸다. 명철을 놀리자는 것은 아니었다.

그저 몇 달 전까지만 해도 그와는 전혀 다른 세상에 사는 사람들이라고 여겼던 대무당파의 도인검사(道人劍士)가 극도의 분노를 표출하는 앞에 서서, 하늘이 무너지는 듯한 절망과 공포에 떨지 않고 차라리 익숙하다는 따위의 감상이나 떠올리고 있는 자신의 변화가 스스로 생각하기에도 참으로 어이없다는 생각이 언뜻 떠올라서였다.

그런 같잖은 감상을 떨쳐 버리려 강산은 가볍게 고개를 흔들었다. 그리고는 천천히 이강의 곁으로 다가갔다, 명철을 제쳐 둔 채로.

자신의 분노에는 아랑곳없이 태연히 어깨를 스치듯이 지나가는 강산에게 명철은 발작적이다시피 일 장을 쳐냈다. 쳐냈다고 하기보다는 밀어냈다고 하는 것이 보다 어울리는 부드러운 일장이었다.

"무당면장(武當綿掌)!"

선변이 나직하게 외쳤다. 동시에 명철은 급하게 손목을 비틀었다. 상대에게서 대항하거나, 피하려는 아무런 시도의 조짐이 없었기 때문이다. 상대는 무림인이 아니었다. 만약 무공을 익혔다면 반사적으로 나오는 어떤 대응의 조짐이라도 반드시 있어야만 했다.

그렇다면 아무리 방자한 자에 대한 징계라 하더라도 그 경중을 다시 구분해야만 했다. 그럼으로써 애초에 강산의 턱을 노렸던 명철의 일장은 급격히 아래로 떨어져 가볍게 강산의 어깨를 때렸다. 그리고 명철은 응축되었던 기가,

팡!

하고 폭발하면서 나는 가볍고도 경쾌한 소리를 기대했다, 무당면장 특유의 타격음을.

그러나 막상 나온 소리는 그가 기대했던 것과는 달리,

팍!

하는 불투명한 소리였다. 동시에 그의 손바닥으로부터 손목과 팔꿈치, 그리고 어깨와 허리까지로 순식간에 전해져 오는 기이한 반발력.

발끝을 끌며 힘의 결대로 몸을 반 바퀴 회전시킴으로써 반력을 해소시킨 명철은 분을 참지 못하고 나직한 호통을 터뜨렸다.

"이런 교활한……!"

그러나 그 호통은 맺어지지 못하였다. 상대의 무엇이 교활한지 명철 스스로도 미처 정의하지 못하였으므로. 상대에게 속은 듯한 느낌이나, 상대가 무엇을 속였는지가 도무지 명확

하지를 못했다.

그 기이한 반탄력은 내공에서 나오는 반탄력과는 확연히 다른 느낌이었다. 그것은 마치 태극권의 전사경(纏絲勁)을 순수하게 외공으로만 시전했을 때 발휘되는 힘과도 비슷한 느낌이었다. 그러나 또한 그런 것과도 확연히 달랐다.

명철이 다시 분기를 세웠다.

"당신이 방금 무슨 재주를 부렸는지는 모르겠으나, 어쨌든 당신에게 한 수 재간이 있음을 보았으니 이제부터는 나 또한 손속에 사정을 두지 않을 것이오."

그 말은 강산에게 한 것이라기보다는 다른 사람들에게 자신이 이제부터 진실한 무공을 쓰는 데 있어 그 명분을 미리 밝혀둔다는 것이리라.

말과 함께 명철이 곧바로 일련의 연결된 권초(拳招)를 쳐내는데, 바로 칠성권(七星拳)이었다. 그런데 칠성권이 비록 무당 제자들이 무공입문과정 바로 다음 단계에서 익히는 기초 권법에 속하는 것이지만, 그것을 펼치는 자가 당금 무당의 이대제자로서, 더욱이 신주십삼존의 한 사람인 무광 진인의 직전제자인 명철이니, 그 쾌변(快變)의 위력이란 결코 간단하지가 않았다.

파파파팡!

네댓 번의 기격음이 동시이다시피 터져 나왔다. 그러나 이번에도 강산에게서는 별 대응이라고 할 것이 없어서, 사람들이 보기에 강산은 속수무책으로 명철의 주먹을 그대로 다 맞고만 있는 것 같았다.

그러나 정작 명철은 크게 당황하고 있었다. 강산의 몸놀림이 참으로 기이하였다. 강산이 명철과 거리가 떨어졌을 때는 소 닭 보듯이 가만히 서 있다가, 명철이 가까이 다가서기만 하면 기이한 움직임으로 거리를 바짝 좁혀 버리는 것이었다.

그것은 신법도 보법도 아니었다. 그저 흐느적거리는 움직임이었다. 아니, 사실은 움직임조차 거의 없었다.

그런데도 기이하게 명철이 타격을 하려는 순간이면 어느새 틈새를 좁혀 서로 맞닿을 듯이 밀착해 있었으므로, 명철은 타격에 제대로 힘을 싣지 못하게 되어버리는 것이었다. 더욱이 지금 명철은 쾌변(快變)의 묘에 있어서는 무당보법(武當步法) 중에서 으뜸으로 꼽히는 칠성둔형(七星遁形)을 운용하고 있는 중이었다.

명철의 당황은 이내 답답함과 분노로 전이되었다. 상대의 재주에 명쾌히 인정이라도 할 수 있다면 차라리 덜 답답할 것이었다.

그런데 상대에게 어떤 기이한 능력이 있음은 분명한데 그것이 그가 아는 한에는 무공이라고 할 만한 것이 도무지 아니어서 도대체 어떤 계통의 능력인지 짐작조차 하기가 어려웠다.

더욱 사람을 화나게 만드는 것은 상대의 반사적이고도 돌발적인 몸 튕김(?)이었다. 처음 그가 면장으로 상대의 어깨를 쳤을 때 느낀 바 있던 그 전사경 비슷한 느낌이 나던 일종의 반사작용 같은 것 말이다. 그가 치면 상대가, 아니, 상대의 몸이 반사적으로 반응했다. 어깨, 가슴, 배, 옆구리 등등 상대의 온몸이 다 말이다.

또한 그런 상대의 반사적 반응은 꽤나 강력했다. 힘을 실을 거리가 전혀 없는 것은 자신이나 상대나 마찬가지임에도 불구하고 말이다.

명철이 점차 내공의 운용 수위를 높여서 이제는 오성(五成)을 운용하고 있건만, 상대에게는 여전히 통하지를 않았다. 마치 그가 상대를 강하게 치면 칠수록, 꼭 그만큼 강력해진 여파가 다시 그에게로 되돌아온다는 황당한 느낌마저 들 정도였다.

그러던 중 한순간 명철은 기겁하고 말았다. 그때는 상대가 다시금 어떻게 했는지도 모르게 그와의 틈새를 좁힌 상태였다. 그런데 어깨가 맞닿은 상태에서 상대가 순간적으로 어깨를 튕겨냈는데, 거기에 놀랍도록 강력한 힘이 실린 것이었다.

"어헛!"

다급한 소리와 함께 명철은 속수무책으로 튕겨 나갈 수밖에 없었다. 얼떨결에 허둥거리며 네댓 걸음이나 튕겨 나간 뒤,

챙!

하는 검명과 함께 명철의 손에는 한 자루의 검이 들렸다. 선변이 놀라,

"공권(空拳)에 검이라니 비겁하다!"

하고 외쳤다. 그러나 명철은 그 뾰족한 외침조차 듣지 못하였다. 그의 머릿속에는 지금 극에 달한 당황과 그것에 비례하는 만큼의 수치와 분노뿐이었다.

쾌애애액!

푸르스름한 검화(劍花)가 어지럽게 피어나 마치 거센 폭우처럼 사방허공으로 몰아쳤다.

태청풍뢰검(太淸風雷劍)이었다. 명철의 손에서 마침내 무당검 본연의 위력이 제대로 발현되고 있는 것이었다.

크게 당황한 강산이 순간 퍼뜩 떠올린 것은 무명이었다. 그가 무공에 대해서는 그야말로 일초무학(一招無學)으로 제대로 격식을 갖춘 검법에 대응할 재간이 있을 리 없으나, 무명으로 상대의 검을 맞아 본 경험은 이미 두어 차례쯤이나 되었다.

무명이란 놈의 타고난 탄성과 유연성을 잘 자극하여 놈이 신명나게 놀도록 해주면 그의 주위로는 제법 쓸 만한 방어막이 형성되는 것이었다. 물론 그 스스로도 그러한 무명의 방어막에 대해 확고하달 수 있는 믿음까지 가지고 있는 정도는 아니었다.

더욱이 세상의 무수한 검법 중에서도 가장 오묘하다고 하

는 무당검을 막아줄 수 있을지는 감히 장담해 볼 수 없었다. 그러나 어쨌든 지금 강산이 그나마 기대어볼 수 있는 가장 유력한 방법은 무명일 수밖에 없었다.

그러나 강산은 이내 생각을 바꾸었다. 아직도 무명을 완벽히 통제할 수 없는데, 함부로 휘둘렀다가는 그 뒤의 결과를 감당하기 어려울 것이라는 생각이 또한 퍼뜩 떠올랐기 때문이었다. 스스로 생각하기에도 이 와중에 참 오지랖도 넓다는 생각과 함께.

그러나 어쨌든 그는 개인으로서의 입장보다는 조장의 입장과 명분으로 지금 이 상황에 끼어든 것이니, 누가 잘했고 누가 잘못했고 하는 것을 떠나, 주먹다짐으로 몇 대 때리고, 맞는 것과 병기로 상처를 입히는 것은 나중의 결과를 놓고 볼 때 완전히 다른 문제가 될 수밖에 없을 듯하였다.

강산은 일단 팔찌 상태의 무명으로 방패를 삼아보기로 했는데, 그런 무모한 결정 뒤에는,

'뭐 어떻게 되겠지. 최악의 경우라도 육관통에 이른 무형 방호막이 작용하고 있으니 가슴에 구멍이 나거나 팔다리가 잘리기까지야 하겠어?'

하는 근거없고, 무모하기 짝이 없으며, 참으로 무작정인 한 가닥의 묘한 믿음이 있기도 했다.

선변은 아주 사색이 되고 말았다. 지금 이리 비틀, 저리 휘

청거리면서 겨우겨우 명철의 검을 피해내고 있는 강산의 모습이 금방이라도 찔리고 베어져 시뻘건 피를 뿜으며 쓰러질 것만 같은 아슬아슬함을 주고 있었기 때문이다.

그런데도 선변이 소리 질러 악을 써대거나 무슨 난리라도 치지 못하고 있는 데는, 다른 사람들의 반응이 자신과는 사뭇 달랐기 때문도 있었다. 노달과 윤파, 서활과 유정, 그리고 이강까지 모두 잔뜩 긴장한 기색이었으나, 그렇다고 당장에 말리고 나설 작정은 보이지 않았다.

선변이 다급한 마음 중에도 뭔가 자신이 보지 못하고 있는 것이 있나 하고 다시 유심히 강산과 명철의 격돌을 주시했다.

강산은 시퍼렇게 난무하는 칼날에 아예 얼어붙은 듯이 거의 움직이지를 못하고 있었다.

명철은 그런 강산을 마치 고양이 쥐 다루듯이 막상 상처 하나 내지 않고 몸에 닿을 듯 말 듯하니 어르며 혼을 빼놓고 있었다. 참으로 귀신같은 검술 솜씨였다. 그리고 지독한 조롱이고 위협이었다. 명철의 검은 점점 더 강산의 몸 가까이에서 놀고 있었다.

그러나 둘 중 누구도 그 아슬아슬한 곡예를 그만둘 기색은 조금도 보이지 않았다. 강산도. 명철도.

명철은 자신의 검예(劍藝)를 마음껏 드러내는 한편, 상대가 무릎 꿇고 살려달라고 빌 때까지 점점 더 위험하게 검의 곡예를 계속할 듯했다. 그러면서도 막상 일이 너무 커진다

면 그도 질책을 면하기 어렵다는 계산도 어느 정도는 있는
듯했다.

거기에 반해 강산은 아예 자신의 목숨을 담보로 하여,

'어디 한번 죽여봐라!'

하고 결기를 부리거나 혹은,

'네가 설마 나를 정말로 베기야 하겠느냐?'

하는 턱없는 배짱으로 한번 끝까지 엉겨볼 작정인 듯했
다.

명철은 어느 순간부터 자신이 상대를 마음대로 조롱하고
위협할 만큼 압도하지 못하다는 사실을 깨달았다.

상대의 움직임과 몸짓에는 여전히 어떠한 법도(法道)도 있
어 보이지 않아 무질서하기만 하였다. 그러나 그는 여전히 상
대의 그 무질서한 움직임을 효율적으로 쫓아가거나 봉쇄하지
는 못하였다. 그런 것은 그가 칠성둔형을 전력으로 펼쳐도 크
게 나아지지 않았다. 왜 그런 현상이 벌어지는지 그로서는 도
무지 이해할 수 없는 일이었다.

무릇 검법의 근간이 되는 것 중 가장 중요한 것이 안법(眼
法)과 더불어 보법(步法)이라고 할진대, 지금 명철의 칠성둔형
이 상대를 제압하지 못하니 그의 검 또한 상대를 제압할 수
없는 것은 당연하였다.

명철의 검초가 처음에는 열 번을 찌르고 베는 중에 두세 번

은 상대의 몸에 능히 닿았으나, 점차로 그 적중도가 줄어들어 이제는 한 번도 미치지 못할 때가 잦았다.

그리고 그 한두 번마저도 상대의 팔목에 채워진 그 한 쌍의 이상한 팔찌에 가로막힐 뿐이었다. 그런데 그럴 때마다 다시 설명하기 어려운 기묘한 작용들이 이루어지는 까닭에, 그는 검에 실은 내공으로도 제대로 상대에게 충격을 주지 못하였다.

그리하여 명철은 마침내 정말로 피를 보고 말겠다는 살의(殺意)를 검에다 담게 되었다.

상대는 처음에 당황하는 듯했으나 이내 차분해졌다. 아울러 그 기묘한 작용, 즉 부딪치는 순간 그의 검과 검에 실린 내력을 능히 흘리고, 튕기고, 끌어들이는 등의 동시적인 작용들 또한 더욱 노골적이고 자연스럽게 이루어지고 있었다.

팅!

티팅!

검과 부딪칠 때마다 강산의 양 손목에 채워진 한 쌍의 팔찌에서는 맑은 울림소리가 났다. 그러나 이제쯤에 그것은 가끔씩이나 들을 수 있었다.

그런 중에 강산이 이제는 완연히 태연한 기색이 되어 있고, 반면에 명철의 얼굴에는 붉은 기운이 제법 짙어져 있다는 사실에 대해 사람들은 크게 유의하지 못하였다.

"니미랄, 열불이 차서 더는 못보고 있겠네!"

윤파가 마침내 욕지거리를 뱉으며 앞으로 한 발을 내디딘 것도 역시 그 또한 어우러지고 있는 두 사람의 안색 변화를 제대로 보지 못하였기 때문일 것이다. 그러나 윤파는 성큼 나아가려던 몸짓을 멈추지 않을 수 없었다.

"잠시 그대로 두고 보세!"

노달의 만류 때문이었다. 윤파가 걸음은 멈추었지만, 설핏 인상을 찡그리며 불만을 토로했다.

"아니, 영감님은 왜 자꾸 그러시는 겁니까? 아까 이강 때도 그러시더니. 구경만 하고 있다가 조장에게 무슨 일이 생겨도 좋다는 겁니까?"

"무슨 일이 생기려면 벌써 생겼겠지. 살기란 것이 본래 그런 것 아니던가? 한 번 일어났을 때 쓰지 못하면 이내 무디어지고 마는 것!"

흘깃 돌아보며 답하는 노달의 눈빛은 덤덤하였다. 그러나 너무 덤덤하여서 윤파는 오히려 차갑다는 느낌을 받았다. 순간 윤파가 이마를 확 찡그렸다. 그러고는 그는 입을 꾹 다문 채 팔짱을 끼고 시선을 다시 강산과 명철에게로 돌렸다.

상대가 양 손목의 팔찌를 앞세우고 무작정으로 덮쳐드는 순간, 명철은 침착하게 반보를 옆으로 돌아 비켜섰다. 동시에 눈높이로 검을 당겨 눕혔다가 아래로 짧게 돌려 베어냈다. 그 일검이 완전한 회전을 이룬다면 상대의 허리는 양단되고 말 것이나, 명철의 운검(運劍)에는 주저함이 없이 자연스러웠다.

그런데 다시 이해할 수 없는 일이 일어나고 있었다. 상대의 그 엉성한 움직임은 그다지 빨라 보이지 않았다. 그러나 어찌된 일인지 참으로 이상하게도 빨랐다.

그가 끌듯이 옆으로 반보를 돈 그의 왼발에다 미처 제대로 중심을 싣기도 전에, 그리고 그가 눈높이로 늘어낳긴 섬을 이제 막 아래로 돌려 베어 내리는 참인데, 상대는 이미 회전하는 그의 몸을 그대로 따라와 다시 정면으로 덮쳐들고 있었던 것이다.

명철은 전력을 다해 손목을 비틀었다. 그의 검은 격렬한 떨림으로 베어 내리던 궤적을 멈추었다. 그럼으로써 그의 검은 앞을 향해 꼿꼿이 수평으로 섰다. 또한 그럼으로써 그의 검은 그때쯤 그대로 몸통으로 들이박을 듯이 공간을 좁혀 온 상대의 가슴을 자연히 찌르는 형국이 되었다. 그로서는 최선의 선택이었고, 절묘한 임기응변이었다.

그러나 바로 다음 순간, 명철은 도저히 믿을 수 없다는 심정이 되고 말았다. 순간적으로 상대의 허리가 기묘한 튕김을 일으키고, 뒤이어 비스듬히 틀어진 상대의 가슴이 그의 검신을 사선으로 밀고 들어오는 광경이 마치 환상처럼 그의 두 눈

가득히 들어오고 있었다. 그리고,

　쾅!

　하는 머릿속의 강한 울림을 느끼며 명철은 그대로 의식의
끈을 놓쳐 버리고 말았다.

4

　명인도, 잡조도, 남궁세옥 등도 잠시간 그저 멍하니 바라보
고만 있었다. 사실 그들에게는 제대로 놀랄 틈도 없었다. 그
렇게 무모한 방식으로 승부가 나리라고 예측한 사람은 아무
도 없었으니까.

　명철을 제외한 그 누구도, 그 찰나의 순간에, 강산의 허리
가 그처럼 벼락같이 튕겨졌다는 것을, 다시 강산의 가슴이 환
상처럼 틀어지며 명철의 검을 밀어냈다는 것을, 그리고 마지
막 순간에 강산의 어깨가 정말로 벼룩의 간만큼이나 짧게 회
전하며 명철의 턱을 강타해 버렸다는 것을 다 알아보지는 못
하였다.

　지켜본 사람들 중 몇몇에게 그것은 다만 불의의(?) 충돌이
었다. 강산의 어설픈 몸짓과 명철의 방심과 안이함이 만들
어 낸 어처구니없는 결과로 추측해 볼 수밖에 없는 일이었
다.

　명철의 몸이 썩은 고목처럼 그대로 넘어가고 나서, 다시 강

산이 어색하고도 어설픈 몸짓으로 그를 잡아 일으키려 할 때
에야, 그래도 가장 먼저 반응을 보인 것은 바로 명인이었다.

"멈추시오!"

하는 호통과,

챙!

하는 검명이 동시에 났다. 그리고 명인은 검을 왼쪽 어깨에
다 걸치듯이 둔 채로 강산을 향해 곧장 쇄도해 갔다.

의식없는 명철의 양어깨를 엉거주춤하니 받쳐 든 채로 강
산이 당혹스러운 기색이 될 때, 돌연 그의 뒤쪽에서,

챙!

하는 발검의 소리가 나며 바로 이어 한 사람이 명인을 향해
마주 달려나갔다. 바로 이강이었다.

마주 달려오는 이강을 보는 명인의 눈빛이 잠깐 흔들렸다.
그러나 그것은 찰나였을 뿐, 그는 곧 강산을 향했던 검극을
이강에게로 바꾸었다. 아주 간단히.

이강에게 인정을 느꼈던 것은 다만 과거의 추억에 대한 잠
시의 회상일 뿐이었다. 지금의 그는 무당의 이대제자이며, 장
문인 무광 진인의 세 번째 제자이며, 또한 지금 혼절해 있는
명철의 사제인 것이다.

그럼으로써 그가 지금 당연히 해야 할 바는, 감히 무당의
경내에서 사형 명철을 쓰러뜨린 자를 응징하는 일이었다. 그
리고 그것을 방해하려는 자가 있다면 그자 또한 그가 당연히

응징해야 할 대상이 되는 것이다.

그런 점에서 이강은 그에게 최선의 선택이지 않을 수 없었다. 우선 이강이야말로 이 모든 상황의 원인이니, 일단 그를 제압해 두는 일이야말로 지금까지 벌어진 일들과 또 이후로 벌어질 일들에 대한 명분이 될 것이었다.

또한 이강을 제압하는 일은 그에게 가장 확실하고, 당연하며, 쉬운 일이었다. 열 살 무렵까지, 적어도 무공에 관한한, 이강은 결코 그의 비교 상대가 되지 못했었다. 유약한데다 성격까지 유순했던 이강은 늘 그를 포함한 또래들의 놀림과 괴롭힘의 대상이었다. 더욱이 그 후 십 년의 세월 동안 그는 무당의 정예로서 최고의 절학들을 그야말로 피땀 흘려 수련해 왔지 않는가.

이강은 처음에 강산에게로 향하는 위협을 막아주어야 한다는 생각뿐이었다. 강산이 그를 위해 위험을 감수하고 나서 준 것처럼. 그러나 막상 명인과 검을 마주하고 선 지금에는 그런 생각마저도 그다지 강하지는 않아서, 차라리 담담하기만 하였다.

이강에게 그것은 언뜻 생소하고도 이상한 느낌이었다.

이강은 눈앞의 검을 보았다. 그를 향해 분명한 적의(敵意)로 겨누어진 검이었다. 또한 하나의 장벽이었다. 그동안 억눌러 쌓아오기만 했던 울분의 장벽일 수도 있고, 여전히 벗어나지 못하는 무당이라는 거대한 유무형의 구속의 장벽일 수도 있었다. 그가 염원하고 있는 바, '진정 그다운 그'로 거듭나기 위해서는 반드시 깨부수어야만 할 장벽.

'아아!'

이강은 문득 가슴 깊숙한 곳에서 뜨거운 열류(熱流)가 치솟는 것 같았다. 그것은 뜨겁지만 아직은 벌거벗은 여린 각오였다. 그러나 도저히 참지 못할 만큼 격렬한 반발이었다.

명인이 검을 뽑아 들고 자신에게로 쇄도해 오고, 다시 이강이 그를 맞아 달려나가고 하는 과정은 사실 잠깐만에 일어난 일들이었으니, 그동안 강산은 명철을 잡아 일으키려는 모양새 그대로 엉거주춤한 채로 있어야 했다.

그러나 이강이 명인과 마침내 대치하여 서는 것을 보고 강산은 미련없이 일어섰다. 명철은 대충 바닥에다 눕혀놓았다. 명철이 바닥에 뻗어 있음으로 해서 야기될 곤란한 문제들은 어쨌든 나중의 문제였다.

지금 당장 그에게 가장 관심이 가는 광경은, 그리고 가장 관심을 두어야 하는 광경은 바로 이강의 싸움이었다. 언젠가 선변이,

"사내자식이 영 숫기도 없이 순진해 빠져 가지고 막상 실전에서는 영 꽝일 것 같은 감이 팍팍 드는."

하고 평가했던 이강의 싸움이었고, 무엇보다 그가 거느린(?) 조원의 싸움이었으니까.

三十八
소혜(小慧)

1

어느 사이엔지 주변에는 무당의 제자들이 몰려들고 있었
다. 그들 중 일부는 명철을 부축해 가고, 또 일부는 어디론가
상황을 전하러 가는지 급하게 신법을 전개해 달려가고 하며
사뭇 분주하였다. 그러나 잡조의 누구도 그런 주변 움직임에
대해서는 신경을 쓰지 않았다. 아니, 쓰지 못했다.

원지룡은 좀 전에야 도착했는데, 우선 분주한 이대(二代)의
사제 항렬들과 삼대(三代)의 사질 항렬들에게 더 이상 소란을
떨지 말도록 주의를 주고 나서, 그들 틈에 섞여 명인과 이강
의 대결을 지켜보고 있는 중이었다.

한쪽에 자신과 함께 천하삼대기재로 불리는 남궁세옥이 있음도 알아본 뒤였다. 그러나 굳이 의식될 것은 없었다.

그의 나이 올해로 서른하나. 무당의 장문제자로서의 위상으로 보나, 무공으로 보나 어느 정도 다듬어지고 완숙으로 향해 나아가는 안정적인 위치로 접어든 그였다.

한참이나 어린 나이에다 기껏 오대세가 출신인 남궁세옥에게 특별히 어떤 경쟁심 같은 것을 느껴본 적도, 그럴 필요도 없었다. 다만 지금 이 자리에서 꼭 남궁세옥뿐만 아니라 외부인들에게 무당파의 체면이 깎이지 않도록 신중히 처신을 할 필요는 있었다.

잠시 이강이 구사하는 검초를 살펴보다가 원지룡은 가만히 미소를 떠올렸다. 그 미소엔 담담한 여유가 담겨 있었다.

삼재검법이었다. 유운검법 중의 초식도 있었다. 그리고 몇 가지 다른 것들이 섞여 있었으나, 대개가 무당의 입문검법에 속하는 것들이었다.

완전한 형태는 아니었다. 부분 부분을 절취하고, 약간씩 변형시키고, 혹은 서로 혼합하거나 원용하여 나름대로는 다른 형태를 만들어낸 것들이었다.

그런 이유는 능히 짐작할 만하였다. 무당의 검초를 쓰지 않겠다는 이강 나름의 의지일 터이고, 그러면서도 쓰지 않을 수 없는 절박함이리라. 그런 짐작에 원지룡은 내심 약간의 측은 지심마저 드는 것이었다.

'그러한 것이야말로 파문제자의 숙명이리라!'

그러나 얼마 지나지 않아서 원지룡은 더 이상 여유를 가지지 못하게 되었다. 얼굴에 떠올렸던 미소도 사라졌다.

시종 명인의 일방적인 우세였던 형세가 갑자기 이강의 우세로 돌아섰기 때문이었다.

이강의 검초에는 별다른 변화가 없었다. 여전히 무당검의 기본 검초들을 변형하고 조합시킨 것에 불과하였다.

그리고 명인은 그와는 열 살이나 나이 차이가 나는 막내 사제이지만 태어나자마자 무당에 입문을 하였으니, 근 이십여 년간이나 체계적으로 무당의 무공을 연마한 것이다.

당연히 이강의 검초 중 명인이 모르는 검초가 있을 수는 없었다. 오히려 이강보다 더욱 능숙하게 그리고 더욱 깊이 있게 펼칠 수 있는 초식들이었다.

'내공이다!'

원지룡은 내심 부르짖었다. 바로 내공이었다. 이강의 갑작스러운 우세를 설명할 이유는 그것뿐이었다. 지금 검이 마주칠 때마다 이강의 검이 명인의 검초를 사정없이 흐트러뜨리고, 허겁지겁 물러나기에 급급하도록 만드는 근본 원인은 바로 그것뿐이었다.

이강의 내공이 어떤 종류의 것인지는 원지룡으로서도 당장에는 짐작해 볼 길이 없었지만, 분명한 것은 무당의 내공이 아니라는 점이었다.

어쨌든 명인이 더 이상 수치를 당하기 전에 조치를 취해야
만 했기에 원지룡이 앞으로 성큼 걸어나가며,

"멈춰라!"

하고 크게 외쳤다. 그 한마디 호통 소리가 주변 사방을 쩌
렁하고 울린데다, 또한 바로 원지룡의 호통이었으므로 이강
과 명인은 곧바로 검을 거두며 각기 대여섯 걸음씩 뒤로 물
러섰다.

원지룡이 두 사람의 가운데쯤에 선 다음에 흘깃 보니 명인
의 모습에서는 당황한 기색이 역력했다. 그만큼 이강의 무위
에 혼쭐났기 때문이리라.

그런데 명인에게서 못마땅한 시선을 거두어 이번에는 이
강을 향하던 원지룡의 표정에 갑자기 한가닥의 노기가 서렸
다.

이강의 손에 들린 검 때문이었다. 비록 바닥을 향하여 늘어
뜨리고 있기는 했지만, 이강의 두 손은 여전히 단단하게 검
자루를 틀어잡고 있었다. 적어도 원지룡의 눈에는 그렇게 비
쳤다. 상황에 따라서는 감히 그에게도 검을 겨눌 수 있다는
의지의 표현으로.

원지룡이 번뜩이는 안광으로 이강을 쏘아보며 무겁게 꾸
짖었다.

"이강! 너는 지금 감히 무슨 짓을 벌이고 있는 것이냐? 이

곳이 어디인지 네 진정 모른다는 말이냐?"

원지룡이 이어,

"내 직접 너를 무릎 꿇려 죄를 물으리라!"

대갈하고는 크게 걸어나가는 기세 그대로 검을 뽑아 드는
데,

스르릉!

하는 검명(劍鳴)에서부터 벌써 싸늘한 예기가 사방으로 뿜
어져 나오는 듯했고, 그러한 기세만으로도 질린 기색이 된 이
강이 주춤 한 걸음을 뒤로 물러섰다.

그것을 보고 윤파가 반사적이다시피 등 뒤의 두 자루의 목
검 중 왼손에 잡히는 목검을 잡았다. 그런데 이번에도 노달이
슬며시 손을 뻗어 그의 소맷자락을 잡았다.

"놔둬 보게!"

하는 노달의 말에 윤파가 이제는 그에게 어떤 뜻이 있다는
것을 짐작할 만하였으나, 그래도 상황이 상황이고 이강의 상
대가 상대인 만큼 노달의 손길을 뿌리치고라도 나갈 작정을
하는데, 그때 노달이 문득 가라앉은 목소리로,

"조금 이른 감은 있으나 언젠가 한번은 저 아이 스스로가
부딪쳐야만 하는 상황일세!"

하고 덧붙이는 바람에 결국은 몸에서 힘을 빼고 말았다.

물론 윤파가 노달이 말하는 의미를 확연히 알아들은 것은
아니었다. 그러나 왠지 노달의 말이 옳을 것 같다는 직감같은

게 확 와 닿는 것이었다. 이상하게도.

이강이 더는 물러나지 않았다. 마음속의 두려움은 확연하였다. 원지룡에 대해서 그는 너무도 잘 알고 있었다.

십 년 전 약관의 나이로 이미 무당의 청년 중 제일의 소리를 들었을뿐더러, 중장년의 일대제자들과도 비등하게 비무를 벌이곤 하던, 하늘처럼 높고 태산같이 커 보이던 대사형이었다. 그때였다.

파라라라랏!

부드럽게 중첩되어 밀려오는 공기의 떨림에 이강은 반사적이다시피 몸을 회전시키며 좌, 후방으로 퇴보를 밟았다.

그러나 이미 늦은 대응이었다. 왼 어깨에 불에 덴 듯한 화끈한 통증이 느껴졌다.

"이강!"

이강의 왼 어깨 어림에서 피가 확 번지자 선변이 놀라 비명처럼 외쳤다.

원지룡은 일단 검을 멈추었다. 그러나 그의 검은 여전히 이강에게 겨누어져 있었다.

"네가 이미 무당의 제자가 아닌 이상, 나 또한 과거의 인연을 빌미로 너를 상대했다는 소리를 듣고 싶진 않다. 또한 네가 과거 한때 무당의 제자였던 만큼 이제 와 비굴하게 변한 모습을 보고 싶지도 않다. 그러니 너는 네가 가진 재주를 다해 보아라! 그리하여 차라리 당당한 모습을 보이거라!"

그때였다. 지금까지 감히 원지룡을 마주 보지 못하고 오로지 그의 검에만 잔뜩 움츠린 시선을 고정시키고 있던 이강이 천천히 고개를 들었다. 그리고 원지룡과 눈길을 마주하는 것이었다.

원지룡의 눈빛에 반짝 이채가 스쳤다. 이강의 눈빛에 한가닥 맑은 광채가 서리고 있었다. 그것은 바로 이강의 의지였다.

이강은 천천히 검을 들어 올렸다. 그리고 검병이 가슴 높이로 왔을 때 천천히 품 안으로 끌어당겼다. 그의 내면 깊숙한 곳에서 뜨거운 무엇이 깨어나고 있었다. 그것은 잠재되어 있던, 아니, 쪼그라들고 움츠러들었던 무인의 본능이었다. 검사로서의 본능이었다. 그리고 강렬한 투지였다. 강자(强者)에 대한.

이강은 왼발을 가볍게 앞으로 밀었다. 동시에 그의 품 안에 들어와 있던 검이 바깥으로 떨쳐 나갔다.

여전히 같은 검초였다. 그러나 이전과는 달랐다. 그의 몸은 부드럽게 미끄러지고 회전하고 도약하고 착지하였다. 그의 검이 힘차게 베고 찌르며 허공을 누비기 시작했다. 부드러운 중에도 가히 폭발적인 힘을 담은 동세(動勢)였다. 그리고 이윽고 그의 몸과 검이 한덩어리가 되어 움직이기 시작했다.

차차차차창!

검이 수없이 부딪치고 있었다. 감히 꿈꿔보지 못했던 상대의 검과 치열하게 얽혀들고 있었다.

이강은 몰입해 들고 있었다. 터질 듯한 긴장과 흥분, 투지에. 그리고 검의 움직임 하나하나에. 그리고 그는 그 스스로를 잊었다. 무아지경이었다.

이강의 평범한 검초는 이제 평범하지 않았다. 특이한 위력을 발휘해 내고 있었다. 그 평범한 검초들은 의외로 치밀하게 조합되며 매 순간 생각지 못한 검로(劍路)를 만들어내고 있었다. 더불어 그의 검에는 독특한 힘이 녹아 있었다. 예측불가로 밀고, 당기고, 튕겨내는.

원지룡은 일시 당황하지 않을 수 없었다. 그는 벌써 서너 걸음이나 뒤로 밀려나고 있는 중이었다.

물론 그가 뒤로 물러섰다고 해서 딱히 위급한 지경까지 몰린 것은 아니었다. 다만 무리하게 형세를 되돌리려 하지 않았을 뿐이었다.

그러나 그런 것만으로도, 그가 무당파 내에서 가지고 있는, 그리고 나아가 무림에서 지니고 있는 명성과 위치에는 분명 누(累)를 끼칠 만하였다. 그리고 상대가 바로 이강이라는 점에서, 그것은 누를 넘어 수치로까지 될 수도 있는 것이었다.

'이 아이가 설마 사마(邪魔)의 무공을 익혔다는 말인가?'

완만하게 원을 그리며 다시 가운데로 돌아 나오면서 원지룡은 염두를 가다듬었다. 끊임없이 그를 혼란시키고 압박하고 있는 이강의 보이지 않는 어떤 힘에 대해서.

무당의 장문제자로서 수련 단계별로 무당의 성약(聖藥)을 복용하고, 또 문파의 원로들로부터 벌모세수를 시전받는 특혜를 입은 원지룡의 내공은 이미 박대정심(博大精深)의 절고(絶高)한 경지로 접어들어 있었다.

또한 그의 무당검의 성취 또한 이미 완숙한 경지로 접어들었으니, 이강의 검초가 아무리 사람의 허를 찌르는 것이라고는 해도 어차피 그 본(本)이 무당검에 있는 것인 이상, 결코 잠시간일지라도 이처럼 그를 당혹스럽게 만들 수는 없는 일이었다.

그리하여 원지룡은 이강의 내공에서 그 원인을 찾으려 하고 있는 것이었다. 언뜻언뜻 느껴지는 생소함과 이질감에서 이강의 내공은 결코 정파 계열의 내공은 아닌 것 같았다.

그러나 그러한 모든 것이 바로 이강이 다다른 소혜(小慧)의 경지로부터 비롯되는 작용임을 원지룡은 감히 상상조차 하지 못했다. 무당무상검(武當無上劍) 태극혜검(太極慧劍)의 성취 정도를 구분하는 삼 단계의 경지 중의 첫 번째 경지인 소혜임을 말이다.

2

돌연 우뚝 멈추어 선 원지룡의 검이 파르스름한 청광으로

물들었다. 그것을 보는 순간 윤파의 눈빛에는 번쩍하고 한줄기의 차갑게 정제된 정광이 담겼다.

그러나 윤파는 막상 아무런 움직임도 취하지 않았다. 순간적으로 그가 나설 동기를 잃고 말았기 때문이었다.

노달이 벌써 한 걸음을 앞으로 나아가고 있었고, 유정 또한 긴장한 빛으로 연검에 손을 대고 있었다. 심지어는 강산과 선변까지도 앞으로 달려나갈 태세였다. 다만 서활은 침착한 빛으로 제자리에 가만히 서 있었다.

한소리 창노한 호통이 일대의 공간을 쩌렁하게 울린 것은 바로 그때였다.

"대체 무슨 소란이냐?"

그 호통의 주인이 바로 무광 진인인 것을 보고 노달이 멈춰섰고, 강산과 선변 또한 멈칫 제자리에 섰다.

이강 또한 멈추었다. 그는 즉시로 멈추었을 뿐만 아니라, 대번에 움츠린 기색이 되고 말았다. 무광 진인을 바라보는 그의 두 눈은 순간 두려움으로 가득 찼고, 좀 전까지 무당의 장문제자 원지룡을 매섭게 몰아붙이던 그의 검은 졸지에 아래를 향해 축 처져 버렸다.

사부의 호통이 터지는 순간 원지룡은 찰나의 갈등을 하지 않을 수 없었다. 그는 이강의 무공에서 의심 가는 단서 하나를 유추해 내고 이제 막 그것에 대해 확인을 해보려던 참이었다. 그런데 그가 유추해 낸 단서란 것은 그 진위 여부에 따라서는 보다 큰 개념에서 상당히 중요한 의미를 가질 수도 있는 것이었기 때문이다. 결국 원지룡은 편법을 취하기로 했다. 사부의 호통과 동시에 그의 검세가 발동이 되었기에 미처 멈추지 못한 것으로.

"이강!"

원지룡의 그 외침은 그의 신형이 한줄기의 청광으로 화해 이강을 향해 쏘아나가는 동시에 터졌다. 그리하여 사람들이 경각심을 가지고 보았을 때 그 청광은 이미 이강의 바로 앞까지 노달해 있었다.

"이런 X자식!"

윤파가 다급하게 욕지거리를 뱉었으나 그는 다만 어깨를 움찔하는데 그쳤을 뿐이었다. 그는 물론이고 노달 등 누구도 이강의 위급을 구하기에는 이미 너무 늦은 듯했다. 그때 청광의 첨단은 이미 이강의 오른 가슴으로 파고들고 있었고, 이강은 무방비로 마치 넋이 나간 듯이 청광을 바라보고만 있었다.

파아앗!

하고 한가닥의 환한 빛줄기가 생겨난 것은 바로 그때였다. 그 백색 빛줄기는 자못 눈부시기까지 하였다.

그러나 사람들이 빛줄기를 본 것은 그야말로 순간에 불과했다. 사람들이 그 빛줄기의 실체를 보려고 두 눈을 부릅떴을 때, 그 빛줄기는 이미 사라졌으므로. 대신 사람들은,

캉!

하는 격렬한 금속성을 들었고, 허공 높이 튕겨져 오르는 한 자루의 백색 연검을 볼 수 있었다. 그리고 동시에 허공에다 크게 원을 그리듯이 검을 뿌려내며, 다시 옆으로 비스듬히 두 걸음을 비껴 나가서 멈춰 서고 있는 원지룡의 모습도.

노달은 가느다랗게 한숨을 불어 내쉬었다. 크게 안도하는 기색이었다.

강산은 걱정스러운 중에 다시 얼이 빠진 듯한 묘한 표정이 되어 유정을 보았다. 유정이 창백하게 변한 얼굴로 그를 향해 희미하게 미소 지으며 고개를 끄덕였기 때문이었다. 유정이 이어 천천히 걸어서 강산의 뒤쪽으로 물러나자, 다시 잡조의 조원들이 그 주위로 모여 섰다.

무언지 모를 뿌듯함 같은 것이 느껴지기에 강산은 아랫배에다 힘을 주었다. 그리고 버럭 소리쳤다.

"이강!"

이강이 흠칫 깨어나는 기색으로 강산을 보았다. 강산이 잔뜩 불만스럽게 이마를 찌푸리며 다시 소리쳤다.

"거기서 혼자 뭐 하고 있어? 다들 모인 거 안 보여?!"

이강이 다시금 멈칫하더니 이강 뒤쪽에 모여 선 사람들을 보고서야 주춤주춤 걸음을 떼기 시작하는 것이었다. 다리에 힘이 풀렸는지 힘겨워 보이는 걸음걸이였다.

이강은 오로지 강산만을 바라보고 오는 것 같았다. 그리고 바로 앞까지 다 와서도 옆으로 비켜갈 생각 없이 그대로 강산의 품에 안기기라도 할 것처럼 앞으로만 걸음을 내디뎠다.

강산은 슬쩍 옆으로 반걸음을 비켜서며 이강을 자신의 뒤로 보냈다. 그리고는 다시 원래대로 버텨 섰다. 마치 누구도 이강의 뒤를 따라가지 못하도록 지켜 선다는 듯이. 그럼으로써 강산이 마주하게 된 사람은 바로 무광 진인이었다. 우연찮게도. 그리고 턱없게도.

이강이 그들 가운데로 왔을 때 노달은 그저 온화한 눈빛으로 고개를 한번 끄덕여 주었다. 윤파는 툭 어깨를 한번 쳐주었고, 서활은 빙그레 웃어주었다.

선변은 마치 안아주기라도 할 듯 다가섰다가는 웬일인지 오히려 한 걸음을 떨어져 서서는 안타까운 빛으로 지켜보기만 했다. 그때 긴장이 풀렸는지 이강이 가볍게 허리를 휘청거리자 선변이 화들짝 놀라 양팔을 벌리며 다가들었다. 그러나 이강이 다시 중심을 잡고 바로 서자 선변은 내밀었던 손을 얼른 거두고 말았다.

안도감일까? 잡조로 돌아왔다는 안도감. 이강은 비로소 시야에 사물들의 모습을 제대로 담을 수 있었다. 가장 먼저 눈에 들어온 것은 그의 바로 앞에 버티고 선 등 하나였다. 순동이었다.

그런데 그 자리가 아마도 유정의 바로 뒤쪽, 순동이 즐겨 위치하는 바로 그 자리일 것이라고 익히 짐작하면서도, 이강은 문득 그 넓은 등이 바로 그 자신을 위한 배려요, 보호인 듯이 느껴지는 것이었다.

순간의 감상이리라. 갑자기 텅 비어버려 시리고 허전한 가슴 때문이리라. 순동의 그 넓고 두터운 등에서 이강은 묘한 안도와 함께 어떤 향수를 느꼈다.

그것은 노달의 느낌과도, 혹은 선변의 느낌과도 다른 것이었다. 그것이 사실은 결코 자신을 위한 배려가 아니라고 할지라도, 지금 이 순간만큼은 황량하기 그지없어 찬바람만 휑하니 부는 광야에 홀로 버려졌다가 문득 아무런 조건 없이 원래부터 당연히 있었던 듯이 나타나 바람막이를 해주는 듯한, 순동의 등에는 그런 안도가 있었다.

그러고 보니 그것은 그리움인 것 같았다. 어릴 때 사부의 등에 업혀서 느껴보고 이후로 다시는 느껴보지 못했던, 그 무조건의 따뜻함과 든든함.

이강은 가만히 되뇌었다. 깊은 가슴속으로.

'아아! 사부님!'

이강은 조금 더 그의 등 가까이로 다가섰다, 가만히 숨죽인 채. 결코 사실이 될 수는 없는 가슴 시린 그리움일 뿐이겠지만, 아주 잠시간만이라도 따뜻함을 느껴보고 싶었다.

그때였다. 그의 한숨에서 한가닥 온기를 느꼈던 것일까? 문득 순동이 뒤돌아보았다. 그리고 가만히 미소 지었다. 순한 눈매와 눈망울, 그리고 특유의 온순하고도 천진스러운 미소. 늘 보던 모습이고 미소였다. 아무 의미 없는 미소.

그러나 지금 순동의 미소는 이강에게 너무도 친근하게 다가왔다. 이강은 가볍게 미소를 떠올렸다. 순동의 천진함을 흉내 내어. 그리고 슬쩍 순동의 두꺼운 등에다 어깨를 기대보았다.

따뜻했다. 그리고 든든했다. 오래전 느껴보고 그동안 한번도 느껴보지 못한, 그 그리운 느낌과 사뭇 닮아 있는 그런 느낌이었다. 이강은 저도 모르게 입속으로 웅얼거렸다.

"고맙습니다, 아저씨!"

순동이 웃었다. 기왕에 웃고 있기는 했으나 다른 웃음이었다, 덩치와 걸맞지 않게 가지런하고도 하얀 치열이 보이는. 그러나 순동은 이내 본래의 웃음으로 돌아갔다. 동시에 그의 고개도 다시 앞쪽으로 돌아가 버렸다.

순동의 방금 그 색다른 웃음은 아마도 이강 혼자만 본 것인지도 몰랐다. 그것으로써 이강은 순동과 자신 간에, 두 사람만의 어떤 특별한 유대가 생긴 느낌이었다.

비록 그것이 그 혼자만의 착각이라고 해도 좋았다. 어쨌든 이제부터 그는 그렇게 여기기로 했으니까. 방금 전의 그 느낌은 충분히 좋고 편안하고 푸근하였으니까.

선변은 빙그레 미소를 떠올렸다, 이강의 얼굴에 엷은 웃음기가 번지는 것을 보고.

　허공을 움켜잡는 무광 진인의 손짓에 삼 장여 바깥의 땅바
닥에 떨어져 있던 한 자루의 백색 연검이 빨려들었다. 무광
진인이 천천히 유정에게로 다가와 검을 건네주며,

　"그 나이에 어기비검(馭氣飛劍)이라니! 명불허전(名不虛
傳)! 보타암의 이름이 과연 헛되이 전해진 것이 아님을 알겠
소."

　하고 감탄하며 칭찬하였다. 유정이 허리 숙여 읍하고 나서
검을 받아 원래대로 허리춤에 갈무리했다. 그러자 그 한 자루
의 백색 연검은 그녀의 백의와 참으로 잘 어울리는 하나의 요
대로 돌아갔다. 유정이 다시금 다소곳이 고개 숙이며,

　"저의 결례를 부디 용서하십시오. 불상사가 생기지 않도록
해야겠다는 마음이 급해 그만……."

　하고 용서를 청하였다. 무광 진인이 가만히 고개를 저으며,

　"아니오! 아니오! 유 소저의 그런 마음을 빈도 또한 모르지
않는데, 어찌 결례를 따지겠소?"

　하고 흔쾌한 투로 말했다. 무광 진인은 이쯤에서 상황을 매
듭지을 생각이었다. 물론 이강이 눈에 걸리지 않는 것이 아니
고, 비록 정상적으로 비교할 상황이 아니었다고는 하나, 어쨌
든 무당의 장문제자인 원지룡이, 불문의 신비검파로 검에 관한

한 무당과 능히 비교되는 보타암의 제자에게, 그것도 무가(武家) 출신도 아닌 일개 상인가(商人家)의 후예에게, 비록 겉보기나마 다소간 밀린 듯이 보이는 방금 전의 상황에 대해 약간의 불만이 생기지 않는 것은 아니었다.

그러나 그는 무당의 장문인이었고, 나아가 무림맹의 맹주 신분이었다. 적어도 그가 현신한 자리에서는 관용과 대의를 보여야만 했다. 잡사(雜事)와 잡무(雜務)의 처리가 필요하다면 그런 것이야 나중에도 얼마든지 방법을 강구해 볼 수 있는 일이었다. 그는 그러기에 충분한 권한과 수단늘을 가지고 있는 것이다.

그런데 그때였다. 그의 귓가로 한가닥의 전음이 흘러들고 있었다.

[사부님! 이강의 무공 내력이 심상치 않습니다.]

원지룡이었다. 무광 진인이 흘깃 시선을 돌려 원지룡을 스쳐 보았다. 이내 다른 쪽으로 시선을 돌려 버렸지만, 그 눈길에는 노기와 못마땅하다는 빛이 짙었다.

원지룡이 송구스러운 기색으로 고개를 숙인 채 한쪽으로 물러났으나, 그의 전음은 다시 이어졌다.

[사용하는 검초는 본파의 기초적인 초식들을 나름대로 변형한 것이라 특별한 것이 없다고 할 것이나, 그 내공이 영 석연치 않습니다. 본파의 것이 아닐뿐더러, 그 특성이 참으로 괴이쩍은 데가 있는데, 제자가 직접 견식하여 본 결과로는 언

뜻 마교(魔敎) 계열의 공력이 아닌가 하는 느낌을 받았습니다.]

무광 진인의 안색이 이윽고는 슬며시 굳어졌다. 그러나 이내 담담한 안색이 되며 그는 유정과 잡조, 그리고 한쪽에 떨어져 서 있는 남궁세옥 등까지를 쭉 돌아본 뒤에 사뭇 정중한 투로 입을 열었다.

"빈도가 여러분께 한 가지 양해를 구해야 할 것이 있습니다. 다름이 아니라 저기 이강이라는 아이에 관한 문제입니다. 저 아이는 예전에 본파의 제자였다가 중죄를 지은 것이 있어 파문된 아이인데, 이제 제 스스로 무당산에 발을 들였으니 빈도는 무당의 장문인으로서 율법에 준해 몇 가지를 확인해 볼 것이 있습니다. 이 같은 문제에 대한 강호무림의 도의와 관례에 대해서는 여러분도 잘 알고 계시리라 믿습니다만, 다시 한번 양해를 구해두려 하는 것은, 이제 빈도가 저 아이를 잠시 데려가려는 것은 어디까지나 본 무당의 율법에 준한 일일뿐더러 특별한 사정이 없다면 저 아이에게도 결코 무리하게 추궁을 하는 일은 없을 것이니, 유 소저를 비롯하여 여러분께서는 혹시 조금이라도 이의나 의혹을 가지지 말기를 바란다는 것입니다."

그러면서도 무광 진인은 다른 사람들의 말을 들어볼 의중은 처음부터 없었다는 듯이 곧바로 이강을 향하여,

"이강! 따라나서거라!"

하고 말하였는데, 그 어투가 사뭇 위압적이었다.

이강이 당장에 움츠러들며 어찌할 바를 모르는 모습이더니, 이내 고개를 푹 숙이고 어깨를 늘어뜨린 채 무광 진인을 향해 힘없이 걸음을 뗐다.

선변이 곧바로 손을 뻗어 이강의 옷자락을 잡아채려 하다가는 멈칫 손을 거두고는, 대신 다급한 기색으로 유정과 노달 등의 기색을 살폈다. 그때 두어 걸음이나 걸었을 이강이 멈칫하고 걸음을 멈추었다. 아니, 그는 멈출 수밖에 없었다. 강산이 등으로 그의 앞을 가로막았으므로.

"그럴 수는 없습니다. 이강은 어디까지나 저의 휘하이고, 우리는 무당파 소속이 아니라 사해상단 소속입니다. 그러니 적법한 절차를 거치지 않는 이상, 이강을 데려가실 수 없습니다."

강산이 짐짓 가슴을 쭉 펴고서 무광 진인을 향해 말하였으나, 그 목소리에 뚜렷한 결기(決氣)까지가 있어 보이지는 않았다.

무광 진인은 그제야 강산의 존재를 알아보았다는 듯이 새삼 시선을 맞추었다. 그러나 그의 눈에 강산 정도가 조금이라도 찰 리는 없었다. 별 특징이라 할 것 없이 평범하기만 한 강산의 모습이 그랬거니와, 더욱이 그는 이미 지금 이 자리에 있는 자들 중 유정이나 남궁세옥 등 오대세가의 자제들을 제외한다면 나머지는 그저 사해상단에서 잡일을 하는 부류들 정도라는 사실을 익히 알고 있는 바이기도 했다.

무광 진인이 문득 정색하며 말했다.

"무당파의 율법에 준해 하는 일이라고 이미 말했거늘, 어찌 경망스럽게 나서는 것인가?"

크지 않은 목소리에 호통도 아니었다. 그러나 그 나직한 목소리에는 은연중에 무형의 위엄과 무거운 기세가 녹아 있었다. 무당파 지존이며, 무림맹주이며, 신주십삼존으로서의 당연하고도 자연스러운 위엄과 기세였다.

그쯤이면 충분할 듯싶었다. 그러나 상황은 그렇게 되지 않았다.

무광 진인이 평범 내지는 그 이하로 본 것처럼 강산에게는 당당하거나 대차 보이는 면모는 나타나지 않았다. 그러나 그는 비켜날 기색도 보이지 않았고, 심지어는 주눅 든 기색조차 없었다.

"이런 천둥벌거숭이 같은 자가 있나? 예가 어디라고 감히 망동을 해? 썩 물러나지 못할까?"

무광 진인은 기어이 호통을 치고야 말았다. 호통뿐만이 아니었다. 그는 가볍게 도포(道袍)의 넓은 소맷자락을 떨쳤는데, 그러자 한 무더기의 웅대한 경력이 확 밀려 나오는 것이었다.

물론 허초(虛招)였다. 아니, 허세(虛勢)였다. 무광 진인이 어떤 위치이며 어떤 신분인데 강산과 같은 한낱 무명의 범부에게 직접 손을 쓰려 하겠는가? 다만 겁을 주어 비켜나게 하려는 것이었다.

그런데 무광 진인의 의중과 예상을 벗어나는 일이 다시금 생겼다. 강산이 그가 떨쳐 낸 경력에 질겁하여 피하기는커녕 오히려 앞으로 몸을 들이밀어 온 것이다. 무작정으로. 강산이 원래부터 그렇게 무모한 면모를 지닌 줄 무광 진인이 어찌 알았으랴.

아무리 심기가 깊고 체면을 중하게 여긴다고 하더라도 무광 진인 또한 감정이 있는 사람이었으니, 잠시 어이없다가 이내 분노가 치밀어,

"어허! 이자가 진정?"

하고 한소리 노갈을 터뜨린 다음에 소매짓에 담았던 허세를 한순간에 실세로 바꾸었다.

우우우웅!

십단금(十段錦)이었다. 실질적인 위력에서는 유수의 무당 절학 중에서도 다섯 손가락 안에 든다는 십단금인데, 그것을 화경의 경지로 익힌 무광 진인이 노해 떨쳐 낸 것이니, 아무리 단순한 소매짓이라도 거기에 담긴 위력이 어찌 예사롭겠는가.

마치 철판처럼 빳빳하게 일어선 채 짓쳐드는 소맷자락은 그대로 강산의 몸통을 바수어 버릴 기세였다. 그것을 보고 잡조 중 누군가,

"아!"

하고 짧고도 다급한 경호성을 뱉었다. 동시에 강산의 뒤로부터 신형 하나가 마치 그림자처럼 어른거리는가 싶더니,

과앙!

하는 기이한 울림을 담은 소리가 났다. 뭐랄까. 거센 힘끼리 부딪쳐 내는 폭발음인데, 그 폭발이 바같으로 터지는 것이 아니라 오히려 안으로 웅축되면서 나는 소리랄까? 뒤이어,

"허!"

하는 나직이 뱉는 소리가 있었는데, 탄식 같기도 하고 경호성 같기도 했다. 무광 진인이었다. 그가 반 바퀴 몸을 회전시키면서 횡보(橫步)로 두 걸음을 비껴 나가며 내는 소리였다.

무광 진인은 기이한 눈길로 강산의 뒤쪽 이강의 곁에 선 한 사람을 보고 있었다. 노달이었다. 그가 방금 전 불쑥 앞으로 나서며 무광 진인의 소매에 실린 경력을 받아낸 후, 그 여파로 두 걸음을 물러서 있는 것이었다.

놀라운 일이었다. 비록 방금의 격돌에서 두 사람 중 누구도 크게 힘을 기울인 것으로는 보이지 않았다. 그러나 아무리 그렇다고 하더라도, 더욱이 무광 진인이야 또 그렇다고 하더라도, 노달의 경우는 참으로 경이롭지 않은가. 천하의 무광 진

인과 어쨌든 한 수를 맞교환하고도 낭패한 기색도 없이 담담하기만 하니 말이다.

무광 진인이 잠시간 찬찬한 눈길로 노달을 살피고 있다가 이윽고 말했다.

"알고 보니 숨은 고인이 또 계셨구려. 좋소. 빈도가 미처 알아보지 못한 결례 때문에라도 오늘의 일은 일단 이쯤에서 덮고 차후에 따로 거론하는 것으로 하지요."

이어 무광 진인은 가볍게 웃음기를 떠올린 여유있는 눈빛으로 유정과 장중의 여러 사람들을 일별한 다음에 원지룡 등 제자들과 함께 그 자리를 떠났다.

노달은 그저 한번 두루 둘러보며 덤덤하게 웃는 것으로 그를 바라보는 조원들의 놀란 눈빛과 이채들에 대한 대답을 대신했다. 또한 그것으로써 잡조의 모두도 다시금 노달을 그저 노달로서 받아들이는 분위기로 되는 듯했다.

잡조원들 모두는 각자의 비밀을 가지고 있는 것 같았고, 서활은 이제 조금씩 그 비밀들에 대해 알아가고 있었다.

사실은 그런 비밀이 아니라 하더라도 그들 각자는 참으로 특이한 인물들이었다. 그런 만큼 서로 어울리기란 참으로 어려울 것인데, 그런 중에도 그들은 참으로 묘하게도 서로 조화를 이뤄가고 있었다, 지금처럼.

서활이 보기에 그런 조화의 중심에는 한 사람이 있었다. 특이할 것 하나 없이 평범한 것 같으면서도 문득문득 너무도 특이한 인물. 그렇기에 점점 더 수수께끼 같아지고 있는 기묘한 인물.

三十九
노달(盧達)

1

"알려졌던 바와는 모습이 다르며, 또한 한 수 교환한 것으로는 무공의 특성을 단정 짓기도 어렵다. 그러나 여러 정황들을 종합해 볼 때, 그자가 바로 과거의 그일 가능성을 배제할 수도 없다."

무광 진인의 목소리가 무겁게 가라앉았다. 원지룡이 조심스럽게 물었다.

"하면 어찌합니까? 만약 정말로 그자라면, 그가 무당에서 활개치고 나다니도록 둘 수는 없지 않습니까?"

"음! 우리가 굳이 수고를 하지 않아도 될 방법이 없는 것은 아니다."

다음으로 이어지는 무광 진인의 말은 전음이었다. 그리고 잠시 후, 원지룡이 놀란 얼굴로 물었다.

"단지 그의 정체를 확인하기 위해서 그렇게까지 할 필요가 있겠습니까?"

"허허허! 물론 그것 때문만은 아니다. 우리가 이제 작은 파장 하나를 그려냄으로써 수면 아래에 복잡하게 잠복해 있는 강호정세의 수많은 복선들이 줄줄이 수면 위로 떠오르게 되기를 기대하는 것이다."

그리고 다시 잠깐 동안의 전음이 이어진 후.

"아!"

원지룡이.이윽고 탄성을 흘릴 때, 무광 진인이 나직한 목소리로 말했다.

"너는 즉시 움직이되, 다른 사람의 이목에 띄지 않도록 극히 주의하여야 할 것이다."

2

무당파에서는 유정을 위해 따로 방 하나를 배정해 주겠다고 했지만, 유정은 잡조와 함께 쓸 큰 방을 부탁했다.

무당파의 도사들은 별일이다 하겠지만, 유정과 잡조에게는 이제 지극히 익숙한 일이었다. 물론 순행단의 다른 사람들에게도 또한 이제는 그러려니 여기게끔 된 일이었다.

어쨌든 무당에서는 안 될 일이라고 여겼던지, 혹은 나름으로 성의를 보이려고 했던 것인지, 가운데가 벽 대신에 미닫이문으로 연결된 방 두 개를 유정과 잡조를 위해 준비해 주었다. 잡조는 미닫이문을 활짝 열어서 결국은 두 개의 방을 하나로 텄다.

　탈 많았던 하루였다. 모두가 피곤함을 느껴 일찌감치 자리를 폈다. 그러나 막상 자리에 누워서는 다들 꽤나 오래 이리저리 뒤척이고 나서야 거우 하나씩 호흡이 고르게 되었다. 윤파는 안 하던 코골이까지 가늘게 하였다.

　그런 중에 이강 또한 고른 숨소리를 내고 있었으나, 선변은 그가 잠을 이루지 못하고 있음을 미루어 짐작할 수 있었다. 이강의 심사가 지금 얼마나 복잡할 것인가.

　선변이 또한 잠이 오지 않아 그저 두 눈만 감고 있는데, 구석 쪽에서 누군가 가만히 일어나는 기척이 있었다. 실눈을 떠서 보니 강산이었다.

　강산이 슬그머니 일어나 앉더니, 조심스럽게 바깥으로 나가는 것이었다. 소피를 보러 가는 것이려니 여긴 선변은 그저 모른 체하였다. 그런데 조금 뒤 다시 미닫이 문턱 너머에서 유정이 일어나는 기척이 들렸다.

　선변이 다시 실눈으로 보니 그녀는 방문을 열고 밖으로 나가고 있는 중이고, 그 뒤를 어느새 일어났는지 이쪽 방 끝 즈

음에 누워 있던 순동이 기척도 없이 따르고 있었다. 방문이
닫히기를 기다렸다가 선변이 잠꼬대처럼 중얼거렸다.

"좋~을 때다."

평소 같았으면 그의 농지거리에 잠들지 못하고 있는 누군
가가 장단을 맞추거나 키득거리는 웃음소리라도 낼 법한데,
방 안은 윤파의 가는 코골이 소리만 여전할 뿐 적막하기만 하
였다.

"휴우~!"

선변은 괜히 쓸쓸한 채 한숨을 뱉었다.

노달은 가만히 눈을 떴다. 가만히 귀를 기울여 보니 바로
옆에 누운 이강과 건너편 선변의 호흡이 가늘고도 깊었다. 내
내 잠들지 못하고 있던 그들이었는데, 좀 전에야 겨우 잠이
든 것이었다. 노달은 누운 자리에서 조용히 몸을 일으켜 밖으
로 나섰다.

좀 전 그가 잠을 깬 것은 귓속으로 스며든 한마디의 가느다
란 소리 때문이었다.

[진여송(陣與送)!]

천리전성(千里傳聲)이었다. 그것은 심후한 내력과 더불어
고도의 기법을 요구하는 절고의 전음수법이었다. 더욱이 마
교의 절학 중 하나인 신마음(神魔音)의 수법으로 펼쳐진 것이
었다.

그러나 노달을 진정으로 놀라게 한 것은 바로 그 한마디가 의미하는 바 때문이었다. 진여송! 그것은 그 자신의 또 다른 이름이었다. 원래의 이름. 그러나 결코 남에게 알려져서는 안 되는 이름이었다. 아직까지는.

노달은 천천히 걸었다. 신마음이 다시 들려오기를 기다리 며. 그때였다.

"영감님! 주무시지 않고 뭐 하러 나오셨습니까?"

등 뒤에서 들려오는 소리에 노달은 천천히 고개를 돌렸다. 오 상여 뒤쪽에 서활이 서 있었다. 노달은 깊숙한 시선으로 서활을 담았다.

그가 결코 평범한 인물이 아니라는 것은 벌써부터 짐작하 고 있었지만, 겨우 오 장여 거리에서 그의 이목을 속일 정도 의 능력을 지녔으리라고는 미처 생각해 보지 않은 터였다. 그 리고 은연중에 뭔가를 캐려는 듯한 그의 말투가 슬쩍 신경에 거슬렸다.

"자지 않고 무얼 하려면 자네의 허락을 받아야 하는 것이 었나?"

노달이 가벼운 핀잔투이자 서활은 천만의 말씀이라는 듯 이,

"무슨 그런 말씀을? 제가 어떻게 영감님께 감히 허락을 하 고 말고 하겠습니까?"

하고 짐짓 두 손을 들어 보였다. 그러나 곧 정색을 띠며 덧

붙였다.

"하지만 알지 못했으면 모르되, 일단 알고 말았으니 모른 체하기에는 이미 늦어버린 것 같습니다."

예상치 못한 그 말에 노달은 설핏 표정을 굳히고 말았다.

"농담을 하고자 하는 것이라면 밝은 날에 다시 하도록 하지. 노부는 잠시 처리해야 할 일이 있네."

"그 일은 잡조의 노달로서 처리해야 하는 일입니까? 아니면 다른 신분으로서입니까?"

서활의 그 물음에 대해 노달이 반사적이다시피 물었다.

"자네는 누구인가?"

"적어도 마교의 사람은 아니지요."

"으음!"

노달이 이윽고는 무거운 침음성을 흘리고 말았다.

이런저런 생각을 하다가 자신도 모르게 설핏 선잠이 들었던 선변은 문득 투덜거리는 소리에 잠이 깨고 말았다.

"에이 씨! 야밤에 다들 뭐 하는 짓들이야? 달밤에 단체로 체조라도 하나? 나가려면 다같이 나가자고 하던지, 이건 뭐 핫바지 방귀 새는 것처럼 하나씩 하나씩 새버리는 건 또 뭐야?"

윤파였다. 선변이 언뜻 이강이 누운 자리로 시선을 돌리는데, 그때 이강은 거기에 있지 않고 엉뚱하게도 방문 앞에 서 있었다. 엉거주춤 막 방문을 열려는 모양새로.

"예에……!"

이강이 애매하게 대답을 흘리자 윤파가 자리를 박차고 일어나며,

"제길! 잠을 다 깨워놨으니, 다시 잠들긴 그른 것 같고… 에라! 가자!"

"예?"

"같이 나가자고! 달 구경을 하든 체조를 하든 같이 나가보자고!"

그에 선변이 덩달아서 벌떡 일어나며 말을 보탰다.

"그럽시다. 안 그래도 방 안 구석구석 쾨쾨하게 배어 있는 도사들 냄새 때문에 아주 괴롭던 참이우. 같이 나갑시다. 시원한 공기라도 실컷 마시게."

그리고 이강에 이어 방문을 나서면서 선변은 힐끗 뒤를 돌아보고는 가볍게 고개를 갸우뚱했다.

윤파가 두 자루의 검을 챙겨 매고 있었다. 목검이 아니었다. 오늘 낮의 전투 이후에 어디서 챙겼는지 목검 대신 매고 다니던 철검(鐵劍)이었다.

선변의 고개가 다시 갸웃했다.

'저 양반! 진짜로 달밤에 체조라도 할 셈인가?'

3

달빛이 처연했다. 아니, 강산의 마음이 그러하기에 달빛 또한 그렇게 비치는 것이리라. 착잡한 감상과 안타까움이 있었고, 문득문득 자조(自嘲)하는 심정이 되며 우울하였다.

답답함이나 달랠 겸 가벼이 거닐고자 하였으나, 낮의 시비도 있었고 하여 강산은 무당파의 경내 안쪽으로는 향할 마음을 감히 내지는 못했다.

문득 차라리 산문을 벗어나 볼 생각이 들었다. 그렇다고 괜히 무당제자가 번을 서고 있는 산문을 통해 나가는 번거로움을 겪고 싶지는 않았다. 그러던 중에,

'월담이나 해볼까?'

하는 생각이 들기에 슬그머니 웃고 말았다.

그러나 다시 생각해 보니 그게 아주 의미(?)가 없지는 않겠다 싶기도 한 것이었다. 소림에서도 동인관(銅人關)에 몰래 들어가는 호기를 부린 바 있으니, 소림과 함께 구파일방의 양대 축으로 불리는 무당파인데 하다못해 월담이라도 해야 궁색하게나마 그 호기의 구색이 맞을 것 같기도 하였다.

그런 생각만으로도 강산은 우울하던 기분이 잠시나마 가벼워지는 것 같았다.

'밖에서 안으로 침입해 들어오는 것도 아니고, 안에서 밖으로 나가겠다는 것인데 무슨 죄가 될 것도 없지 않은가?'

하는 생각까지 해보며 살펴보니 앞쪽의 담장 주변에 대해

서는 별다른 경비가 없는 듯하였다. 하긴 무당파의 위엄과 자존심 때문에라도 내부 심처(深處)의 중요 장소도 아닌 기껏 외곽의 담장에까지 경계를 세워놓지는 않을 것 같았다.

그러고 보니 여느 담장처럼 높지도 않았다. 기껏해야 가슴 높이 정도였다. 그 정도라면 가볍게 넘어갈 수 있을 듯하다는 생각이 드는 순간, 강산은 곧바로 넘어가 볼 작정을 했다. 아주 가볍게. 별생각없이 그저 가볍게. 그런데 다음 순간,

"어엇?"

순간적으로 발아래가 영 어색했기에 강산은 허리를 휘청하고 나서야 겨우 중심을 잡고 설 수 있었다. 그리고는,

"어라?"

하고 다시금 놀람의 소리를 뱉고 말았다.

강산은 지금 담장 위에 서 있었다. 힘껏 도약한 것도 아니었고, 심지어는 무릎을 굽히지도 않았다. 그저 담을 넘어볼 작정 정도를 하였을 뿐인데, 어떻게 된 일인지 그는 지금 정말로 담장 위에 서 있는 것이었다.

그러나 강산은 곧 싱긋 혼자 웃고 말았다. 무슨 이유가 있겠지 하는 마음이었다. 사실 처음도 아니었다. 육관통을 이루고 난 뒤에 그에게서는, 아니, 그의 신체에서는 가끔씩 그가 도무지 이해하지 못할 일이 일어나곤 해왔으니까.

그럴 때마다 강산은 지금처럼 그냥 구렁이 담 넘어가듯이 편하게 생각하곤 했다. 고민해 봐야 그의 얕은 지식과 경험으

로는 풀릴 문제가 아닌 것이다. 그러니 무슨 이유가 있겠거니 하고 그냥 술술 넘어가 버리는 게 차라리 속이 편한 것이다.

언젠가는 그 답을 알게 될 날이 오지 않겠는가? 그리고 어쨌거나 그에게 나쁘거나 해롭지 않으면 된다는 생각이었다.

그러니 그것이 바로 그 자신도 모르게 몸에 붙어버린 금강부동신법의 묘용이 마침내 서서히 실체화되고 있는 과정이라는 것을 그가 어떻게 꿈에서라도 짐작을 해볼 수가 있겠는가. 물론 알려고 하지도 않겠지만. 어쨌든 금강부동신법이었다. 전설의 금강부동신법.

강산은 방향도 정하지 않고 그저 발길이 닿는 대로 걸었다. 어디로 가야겠다는 목표가 있는 것도 아니니 발길이 제 가고 싶은 대로 놓아둘 수밖에. 그야말로 발길 따라, 멍한 생각 따로였다.

그렇게 얼마나 걸었을까? 문득 고개를 들고 사방을 둘러본 강산은,

"허허!"

하고 탄식하고 말았다. 저절로 나오는 탄식이었다. 아니, 감탄이었다.

세우(細雨)가 내리고 있었다. 아니, 위로부터 내리는 것이 아니라, 사방이 온통 습기로 가득하여 뺨에 물방울이 맺힐 정도이니 안개인가? 머리 위로는 휘영청 달이 떠 있는데, 눈 아

래로는 온통 자욱하였다. 그야말로 운해(雲海)요, 무해(霧海)
였다.

강산은 문득 아득한 심정으로 되었다. 구름인지 안개인지
모를 이 자욱함이 지금의 그의 마음과도 같았다.

'나는 지금 무엇을 하고 있는 것일까? 어디로 가고 있는 것
일까? 왜? 무엇을 위해?

그때였다. 열 걸음쯤 떨어진 운무 속에서 누군가 차분한 목
소리로 그에게 말을 걸어왔다.

"당신은 진작부터 알고 있었나요?"

맑고 고운 목소리. 바로 유정이었다.

강산은 놀라지 않았다, 방금 그녀가 왔다는 것을 미리 알고
있었기에. 사실은 그가 무당파의 담장을 넘어설 때부터 멀찍
이 그녀가 뒤따르고 있다는 걸 알았었다. 그리고 지금 그녀의
두 걸음 뒤에 순동이 서 있다는 것도.

어떻게 보지도 않고 그런 게 알아지는지, 그건 강산도 알
수 없었다. 그냥 알아졌다.

어쩌면 운무 속에 있는 사람이 바로 유정이기에, 그렇게 저
절로 알아지는 건지도 모른다고 강산은 언뜻 생각했다. 그녀
가 바로 그의 운명일지 모르며, 또한 그가 바로 그녀의 운명
일지 모른다는 생각을, 그런 가당찮은 욕심을 수도 없이 가져
보았기 때문일까?

운무 속에서 천천히 걸어나오는 유정을 보며 강산은 그저

덤덤한 투로 물었다.

"무엇을 말이오?"

유정이 천천히 다가와 그의 옆으로 서며 대답했다.

"제가 누구라는 걸 말이에요!"

애매한 물음이었다. 그러나 묻는 유정에게도 듣는 강산에게도 그것은 너무도 확연한 물음이었다. 너무도 확연하여 부르르 가슴이 떨려오고 온몸에 자잘한 소름이 돋을 정도로.

강산은 긍정도 부정도 하지 못했다. 그저 입속으로,

"음!"

하고 모호하게 대답했을 뿐이었다. 유정의 옆으로 멀뚱히 서 있는 순동에게 애꿎은 시선을 준 채로.

잠시 후 유정이 담담한 목소리로 다시 물었다.

"언제부터였죠?"

"그때 흑사방주와 만났을 때… 소저가 날 부축했을 때."

"어떻게?"

"그때 서활이 잡조로 충원되던 날 내가 그에게 말하는 걸 함께 들었지 않았소?"

"……?"

"내가 벼락을 맞은 적이 있는데, 그 뒤로 한 가지 묘한 현상이 생겼다고 말했지 않소. 사람의 얼굴은 잘 기억하지 못하더라도, 일단 가볍게 스치는 정도라도 몸을 접촉해 본 경우라면, 나중에 시간이 지난 뒤라도 다시 몸을 접촉하는 순간 곧바로 기억해 낼 수 있다고."

"아!"

짧은 놀람 뒤에 유정은 곧바로 얼굴을 붉히고 말았다. 잠시의 침묵 뒤 유정이 다시,

"저는 당신이 알지 못하기를 바랐어요. 영원히!"

하고 혼잣말처럼 말했다. 강산이 한동안이나 묵묵히 침묵을 지키다가 문득 물었다.

"날 원망하오?"

"원망이요? 그때 그곳을 나서는 순간 이미 모든 걸 감수하고 잊기로 했는걸요. 어차피 불문에 귀의할 생각을 굳히고 있던 중이었으니, 그것 또한 불존의 뜻으로 여기기로 했어요."

문득 격정이 이는지 유정은 잠시간 틈을 두었다가 다시 말을 이었다.

"그러나 사저가 그렇게 참혹한 죽임을 당한 것을 목격하고 나서는 도저히 그럴 수가 없었어요. 용서할 수가 없었어요. 반드시 흉수를 밝혀 응징함으로써 구천을 떠돌 사저의 원혼을 달래주리라고 맹세했어요. 그런 후에야……."

"그런 후에는?"

강산은 자신도 모르게 그렇게 반문했다.

유정이 굳이 맺지 않은 말이 무엇이라는 것을 강산도 모르지는 않았다. 다만 그 순간 참지 못할 안타까움과 타는 갈증

을 느꼈기 때문이었다.

유정은 대답하지 않았다. 다만 잔잔한 눈길로 강산을 바라보고만 있었다. 그러다 그녀는 문득 눈빛에다 가만한 웃음기를 드리웠다.

강산은 그녀를 따라서 희미한 웃음기를 떠올렸다. 그리고 가만히 고개를 끄덕여 주었다.

유정의 눈빛이 이유를 물었을 때, 강산은 이렇게 말해주었다. 다만 속으로만.

'그럽시다. 그대가 원한다면 그렇게 합시다. 우리 사이에는 아무 일도 없었던 걸로 합시다. 단지 나와 당신은 지금 잡조로만 함께하고 있는 걸로 합시다. 그리고 이번 순행이 끝나는 날, 당신과 나는 아무 일도 없었던 것처럼, 원래의 각자로 돌아가는 거요. 당신은 사해상단의 후계자로, 혹은 보타암의 제자로. 나는 잡조로, 아니, 그냥 나 자신으로.'

그때였다.

"아! 저기……!"

유정이 가볍게 놀라며 한쪽을 가리켰다. 그녀의 손가락이 향하는 방향의 이십여 장 저쪽, 안개가 미치지 못하는 산자락을 타고 두 개의 신형이 미끄러지듯이 쏘아가고 있었다. 그리고 강산은 그 두 개의 신형이 바로 노달과 서활이라는 것을 알아보았다. 그 먼 거리에서, 희미한 달빛 아래서, 자신이 어떻게 그들을 알아볼 수 있었을까 하는데 대해서는 이상하다는 생각을 미처 해보지도 못하면서.

4

　무당파 경내(境內)를 벗어나 산길로 대략 칠팔 리 정도를 달린 끝에 노달과 서활은 이윽고 하나의 협곡 앞에서 멈춰 섰다. 노달에게 가끔씩 전해지는 신마음이 그들을 이곳까지 인도한 것이다.

　절벽의 한가운데를 서대한 노끼로 썩어낸 듯이 좁고 반듯한 협곡의 입구는 사람 대여섯이 나란히 걷는다면 어깨를 바짝 붙이고서야 겨우 지나갈 정도의 폭이었다. 두 사람이 협곡 안쪽으로 들어가기를 잠시 주저하고 있을 때였다.

　"영감님!"

　뒤에서 부르는 소리에 노달과 서활이 흠칫 놀라 돌아보니 십여 장 저쪽에 강산과 유정이 서 있었다. 그들뿐만이 아니었다. 그들 뒤로 다시 십여 장 뒤쪽에서 앞서거니 뒤서거니 달려오고 있는 신형들이 있었는데 바로 윤파와 이강이었고, 그 뒤로 다시 처져서 달려오고 있는 사람은 선변임에 분명했다.

　노달은 당혹스럽기 그지없었다. 결국에는 잡조가 다 모인 셈이 되고 만 것이다. 그가 전혀 예측하지 못했고, 더욱이 바라지는 않은 상황이었다.

그러나 서활의 개입부터 그에게는 선택의 여지가 없었다. 서활이 기왕에 그의 정체에 대해 알고 있는 것 같았으니, 이곳까지 함께 올 수밖에 없었다. 이후의 상황에 따라서는 서활을 제거할 독한 생각까지도 이미 해두고 있던 터였다. 다만 그런 중에 한 가지의 의문은 신마음을 보내고 있는 자가 서활의 개입에 대해 전혀 개의치 않고 있다는 사실이었다.

여하간 이제 일은 더욱 이상하게 꼬이고 말았다. 물론 서활을 제외한 나머지는 그의 정체에 대해 알지 못할 것이었다. 그들이 지금 굳이 자신과 함께하겠다고 이곳까지 따라온 것은, 어디까지나 그를 노달로, 잡조의 일원으로 생각하기 때문일 것이었다.

"허허! 염려해 주는 마음들은 알겠으나, 이건 어디까지나 노부의 사적인 일일세. 그러니 다들 돌아들 가주시게!"

안 먹힐 줄 알면서도 노달은 일단 그렇게 운을 떼어보았다. 웬일로 강산이 별생각 하는 기색도 없이,

"영감님의 사적인 일이라니 그래야겠군요."

하더니, 역시나 곧바로 이어서,

"그렇지만 저는 예욉니다. 이해하시겠지만 조장이란 자리가 원래 그렇지 않습니까? 조원들을 관리하다 보면 때로는 불가피하게 그 사적인 문제에까지 개입해야만 할 때가 있는 법이지요."

하고는 슬그머니 싱글거렸다. 노달이,

"조장!"

하고 짐짓 가라앉은 목소리로 불렀으나, 곁에서 윤파가,

"이젠 확실히 조장다운 태가 나네!"

하며 뜬금없이 강산을 추켜세우고 나서,

"영감님 도대체 무슨 일인데 그럽니까? 다른 사람들이 알면 곤란한 종류의 일이라고 해도, 우리한테까지 굳이 감출 것은 또 뭡니까?"

하고 말하는 바람에 노달이 더는 뭐라고 말을 하지 못하고 그저,

"허허허!"

하고 씁쓸하게 웃고 말았다. 그때 서활이 문득 이강에게 물었다.

"혹시 이 협곡으로 빠져나가면 어디로 통하는지 알고 있나?"

그러나 이강이,

"이곳은 저도 처음 와 보는 곳이라서……."

하고 괜히 미안한 얼굴이 되어 대답하기에 서활은 가볍게 혀를 찼다. 하긴 열 살 어린 나이에 무당을 떠났으니 이강을 탓할 일도 아니었다.

"제가 들어가서 잠시 살펴보고 오겠습니다."

강산에게 말한 다음 서활은 곧바로 협곡의 좁은 입구로 들어갔다. 조심스럽게 십여 장이나 들어갔으나, 협곡은 여전히

절벽 사이의 틈새처럼 좁게 이어지고 있었다.

다만 다시 십여 장 앞쪽에서 탁 트인 듯한 공간이 보이는 것으로 보아, 그쯤에서 협곡은 이윽고 넓어지는 모양이었다.

하지만 그 너머로 다시 백여 장이나 되어 보이는 곳에서는 다시 양쪽의 절벽이 완만하게 휘어져 나가는 형상이어서 협곡의 끝이 끝내 막혔는지, 아니면 바깥으로 통하는 출구가 있는지를 짐작하기가 어려웠다.

뒤에 일행들을 두고서 무작정 계속 나아가 볼 수도 없기에 입구에서 사십여 장 되는 지점쯤에서 서활은 다시 왔던 길을 되돌아서 나갔다.

"영감님! 아무래도 오늘은 이쯤 해두는 것이 좋겠습니다. 협곡 안쪽의 지세가 영 마음에 들지를 않습니다. 그리고 답답한 놈이 우물판다고, 우리가 일단 돌아가겠다면 저쪽에서도 다른 방법으로 다시 접근을 시도해 오지 않겠습니까?"

서활의 말이 아니더라도 노달 역시 그때쯤에는 그런 생각을 하고 있던 중이었다. 결국은 그 혼자서 처리해야만 할 일이었다. 서두를 일도 아니었다. 시간을 두고, 어쩌면 여생을 다 바쳐서 신중하게 하나하나 처리해야 할 일이었다.

무엇보다도 다른 사람들의, 더욱이 세상에서 유일하게 그를 향해 호의를 보여주는 사람들의 위험을 담보로 할 수는 없는 일이었다. 한가닥의 신마음이 그의 귓전을 울린 것은 바로 그때였다.

[흐흐흐! 진여송! 두려운가? 그 옛날 그처럼 드높던 위엄과 호기는 다 어디로 갔는가?]

노달이 여기까지 오는 동안에 신마음은 오로지 '진여송' 세 글자만을 반복하여 말했었다. 그런데 이제 처음으로 길게 이어진 신마음을 듣는 순간, 노달은 곧바로 마음의 절제력을 잃고 말았다.

"전홀(全忽)! 바로 네놈이었구나! 이 후례자식 놈! 쥐새끼 같은 놈 따위가 감히 내 앞에 나타날 간담이 있더냐?"

삼소에게 노달이 그저럼 격분하는 모습은 저음이었거니와, 지금 부릅뜬 두 눈에서 줄기줄기 엷은 청녹광의 광채를 폭사해 내고 있는 노달의 모습은 차라리 섬뜩하였다.

이어 노달이 협곡 안으로 신형을 폭사시켜 갔으므로, 서활을 필두로 하여 모두가 또한 협곡 안으로 들어섰다.

서활은 와중에도 급하게 서두르지는 않았다. 덕분에 잡조는 비교적 침착하게 앞쪽의 동정을 살피면서 나아갈 수 있었다.

그런데 그들이 십여 장쯤 나아갔을 때 선변이 문득,

"잠깐만요! 왠지 기분이 안 좋아요."

하고 말하였고, 그 말을 거들듯이 강산이 다시,

"그렇군. 나도 찜찜한 기분이 드는걸?"

하는 바람에 모두는 일시 주춤하고 걸음을 멈추고 말았다.

선변의 말이야 그냥 흘려들을 수도 있었겠지만, 강산까지 말을 보냈기 때문이었다. 그런데는 혹시 근래에 들어 강산이 조장으로서 알게 모르게 제법 말빨이 서고 있기 때문도 있는 것일까?

그러나 그때 강산이 다시,

"제길! 성질 급한 영감님이 벌써 어디까지 달아나 버렸는지 모르지… 에이! 일단은 들어가 보자고! 들어가서 영감님만 모시고 곧바로 돌아 나오자고!"

강산의 그 말이 그럴듯하고 안 하고 하는 것과는 상관없이 그 즉시로 서활과 윤파가 다시 걸음을 옮겼다.

이어 유정과 순동, 그리고 강산까지 걸어가 버리자, 뒤에서 사뭇 심각한 얼굴로 무언가 중얼거리며 연신 손가락을 꼽아 보고 있던 선변이 화들짝 놀라,

"에이! 같이 가요!"

하며 급히 따라붙었다.

四十
발능(發能)

1

　유정과 잡조의 행방이 묘연해졌다는 사실을 안 즉시로 도순학은 총수에게 긴급 보고를 했다. 총수는 곧바로 무광 진인의 집무실을 찾아 대면하고 손녀의 행방을 긴급하게 찾아봐 줄 것을 요청하였다.

　그에 대해 무광 진인은 우선 조심스러운 반응을 비쳤다.

　"급히 사람들을 풀어 찾아는 보겠습니다만… 그러나 전말을 확실히 모르는 상태에서 섣불리 대규모로 인력을 움직이기는 아무래도……."

　총수의 언성이 대번에 높아졌다.

　"전말이라니 그게 무슨 소립니까? 무당파 경내에서 손녀 아이의 행방이 사라졌는데, 지금쯤 어떤 절박한 상황에 처해 있을지도 모르는데… 지금 장문인의 그 말씀은 내 손녀의 위급을 방관하겠다는 말씀이시오?"

무광 진인이 급히 손을 내저으며 총수를 일단 진정시켰다.

"아닙니다, 아니에요. 빈도가 어찌 그런 마음일 수 있겠습니까? 다만…….."

"다만 무엇입니까?"

"사실은 총수 대인의 휘하 중에 위험인물이 있다는 첩보가 들어와 있습니다."

"위험인물이라니 그건 또 무슨 소리요? 아니, 그러니까 뭡니까? 듣고 보니 장문인께서는 노부의 손녀가 지금 처해 있는 상황에 대해 무언가 미리 짐작하고 계셨다는 의미입니까?"

"사실은 유 소저와 함께하는 사람들, 잡조라고 했던가요? 그들의 동향을 계속 관찰하고 있던 중입니다."

"잡조를 말이오? 그들을 왜? 아니, 그리고 그들에게 무슨 문제가 있었다면 당연히 노부에게 먼저 알려, 노부로 하여금 문제를 처리하게 하는 게 순서이지 어떻게……?"

"그렇게 하기에는 상황이 너무 중대했습니다. 이제 이 일은 무당파를 넘어 무림맹의 차원에서 다루어지고 있는 중입니다."

"허! 대체 이게 무슨… 그래, 본 상단의 잡조가 대체 무슨 짓을 저질렀다는 것입니까?"

"첩보에 따르면 그중에 마교의 중요 인물로 추정되는 자 하나가 잠입해 있다고 합니다. 물론 아직까지는 다만 첩보일 뿐입니다. 그러나 그것이 만약 사실일 경우에는 곧 무벌과도 연관되는 일일 것이기에, 현 강호무림의 긴밀한 정세와 직결되는 극비극중(極秘極重)의 사안이 아닐 수 없습니다. 그런 까닭으로 총수께도 미리 말씀을 드리지 못했던 것입니다."

당황과 의혹, 그리고 치미는 분노 등으로 총수의 표정은 잠시 복잡하게 변했다. 그러나 그는 이내 감정을 추스르며 차분하게, 그러나 단호하게 말했다.

"무당이나 무림맹의 입장에서 아무리 중요한 사안이라고 해도 노부는 거기에 좌우될 생각이 조금도 없소. 지금까지 그래 왔던 것과 마찬가지로 노부와 사해상단은 앞으로도 상도를 지킬 뿐, 결코 무림 정세의 깊은 곳까지는 상관하지 않는다는 철칙을 지켜 나갈 것이오. 그같은 원칙하에서 장문인의 말씀처럼 만약 노부의 휘하에 과연 그 같은 문제 인물이 있다고 해도, 그자는 어디까지나 노부가 정당한 대가를 치르고 부리는, 다만 노부의 일꾼일 뿐이오. 그가 마교의 인물이든 혹은 무림맹의 인물이든 말이오."

그리고 총수는 힘있는 눈빛으로 무광 진인을 직시하며 다시 말을 이었다.

"한 가지 분명히 말해둘 것은, 지금의 이 일로 인해 만약 손녀 아이의 신상에 털끝만큼이라도 이상이 생긴다면, 노부는 모든 수단과 방법을 다 동원해 이 일과 조금이라도 관련되었던 자들에게 반드시 응분의 보상을 돌려주겠소. 또한 그것이 무림맹이든, 아니면 무벌이든 말이오."

무광 진인의 안색이 침중해졌다. 유직의 말은 결코 허투로 들어 넘길 만한 것이 아니었다. 정말로 작정한다면 그는 무슨 일이든지 할 수 있는 사람이었고, 또한 하고야 말 사람인 것이다.

사실 유정까지 이 일에 개입될 것이라고는 무광 진인으로서도 미처 예상하지 못했던 일이었다. 그리고 유정이 개입되지 않았더라면, 유직이 이처럼 극단적인 태도를 보일 이유도 없을 것이다.

유직 스스로 말한 바와 같이 고작 잡조 따위로 무림 정세에 깊이 관여할 이유는 없을 테니 말이다. 그러나 어쨌든 지금 이 상황의 한가운데는 유정이 있었다. 무광 진인은 무겁게 입을 열었다.

"알겠습니다. 이 일이 본 파의 경내에서 벌어진 일이니만큼, 나중에 빈도가 무림맹주로서의 부적절한 처신에 대해 맹우(盟友)들께 호된 질책을 받는 한이 있더라도 손녀분의 안전을 최우선적으로 고려하도록 하겠습니다."

무광 진인은 집무실 밖까지 총수를 배웅하였다. 그곳에는 도순학과 고이강 등의 상단 사람들과 남궁세옥 등 오대세가의 후기지수들이 초조한 기색으로 기다리고 있었다.

총수의 뒤를 따라 총총히 걸음을 옮기는 사람들의 뒷모습을 보고 있다가 무광 진인은 문득 작은 소리로 한 사람을 불러 세웠다.

"남궁 공자!"

남궁세옥이 돌아서며 보자 무광 진인은 가볍게 고개를 끄덕이며 물었다.

"남궁가에서는 아직도 구화산(九華山)의 혈사(血事) 잊지 않고 있는가?"

순간 남궁세옥의 안색이 차갑고도 딱딱하게 굳어졌다. 그러나 그는 공손함을 잃지 않으며 조심스럽게 반문했다.

"어찌 물으시는지요?"

"허허허! 딱히 무슨 이유가 있는 것은 아니고, 오늘 공자를 보니 문득 과거의 일이 생각이 나기에……!"

그러다가 무광 진인은 남궁세옥의 뒤쪽을 향해 슬쩍 눈짓을 하며,

"아무래도 빈도가 생각없이 쓸데없는 얘기를 꺼낸 것 같네. 일행들이 기다리는 것 같으니 그만 가보시게."

무광 진인이 눈짓으로 가리킨 곳에는 제갈중과 황보소추가 멈추어 남궁세옥을 기다리고 있었다. 그리고 다시 그 앞쪽에는 도순학이 걸음을 조금 늦추어 걸으면서 뒤를 돌아보고 있었다.

"구화산의 혈사란 어떤 것입니까?"

남궁세옥 등의 모습이 멀어진 다음에 원지룡이 사부에게 물었다. 그에 무광 진인이,

"강호의 은원이란 끝없이 윤회하는 법이지!"

하고 뜬금없이 말하고는 가만히 탄식하고 나서 다시,

"그 사건은 사십 년 전의 강호를 한바탕 떠들썩하게 만들었다."

하며 그 혈사의 전말에 대해 얘기를 시작했다.

사십 년 전. 남궁세가의 본토라고 할 수 있는 안휘 땅의 구화산 자락에서 이십여 명의 남궁세가의 정예들과 정체 모를 일단의 무리 간에 우연한 시비가 벌어졌다. 두 무리가 급기야 충돌하였는데, 놀랍게도 남궁세가의 정예들이 몰살을 당하고 말았다. 더욱이 그중에는 세가의 직계혈족들이 십여 명이나 포함되어 있었기에, 세가로서는 당장에 가문의 맥이 위태로울 정도의 대참사였다.

하여 남궁세가에서는 오대세가와 구파일방을 포함한 천하의 정도무림에 도움을 호소하였고, 개방을 위시하여 여러 문파가 적극적으로 호응하여 조사를 벌인 끝에 그 참사의 원흉이 바로 마교의 인물들이란 사실을 밝혀냈다. 그것도 장로 급이 포함된 마교의 최정예들이었던 것이다.

그러나 다른 문파들의 도움은 거기까지였다. 당시가 마교

의 세가 크게 성하던 시절이었기 때문도 있지만, 그보다는 양측의 충돌 원인이 단순히 우발적인 시비였던 것으로 밝혀져서 정도무림이 공분으로 삼을 수 있는 정도는 아니라는 이유가 컸다. 그리하여 결국 그 원한은 당사자가 되는 두 문파 간에 풀어야 하는 것으로 정리가 되고 말았다.

이후로 남궁세가는 절치부심 복수의 기회를 노렸고, 한때 마교가 내부 분란을 겪으며 세가 약해졌을 때는 남궁세가에서 적극적으로 기회를 엿보기도 했었다. 그러나 이내 마교는 천하제일세 무벌의 오대전(五大殿) 중 마전(魔殿)으로 편입되었으니, 남궁세가로서는 원한을 갚을 길이 요원해지고 만 셈이었다. 그 이후로 세월은 다시 흘렀고, 그때의 혈사는 어느덧 강호인들의 기억에서 멀어졌다.

2

입구에서 이십여 장을 들어가자 협곡은 갑자기 십여 장 정도의 폭으로 넓어졌다. 그 안쪽에 지금 두 사람이 오 장여의 간격을 두고 마주 대치하여 서 있다. 뒷모습을 보이고 있는 사람은 노달이었다. 단정히 묶어두었던 백발이 풀어 헤쳐진 데다 올올이 위로 치솟아서 그야말로 산발이 되어 있는 노달의 모습에서는 지금 그의 노여움과 증오가 얼마나 지독한지를 여실히 느껴볼 수 있었다. 그의 맞은편에 선 인물은 음침

한 인상의 흑포노인이었다.

"흐흐흐! 진여송! 세월이 흘렀어도 당신의 어리석음은 조금도 변하지 않았구나!"

흑포노인이 음산하게 웃으며 말하였는데, 두 사람 사이의 가라앉은 분위기로 보아 아마도 대치한 후 처음으로 입을 여는 듯했다.

"전홀(全忽)! 이 쥐새끼 같은 놈! 네가 애방(厓邦) 그 개 같은 놈과 공모하여 나를 배반한 것도 모자라, 결국에는 천 년을 이어온 본 교의 조종(祖宗)과 선열(先烈)을 저버리고 무벌의 개가 되어보니, 과연 그 영화가 만족스럽더냐?"

노달은 이제 어느 정도 격정을 추스른 모습이었다. 그러나 무겁게 가라앉은 중에도 그의 목소리는 억눌린 분노로 가늘게 떨리고 있었다.

"아는 것이라곤 오로지 율법뿐, 융통성이라곤 조금도 발휘할 줄 모르던 당신의 아집과 속 좁음은 여전하구나! 아직도 모르겠는가? 당신은 애초부터 자격이 없었던 것이다. 흐흐흐! 그러나 노부가 오늘 기꺼이 이런 수고까지를 하게 되었으니, 당신에게 그동안 본 교의 힘이 어떻게 변하였는지를 보여주겠다. 잘 보고 느껴라! 그리고 저승에 가서 당신이 그토록이나 신봉하는 조종과 선열들께 보고 느낀 그대로를 고하여라. 그리하면 그들은 말해줄 것이다. 당신과 우리 중에 진정 교를 위해 공헌한 자가 누구인지를. 흐흐흐하하하하!"

흑포노인의 광소가 협곡 안을 쩌렁하게 울렸다. 그러던 한 순간 노인의 신형은 돌연 허공 속으로 쭉 빨려 올라가 버렸다. 마치 화살이 허공을 향해 쏘아지는 듯한 굉장한 속도였다.

"엇?"

"어엇?"

윤파와 서활이 짧은 경악의 소리를 내는 중에, 흑포노인의 신형은 이미 수십여 장 위의 상공으로 치솟아서는 까마득히 사라져 가고 있었다.

"아아!"

도저히 믿지 못하겠다는 듯이 뒤늦게 흘러나온 경호성은 이강의 것이었다. 유정도 아연한 기색으로 고개를 저었고, 강산은 멍한 얼굴이었다. 그때 선변이 차분한 투로 말하였다.

"아마 투명한 삭(索) 같은 것을 쓴 것으로 보입니다."

윤파가 곧바로 반문하였다.

"삭?"

"예! 결코 쉬운 일이 아니긴 하나, 천잠사 같은 것을 길게 꼬아 만든 삭을 협곡 위에서 아래로 걸쳐 미리 설치해 두었다면, 그리고 협곡 위쪽의 양쪽에서 몇 개의 도르래를 복합적으로 설치하여 빠르게 잡아당긴다면, 방금의 그런 장면을 연출하는 것이 불가능하지는 않죠. 물론 방금의 그 노인이 절고한 신법을 지녔다는 전제하에서이지만."

"호? 하지만……!"

윤파가 수긍하는 듯하면서도 그래도 의문이 남는 듯 다시 물으려 할 때였다.

삐이이익!

까마득한 협곡의 위쪽에서 한가닥 호각 소리가 아스라하게 울렸다. 모두가 위를 올려다보는데, 순간 선변이 크게 놀란 안색으로 외쳤다.

"잠깐만요! 주변의 기류가 갑자기 이상해지고 있어요!"

그때쯤에는 노달과 서활 등도 심상치 않은 기류들을 포착했으므로 첨예한 긴장을 떠올리고 있었다. 그들이 들어온 입구 쪽이었다. 그쪽 음습한 안개 속에서 무언가가 스멀거리며 움직이고 있었다.

하나둘이 아니었다. 여기저기에서 땅바닥을 뒤집고 무언가가 일어나고 있었다. 그것들은 서서히 몸을 일으켜 일행을 향해 다가오고 있었다.

안개를 뚫고 가까이 다가온 그것들의 형상은 끔찍했다. 얼굴과 목, 그리고 양손. 흑의로 감싼 바깥으로 드러난 곳은 온통 짙은 청동색이었다.

괴물들이었다.

느끼지 못하는 사이에 협곡의 안쪽을 온통 퀴퀴한 악취로 뒤덮었으며, 또한 알지 못하는 사이에 사방을 온통 음습한 살기로 뒤덮어 버린 그것들은 끔찍스러운 마물(魔物)들이었다.

"크르르!"

"끄으으!"

마물들은 지저(地低)에서 울려오는 듯한 기괴한 소리를 흘렸다. 그 소리들은 점차로 부르짖듯이 커져서 마침내 협곡은 그것들의 울부짖음으로, 그리고 그 울림과 메아리로 가득 차고 말았다.

"뭐야, 저것들은?"

하고 윤파가 외치는 소리에서는 질린 기색이 묻어났으며,

"맙소사! 저것들은 설마 전설 속의 강시?"

하는 유정의 나지막한 소리는 이미 떨리고 있었다. 노달은 무거운 탄식을 흘렸다.

"아아! 설마 마신체(魔神體)란 말인가? 비법은 있으되 그 제련법이 너무도 난해하여 실제의 제련은 불가능하다고 하였거늘, 또한 그 제련법이 너무도 끔찍하기에 제련하려는 시도 자체를 율법으로 막아놓았거늘, 그 금기를 놈들이 기어코 깨뜨리고 말았다는 것인가? 정말로 실현시켰다는 것인가?"

그때 선변이 또한 경악이 지나쳐 넋이 나간 듯 혼잣말로 중얼거렸다.

"혼마신(魂魔神)이다! 무적의 마물, 혼마신!"

그러나 선변은 이내 고개를 가로저었다. 그리고 다시 중얼거렸다.

"아니다! 불가능하다! 과거 제혼비법(制魂秘法)과 제련비

법(製鍊秘法)을 다 가지고서도 몇백 년 동안이나 결코 완성에 이르지 못했던 것을, 다만 제련비법만을 가진 그들이 성공했을 리는 없다. 그렇다면 저것들은 미완의?'

그런데 다른 사람들은 물론이고, 노달 또한 선변이 입속으로 중얼중얼하는 말 따위에 주의를 기울일 상황은 아니었다. 노달이 급한 기색으로 말했다.

"저것들은 강시 중에서도 특별한 비법으로 제련된 마물들로 무공으로는 쉽게 상대할 수 있는 것들이 아닐세. 그러니 우리는 맞부딪치기보다는 일단 피하고 보는 것이 좋겠네!"

그러는 사이에도 청동색의 괴물들의 숫자는 꾸역꾸역 불어나 이제는 거의 삼십여에 달하고 있었기에, 강산이 더는 지체하지 못하고 짧게 외쳤다.

"뛰어!"

모두들 이미 다급해 있었기에, 강산의 그 한마디 명령으로 일행은 누가 먼저랄 것 없이 협곡의 안쪽을 향하여 달리기 시작했다. 비록 그 안쪽이 막혔는지, 혹은 바깥으로 트였는지조차 알 수 없었지만.

키아아악!

크르르르!

뒤쪽에서 강시들 또한 잡조를 쫓아 달리기 시작했는지, 그것들이 떼로 울부짖는 소리가 협곡의 대기를 산산이 찢어발기는 듯하였다. 잡조는 조금도 여유를 가질 수 없이 전력으로 달리지 않을 수 없었다.

한참이나 달리는 중에 협곡은 다시금 점점 더 좁아지더니 이윽고는 들어올 때의 입구처럼 그 폭이 겨우 이 장이 채 안 될 정도로 좁아지고 있었다. 그런데다 그때쯤에 아무래도 체력이 딸리는 선변이 조금씩 뒤로 처지기 시작했다. 그것에 맞추어 앞서 달리던 윤파와 이강 등이 속도를 늦추는 것을 강산이 버럭 고함을 질러 재촉하였다.

"뭐 해? 그대로 계속 뛰어!"

이것저것 생각할 여유가 없었다. 뒤쪽의 강시들은 오히려 점점 더 속도를 내서 쫓아오고 있었다. 그러니 주춤거리다가 자칫 강시들에게 따라잡혀 이처럼 좁은 통로에서 함께 뒤엉키기라도 한다면 자칫 끔찍한 결과를 당하고 말 것이었다. 일단은 달리고 볼 수밖에 없는 일이었다.

"힘내라!"

강산이 팔을 잡아끌었으나, 선변은 이미 숨이 턱에 닿아 헉헉거리고 있었다. 그렇게 조금 더 달리다 강산은 문득 멈춰서며 선변의 등을 밀었다.

강산이 미는 힘과 달리던 관성 덕분으로 선변은 대여섯 걸음이나 더 휘청거리며 달려나가서야 겨우 신형을 세울 수 있었다. 그가 급하게 뒤를 돌아보았을 때, 강산은 우뚝 버티고 서 있었다. 선변에게 등을 보인 채.

"조장님?"

거친 숨과 함께 토해낸 선변의 놀란 외침에 강산이 고개도 돌리지 않은 채 덤덤히 소리쳤다.

"먼저 가라!"

선변이 강하게 머리를 흔들며 외쳤다.

"못 갑니다!"

그러나 돌아온 강산의 대답은 단호했다.

"가라면 가! 명령이야!"

그에 선변이,

"어차피 이제는 한 발짝 뗄 힘도 안 남았는걸요?"

하고 호소하듯이 말하는데, 금방 울음이라도 터뜨릴 듯한 표정이었다.

3

그때 서활 등은 십여 장이나 앞서 나가고 있었는데, 뒤쪽의 강산과 선변이 너무 처지자 일단 걸음을 늦추었다. 그런 중에 뒤를 돌아본 유정이 곧바로 뒤쪽으로 달려가려고 하였다. 서활이 급하게 그 앞을 막아서며 외쳤다.

"안 됩니다, 소저!"

"비켜요! 저 두 사람 안 보이세요?"

"제가 가겠습니다. 그러니 소저는 계속 가십시오!"

서활의 말에 유정이 언뜻 의문의 빛을 떠올렸다. 서활이 바로 이어서 빠르게 말했다.

　"일단은 이 협로(狹路)를 벗어나고 봐야 합니다."

　그때 윤파가 짐짓 못마땅한 투로,

　"제길! 제 얼굴에다 금칠하는 놈 때문에, 나같이 어눌한 놈은 가만있다가 얼굴에 X칠하게 생겼군! 어이, 서활! 여기 사내가 너만 있는 건 아니니까, 너무 척하지 마라!"

　하고 서활에게 핀잔을 주고 난 다음에, 다시 노달과 이강, 그리고 유정을 두루 돌아보며 씩 웃으며,

　"먼저들 가십시오. 뒤는 저와 여기 서씨 친구가 어떻게 해볼 테니까!"

　하고 가볍게 어깨를 으쓱해 보였다. 그러나 유정은 물론이고, 노달과 이강 또한 선뜻 움직이려 하지를 않았다. 서활이 다급한 기색으로 힐끗 뒤를 돌아보았는데, 언뜻 그의 표정에 한가닥의 이채가 떠올랐다.

　멈추어 있던 강산과 선변이 다시 달려오고 있었고, 그들의 뒤쪽으로는 강시들이 껑중거리며 따라붙고 있었다.

　급박한 와중에도 서활이 이채로운 빛으로 되지 않을 수 없었던 것은 바로 강산과 선변이 달리는 모습이 사뭇 묘한 데가 있었기 때문이다.

　강산은 지금 아예 선변을 어깨에 둘러메다시피 하고 달려오고 있는 중이었다. 그러고도 마치 지면을 미끄러지듯이 달

려오는 걸음은 몹시도 빨랐다, 이해할 수 없을 만큼. 서활이
아주 잠깐 몇 가지의 생각을 굴리는 동안에 강산과 선변은 어
느새 그들에게로 가까이 다가와 있었다. 그러나 서활은 더 이
상 강산의 달음박질에 대해 묘하다는 생각을 이어갈 겨를이
없었다. 강산의 뒤로,

키아악!

카아악!

하는 소름 끼치는 괴성이 바로 가까이로 다가오며 강시들
이 맹렬히 쫓아오고 있었으니까.

"이강!"

하고 강산이 부르는 소리에 이강이 엉겁결에,

"예! 조장님!"

하고 대답부터 하고 보는데, 다시,

"받아!"

하는 말과 함께 강산은 마치 물건 맡기듯이 선변의 몸을 그
에게 건넸다. 이강이 당황한 중에도 황급히 선변을 받아 내렸
다.

그때 강산이 다시,

"서활!"

하고 불렀으므로 서활이 또한 반사적으로,

"예, 조장님!"

하고 대답하자 강산은 빠르게,

"무조건 계속 앞으로 가!"

하고 말하고는 다시,

"자네만 믿는다!"

하고 어깨를 툭 치는 것이었다. 강산에게서 어떻게 숨찬 기색도 없는지 하는 등의 언뜻 새로이 생겨나는 의문은 나중의 문제라고 하더라도, 강산의 그 말은 참으로 뜬금없었다.

그러나 방금 강산의 시선이 언뜻 머물렀던 데가 바로 유정 쪽이란 걸 알고 서활이 저도 모르게 고개를 주억거리다가는, 문득 흠칫하며 놀라고 말았다. 그때 강산이 벌써 저만치 되돌아서 달려가고 있었기 때문이다, 강시들을 향해.

그때였다. 유정이 곧바로 강산의 뒤를 따라 달려가려 하였기에, 서활은 급급히 두 팔을 벌려 일단 그녀의 앞부터 가로막았다.

"안 됩니다!"

유정은 대꾸조차 하지 않고 그대로 서활의 옆으로 돌아 나가려고 하였다. 서활이 다시 그녀의 앞을 가로막자, 그녀는 이윽고 노하여 날카롭게 외쳤다.

"왜 이래요, 비키지 못하겠어요?"

유정이 허리에 찬 연검을 잡아가는데, 서활이 비키지 않으면 정말로 베고라도 갈 기세였다. 그러나 서활은 오히려 가슴을 내밀어 버티고 서며 마주 고함을 쳤다.

"조장님의 명령입니다. 제게 소저의 안위를 맡긴다고 하였습니다."

"뭐예요? 그런 말이 어딨어요? 지금 이 상황에서 누가 누구의 안위를 돌볼 수 있다는 말이에요? 그리고 나는 누구의 보살핌도 필요치 않으니, 당신은 마땅히 조장의 안위를 염려해야 옳을 거예요!"

"그래도 할 수 없습니다. 만약 소저께서 제 말을 따르지 않는다면, 저는 모든 상황을 도외시하고 오로지 소저의 앞만 지키고 있겠습니다."

서활의 말이 그쯤에 이르자, 유정도 일시 당황하지 않을 수 없어 무겁게 서활을 쏘아보았다. 바로 그때였다.

"저쪽! 강시들이다!"

윤파의 다급한 고함이었다. 앞쪽이었다. 앞쪽에서 새롭게 강시들이 나타나고 있었다.

키아아악!

크르르르!

그 생생한 울부짖음에 선변이 기겁하여 이강에게로 바짝 다가설 때,

창!

치잉!

채챙!

스릉!

서활과 유정, 그리고 윤파와 이강이 일제히 검을 뽑아 들었다.

"모두 절벽 쪽으로 바짝 붙어!"

서활의 그 외침이 아니더라도 그들은 주춤주춤 절벽 면 쪽으로 물러나지 않을 수 없었다. 그야말로 진퇴유곡(進退維谷)의 형상에 몰리고 만 것이었다. 앞쪽에서 몰려오는 강시들의 수는 적어도 사오십은 되어 보였다.

"제기랄! 저 많은 괴물들이 대체 어디에서 몰려온 거야?"

중얼거리는 윤파의 목소리에 터질 듯한 긴장이 서려 있었다. 선변이 발이 얼어붙은 듯 움직임이 굼뜨자 이강이 어깨로 그녀의 몸을 밀며 외쳤다.

"안쪽으로 붙어!"

서활이 또한 유정을 향해,

"소저도 안쪽으로 붙어 서십시오!"

하고 외쳤다. 그러나 유정은 서활의 말에 따르지 않고 오히려 한 발 앞으로 나섰다. 그에 순동이 또한 유정의 뒤에 서 있지 않고 앞으로 나와 그녀의 옆을 지켰다. 그럼으로써 선변이 있는 곳을 중심으로 그들은 둥글게 반원형의 방어망을 이루었다.

키아아악!

카아아아아!

몇 걸음 앞까지 몰려든 강시들이 금방이라도 덮쳐들 듯이 거칠게 포효하였다. 그리고 이윽고 그중 하나가 두 팔을 앞으로 뻗친 채 덮쳐들었다. 윤파 쪽이었다.

"놈!"

윤파가 짧게 외치며 쌍검 중 우검을 곧장 수평으로 베었다. 그대로 강시의 목을 날려 버리려는 횡단일검(橫斷一劍)이었다.

캉!

쇳소리와 함께 강시가,

키악!

괴성을 지르며 튕기듯이 뒤로 물러났다. 그러나 그것뿐, 강시는 멀쩡하니 다시 앞으로 나왔다. 윤파의 검이 벤 자리는 원래의 청동 빛일 뿐 상처는커녕 베인 흔적조차 없는 듯하였다.

"뭐 이런 게 다 있어?"

윤파가 질린 소리로 중얼거릴 때였다. 선변이 크게 외쳤다.

"저것들은 도검으로도 해할 수 없는 불괴(不壞)의 신체를 지녔습니다! 그러나 놈들은 아직 완성되지 않았으니, 놈들을 제련할 때 약물 주입과 술법 시술의 통로가 되는 두 눈과 입속, 그리고 백회 중에 분명 급소가 있을 터, 내력을 집중하여 일격으로 그 급소를 노려야 합니다!"

선변은 마치 머릿속의 생각을 한꺼번에 외워내듯이 빠르게 말을 뱉었는데, 어쩔 수 없는 공포로 그 목소리가 파르르 떨려 나왔다.

어쨌든 급한 중에 물에 빠진 사람 지푸라기라도 잡는 격으로 윤파와 서활 등은 당장에 눈빛을 빛내며 강시들의 급소를 살폈다. 그 와중에 노달은 힐끗 선변을 돌아보았다. 그러나 노달은 곧바로 앞을 향해 일 장을 후려쳐 내야만 했다. 이윽고 강시들이 일제히 덮쳐들고 있었기 때문이다.

크르르르!

키아아악!

크아아아아!

강시들이 부르짖는 소름 끼치는 괴성이 협곡 안을 가득 채웠다.

4

강산은 협로 한가운데에 버티고 선 채로 조금은 어리둥절한 심정이 되어 있었다. 방금 전 네 구의 강시가 한꺼번에 그에게 덮쳐들었기에, 그는 당황하지 않을 수 없었다. 순간 그는 본능적으로 어떻게 몸을 허우적거렸던 것 같았다.

그런데 기묘한 상황이 벌어졌다. 어떻게 된 일인지 그 자신도 모르는 사이에, 그는 그 네 구의 강시에게서 멀찍이 빠져 나와 있었던 것이다. 그러나 의혹이나 이상하다는 생각보다 강산은 우선 확연한 자신감을 가지게 되었다. 자신이 빠르다는 것에 대해.

사실 언제부터인가—아마도 소림사를 떠난 이후부터 일 것 같았다—때때로 강산은 자신의 움직임이 이상하게도 빨라졌다는 느낌을 가지게 되었다. 물론 그 대부분이 그가 의도하는 상황에서 그리된 것은 아니었지만.

그리고 좀 전에 지쳐 늘어진 선변을 어깨에 둘러메고 일행들을 쫓아가면서, 그는 자신이 잡조의 누구 못지않게 빠르게 달릴 수 있다는 것에 대해 어느 정도의 확신 같은 것을 가지게 된 것이다.

물론 방금 전과 같이, 그의 그런 빠름은 아직까지 그의 완전한 의도하에서 이루어지는 것은 아니었다. 그리고 그런 까닭에 지금 그 홀로 강시들을 대하고 있는 데 대해 두려움을 가지고 있는 것도 사실이었다. 그러나 강산은 계속해서 스스로에게 분명한 확신을 가지도록 강한 최면을 걸고 있었다. 그가, 최소한 강시들에 비해서는 더 빠르게 움직일 수 있다고.

삼십여 구의 강시가 밀집하여 덮쳐드는 사이사이를 강산은 그야말로 아슬아슬하게, 그러나 참으로 매끄러운 움직임으로 빠져 다니고 있었다. 그 스스로도 연신 경악하며, 안도하며, 또 감탄하지 않을 수 없을 정도로.

강시들의 우악스럽고도 공포스러운 손아귀에 잡히기라도 하는 날에는 그는 그대로 사지가 찢겨지고 말 것이다. 그러나 지금 강시들은 제대로 힘을 쓰지 못하였고 우둔해 보였다.

그것은 마치 제아무리 엄청난 힘을 가진 자라고 해도, 땅에 박힌 커다란 바위는 박살을 낼 수 있을망정 막상 빠르게 흔들리는 물체에 대해서는 그 지닌 힘을 제대로 쓰지 못하는 경우와 같은 이치라고 할 것이다.

물론 강시들의 움직임이 정말로 느리고 둔한 것은 아니었다. 다만 이제 조금씩 실체화되고 있는 강산의 금강부동신법이 가지는 속도에 비교해 볼 때는, 상대적으로 느리고 둔한 것뿐이었다.

그러나 단지 피하는 것만으로 강시들이 앞으로 나아가는 것을 막을 수는 없었다. 하여 강산이 문득 떠올린 방법이 바로 비교 우위의 속도로 움직이는 탄력 그대로 강시들을 들이받아 버리는 것이었다. 몸통으로, 어깨로.

거기에 탄능이 저절로 더해졌다. 쾌(快)와 탄능이 자연스레 조합된 것이다.

쾅!

퍽!!

쿵!

둔중한 소리와 함께 강시들이 일 장여나 튕겨 나가고, 혹은 바닥으로 나뒹굴었다.

빠르다는 것! 그 새로운 능력이 주는 매력에 잠시 매료되어 있느라 강산은 그의 양 팔목에 감겨져 있는 무명이 가늘게 울고 있다는 사실조차 미처 인지하지 못했다.

그러나 튕겨 나가거나 나동그라진 강시들은 금세 다시 덤벼들고 있었고, 더욱이 삼십여 구의 강시 중 절반 이상이 그를 우회하여 앞쪽으로 나아가고 있는 중이었다.

5

검을 두려워 않고 막무가내로 덤벼드는 광포한 마물들이라, 더욱이 선변이 지적한 그 급소라는 곳들이 공략하기에 결코 쉽지 않은 부위들이라, 강시들을 막는 것은 그야말로 악전고투의 연속이 되고 있었다. 그러나 시간이 흐르면서 조원들은 조금씩 나름의 방법을 찾아가고 있는 중이었다.

윤파의 쌍검이 공략하는 부위는 선변이 말해준 강시들의 급소와는 무관하였다. 그는 철저히 강시들의 무릎관절 부위만을 노렸다.

처음에 윤파의 그런 공략법 역시 별반 효과를 보지 못하는 듯했다. 그러나 쌍검이 교차하며 같은 부위를 집요하도록 베고 또 베는 사이에, 강시들의 무릎 부위에는 점차 작은 상처들이 생기고, 그 상처들이 커지면서 이윽고는 절뚝거리고, 그리고 마침내는 무릎을 꿇고야 마는 것이었다.

물론 그것으로도 강시들을 완전히 파괴한 것은 아니었다. 비록 다리를 쓰지 못하게 되었다고 해도 강시들은 기어서라도 악착같이 덤벼들었으니까.

서활은 철저히 강시들의 두 눈을 노렸다. 과연 그곳이 급소였던지 강시들은 본능적이다시피 손바닥으로 눈을 가렸다. 그러나 서활의 검은 첨예의 파괴력을 지니고 있었다. 바로 그의 비장의 절기인, 바늘 끝 같은 응집력과 정확도를 바탕으로 하는 첨경(尖勁)인 것이다.

서활의 연검은 낭창거리면서 순간순간 지극의 쾌변(快變)을 담은 탄검초(彈劍招)를 쏘아냈다. 더욱이 그 검극에는 푸르스름한 청광(靑光)이 선명히 맺혀 있었는데, 바로 천하에 베고 자르지 못할 것이 없다는 검강의 초입(初入) 경지이며, 또한 서활의 첨경이 이윽고 검으로 펼쳐지는 조화의 입문 경지였다.

끄아아악!

서활의 검에 눈을 찔린 강시들이 울부짖었다. 그러나 눈에서 붉고 거무스름한 액체를 쏟아내면서도 여전히 포악스럽게 달려드는 끔찍한 광경은 참으로 깨어 있는 채로 꾸는 악몽이 아닐 수 없었다.

이강 또한 전력을 다해 검을 휘두르고 있었다. 그러나 그의 내공과 파괴력은 아무래도 부족했다. 강시들에게는 도무지 통하지를 않는 것이었다. 그의 검이 강시들의 인중을, 또 천돌을 정확히 찔렀지만,

칭!

캉!

하고 오히려 검극이 튕겨 나고 말았다. 게다가 그 반발의 충격은 그의 손목에서 어깨까지를 일시 마비시켜 버릴 정도로 강력했다.

정신없이 강시들을 상대하던 중에도 이강의 곤란을 본 서활이 그의 어깨를 잡아채 뒤쪽으로 당겨놓았다.

윤파와 서활이 주로 강시들을 파괴하거나 무력화시키는데 주력하고 있다면 노달과 유정은 방어선의 빈틈을 메워 진형이 흐트러지지 않도록 하는데 주력하고 있었다.

노달은 연신 장력을 날리고 있었다. 특별한 수법이나 초식 없이 그냥 단순히 장을 쳐내고만 있었으나, 그의 장력에 담긴 위력은 실로 웅혼하였다. 그가 쌍장을 번갈아 쳐낼 때마다 강시들이 그대로 나가떨어지곤 했다. 비록 강시들이 이내 일어나 다시 덮쳐들고는 있었지만, 그래도 겹겹이 둘러싼 채 끊임없이 덮쳐들고 있는 강시들을 상대로 아직까지 방어선이 뚫리지 않고 있는 데는 노달의 역할이 컸다.

유정의 검은 서활과 같은 연검인데 그 쓰이는 방식은 전혀 달라서, 강시들을 직접적으로 찌르고 베기보다는 검막(劍幕)

을 형성시킴으로써 강시들의 접근을 막고 있었다.

특이하게도 그녀의 검막에는 은은한 은광(銀光)이 서려 있었는데, 그 은광에 마치 어떤 신묘한 벽사의 기운이 있기라도 한 듯이 검막에 닿을 때마다 강시들은 움찔움찔 뒤로 물러나곤 했다.

가장 눈에 띄는 것은 순동이었다.

부웅!

부우웅!

순동의 양수(兩手) 철봉이 무시막시하게 허공을 살랐다. 그의 두 개의 철봉은 급소고 뭐고 가리는데 없이 닥치는 대로 강시들을 후려쳤다.

퍽!

퍼억!

키아악!

크아악!

그런데 놀랍게도 철봉에 얻어맞은 강시들의 머리가 터지고 깨져 나갔다. 비록 강시들의 머리통을 아주 으깨어놓지는 못했지만, 검붉은색의 피가 솟구치도록 만들어놓은 것이다.

그리고 꼭 머리가 아니더라도 휘둘러진 철봉에 어깨며, 팔이며, 다리 등을 맞은 강시들은 근육이 파열되고 뼈가 부러져 나간 모양으로 휘청거리고 흐느적거렸다. 적어도 순동의 무지막지한 철봉 앞에서만큼은 강시들도 결코 글자 그대로의 불괴(不壞)는 아니었다.

그런 중에도 순동의 움직임에는 마치 미리 순서를 정해놓기라도 한 듯이 일정한 진퇴(進退)의 흐름이 있었다. 즉, 유정의 검막이 펼쳐졌다가 잠시 거두어지는 틈에 앞으로 나아가 한바탕 강시들을 휘저었다가, 유정의,

"돌아와요!"

하는 외침에 따라 다시 돌아오면, 그 뒤를 유정의 검막이 다시 차단하는 식이었다.

그러나 역불급이었다. 찔리고 잘리고, 부러지고, 피를 쏟으면서도 악착같이 덤벼드는 강시들에 조원들은 진절머리를 치지 않을 수 없었다. 더욱이 어디서 다시 합류를 하는지 강시들의 수는 점점 더 불어나고 있는 것 같았다.

또한 윤파와 서활은 물론이고, 유정까지도 사실은 내공 소모가 극심한 검공을 시전하고 있었으니, 이제쯤에는 급격히 지쳐 가고 있는 중이었다. 특히 무리하게 계속된 검막의 시전으로 내력이 거의 고갈 직전에 이른 유정은 이미 탈진 상태였다.

유정이 더는 버티지 못하고 뒷걸음질을 쳤고, 그 틈을 타 강시들이 한 걸음씩 밀고 들어왔다. 윤파와 서활, 그리고 노달이 방어선을 무너뜨리지 않으려고 안간힘을 다해 검을 쳐내고 장력을 쏘아냈으나, 불가항력으로 금세 절벽 면 바로 앞

에까지 몰리고 말았다. 그때 방어선의 안쪽에서 선변이 입속
으로 나지막이 중얼거렸다.

"일어나라! 화염의 령(靈)!"

순간 방어선의 앞쪽 공간에서 푸르스름한 불꽃이 확 일어
나며 거대한 하나의 벽이 생성되는 것이었다. 그런데 그 푸른
화염에 어떤 기이한 위력이 있는지 불꽃을 무시하고 뛰어들
던 강시들이,

키액!

키애액!

하고 괴기한 비명을 지르며 펄쩍 뛰어 뒤로 물러났다. 그리
고는 두려운 빛을 보이며 선뜻 화염의 벽에 다시 접근할 엄두
를 내지 못하는 것이었다.

그러나 그 화염의 벽은 얼마 지나지 않아 급속히 흐려졌으
며, 이윽고는 사라지고 말았다. 선변은 많이 지쳐 보였다. 사
실 방금 그가 펼쳐 낸 것은 고도의 정신력을 요하는 술법이었
으니, 그의 현재 능력으로는 원활히 펼쳐 낼 수 있는 것이 아
니었다.

다급함과 극도의 피로감 속에서 선변이 원망스럽게 하소
연하였다.

"빌어먹을 도사 놈들! 지네들 집 앞에서 이렇게 지지고 볶
고 생난리를 치고 있는데 이렇게 까맣게 모르고 있을 수는 없
잖아? 일부러 모른 체하겠다는 거야?"

순동이 돌연 앞으로 튀어나간 것은 바로 그때였다. 거추장스러웠는지 두 자루의 철봉마저 팽개친 채 순동은 곧장 강시들의 가운데로 덮쳐들었다. 그리고 닥치는 대로 강시들의 허리를 꺾고, 목을 비틀고, 치고 박았다.

처절한 육박전이었다. 사람과 강시가 서로 뒤엉켜 돌아가는데, 어느 쪽이 괴물이고 어느 쪽이 인간인지를 구별하기 어려웠다. 지금 이 순간 순동은 또 하나의 괴물이었다. 힘 대 힘. 가히 패력(覇力)과 괴력(怪力)의 맞부딪침이었다.

그러나 순동의 괴력은 오래가지 못했다. 역시 중과부적이었다. 순동의 몸에는 한꺼번에 네다섯 구의 강시가 달라붙었는데, 순동이 처음에는 괴력을 발휘해 떨쳐 내고, 팽개치고 하였으나, 오래지 않아 지치는 기색이 역력했다. 그리하여 어느 순간 또 다른 강시들이 자신의 옆을 돌아서 뒤쪽의 유정을 향해 덮쳐 가는 것을 보면서도, 여전히 세 구의 강시가 달라붙어 있는 처지에서 순동은 어떻게 해볼 도리가 없었다. 바로 그때였다.

"안 돼!"

하는 나직한 외침과 함께,

파앗!

하고 안쪽의 공간에서 한가닥의 눈부신 광채가 일어났다. 그리고 동시이다시피 다시 누군가가 나직이 탄성을 토했다.

"혜검(慧劍)이로구나!"

그리고 찰나간 사람들의 눈을 부시게 만들었던 광채는 곧바로 스러졌다. 그리고 조원들은 볼 수 있었다. 유정의 바로 앞에서 한 구의 강시가 덮쳐드는 형상 그대로 굳어 있는 모습을. 연이어 강시는,

크르르!

하는 나직한 소리를 토하며 스르르 바닥으로 무너졌다.

그뿐이 아니었다. 조금 뒤늦게 깨닫게 된 사실이지만, 윤파와 서활 능이 겨우 가로막고 있던 강시들 또한 뒤로 서너 걸음씩을 물러나 있었는데, 순간적인 착각인지는 몰라도 그것들에게서는 마치 어떤 상극이라도 마주한 듯이 두려워하는 기색이 보이는 듯했다. 그때 노달이 부지불식중에 하는 모양으로 안타까이 중얼거렸다.

"안타깝다. 깨달음에는 도달했으되, 내력이 미치지 못하였다."

노달의 시선은 이강의 검에 머물러 있었는데, 그러고 보니 이강의 검에는 마치 잔광처럼 은은한 빛무리가 남아 있었다. 그때 이강이 갑자기 허리를 꺾으며,

"왁!"

하고 한 모금의 핏줄기를 토해냈다. 곁에 섰던 선변이 놀라며 부축했는데, 힘겹게 허리를 펴며 소매로 입가를 훔치는 이강의 얼굴이 백지장처럼 창백하였다. 그러나 그의 눈빛은 깊

숙이 가라앉아 있었다.

그때였다. 까마득히 높은 허공에서,

삐!

삐익!

하고 두 가닥의 호각 소리가 울렸는데, 짧고도 날카로운 그 소리에 독려의 의지가 담겨 있음을 쉬이 짐작해 볼 수 있었다. 과연 강시들이 당장에,

크르르르!

끼아아악!

하고 흉성을 내지르며 다시 덮쳐들었다.

"아아!"

유정은 절망의 탄식을 토해내지 않을 수 없었다. 인의 장막, 아니, 강시의 장막이었다. 강시들은 숫제 몸을 내던지는 무지막지한 투신(投身)으로써 그들을 짓뭉개려 하고 있었다. 그러나 이미 탈진해 있는 상황에서 그들이 더 이상 어찌해 볼 방도는 없었다. 그저 두 눈을 부릅뜨고 터져라 입술을 깨무는 것 외에는.

크아아아아아!

분노로 가득 찬 절규가 터져 나온 것은 바로 그때였다. 사위의 대기를 부르르 떨어 울리는 엄청난 포효였다. 바로 순동이었다.

순동의 모습이 기이한 변화를 보이고 있었다. 머리와 얼굴,

그리고 목과 손까지 옷 밖으로 드러난 피부들이 온통 진홍색으로 변하고 있었는데, 이윽고는 은은한 광채까지 뿜어져 마치 온몸이 홍염(紅炎)으로 불타오르는 듯하였다. 뿐만 아니었다. 두 눈마저 혈안으로 변했는데, 거기에서는 거의 한 자가량이나 되는 시뻘건 혈광이 뿜어지고 있었다. 본래의 순박하던 모습은 간데없고, 돌연 기괴한 괴인의 모습으로 변해 버린 것이다.

노달이 경악하여 중얼거렸다.

"아아! 내력의 폭주다!"

그때 순동이 다시 포효했다.

크아아아아!

그리고 두 눈으로 보면서도 차마 믿지 못할 일대의 경인지사가 벌어졌다. 순동이 마구잡이로 뻗는 붉은 손길에 잡힌 강시의 어깨가 그대로 뜯겨져 나갔다. 그의 주먹에 맞은 강시의 머리통이 그대로 절반쯤이나 깨어져 나갔다.

찢고, 부수고, 으깨고, 순동은 마치 양 떼 속에 뛰어든 한 마리 굶주린 늑대마냥 강시들을 부수고 있었다. 이내 온몸에 강시들의 검붉은 체액을 뒤집어쓴 순동은 지옥에서 뛰쳐나온 악귀나찰의 형상 그대로였다. 그런 중에도 순동의 행동반경은 유정을 가운데로 두고 있었다.

유정은 지금의 상황이 도무지 믿기지 않는지, 그리고 충격스러웠는지 어쩔 줄을 모르고 그저 멍하니 서 있기만 하였다.

부서지고 찢기고 하면서도 강시들은 악착같기만 하였다. 조금도 물러서지 않았다. 그렇기 때문에 순동의 주변은 여전히 사방 어디로도 빠져나갈 틈 없이 빽빽이 강시들에게 갇혀 있었다. 그러던 한순간이었다. 순동이 갑자기 유정의 몸을 잡아 머리 위로 번쩍 들어 올렸다.

"악!"

유정이 놀라 짧은 비명을 토했으나, 탈진한 그녀로서는 어떻게 대처해 볼 방법이 없었다. 모두가 경악해 마지않는 중에 서활이 다급하게 외쳤다.

"순동!"

그러나 순동은 전혀 아랑곳없이 다음 순간 그대로 유정을 던져 버렸다. 그것을 보고 서활이 사력을 다하여 유정이 날아가는 쪽을 향해 달렸다.

무지막지한 힘에 의해 허공을 날아간 유정은 간신히 몸을 뒤집어 바닥에 착지할 수 있었다. 그때 뒤늦게 그녀를 따라잡은 서활이, 탈진한 중에 다시 극도의 당황에 빠져 어쩔 줄 몰라 하는 그녀의 소매를 잡아끌었다.

강시들은 이제 순동만을 목표로 하고 있는 듯했다. 순동이 아무리 찢고 부수고 팽개쳐도 강시들은 집요하고도 악착스레 순동에게 달라붙고 있었다. 그 틈에 윤파와 노달이 각기 선변과 이강을 부축하여 그 지옥의 아수라장을 빠져 나왔다.

　수십 구의 강시 속에서 순동이 마침내는 중심을 잃고 넘어
지고 있었다. 그 위로 겹겹이 강시들이 덮쳐들었다. 잠시 엎
치락뒤치락하며 강시들 사이로 언뜻언뜻 순동의 모습이 보였
다. 검붉은 액체들과 뜯겨진 살점들이 난무하고 있었다. 아
아! 그것은 참으로 참혹하기 이를 데 없는 지옥의 참경이었
다. 유정이 절규하였다.

　"안 돼!"

　그녀가 앞으로 달려나가려 하였으나, 선변이 그녀의 몸을
껴안듯이 붙잡고 놓아주지 않았다.

　"이거 놓아!"

　유정이 몸부림치며 울부짖었다. 선변의 얼굴도 땀과 눈물
로 범벅이 되어 있었다. 그러나 선변은 깍지 낀 두 손으로 결
사적으로 유정의 몸을 감싸 안고 놓아주지 않았다. 그 앞을
다시 서활과 윤파가 단단히 막아섰다. 그들의 두 눈 또한 벌
겋게 충혈된 채로 찢어질 듯이 부릅떠져 있었다.

　그러나 불가항력이었다. 지금 그 아귀다툼의 지옥 속으로
뛰어든다는 것은 자살행위였다. 마지막에는 그들도 같은 처
지가 되겠지만, 그러나 아직까지는 그렇게 할 수가 없었다.
각자의 안위 때문만은 아니었다. 서로가 서로를 지켜야 한다
는 생각이었다. 아직은 마지막 순간이 아니므로.

　그때 이강이 문득 앞으로 걸어나갔다. 차분하게 천천히 걷

는 걸음이었다. 윤파가 외쳤다.

"멈춰! 이강!"

그러나 윤파는 막상 이강을 붙잡지는 않았다. 다른 사람들
또한 바라보기만 하였다. 그때 이강의 검이 서서히 빛나고 있
었기 때문이다.

그 빛은 점차로 환한 빛무리로 변해갔다. 그리고 한순간 그
빛이 눈부신 광휘를 뿌리는 순간,

키액!

캐액!

끄아악!

하는 괴성들이 터져 나오며 순동의 위쪽에 악귀처럼 겹친
채 달라붙어 있던 강시들 중에서 몇 구의 강시가 마치 벼락을
맞은 듯이 펄쩍 튕겨 나갔다. 그리고 그것들은 다시 움직이지
못했다.

그뿐만이 아니었다. 다른 강시들 또한 순간적으로 크게 위
축된 듯이 멈칫거리고 있었다.

강시들의 아래로 드러난 순동의 모습은 참혹하였다. 온몸
의 살점들이 찢기고 뜯겨 나가 너덜거리는 만신창이의 끔찍
한 형상이었다.

그러나 역시 강시들의 주춤거림은 다만 일시에 불과했다.
강시들이 다시금 순동에게로 덮쳐드는 것을 보면서 이강은
차라리 허탈하였다. 그러나 그때 그의 내부는 이미 모든 힘이

다 빠져나가 버린 빈 주머니와 같은 상태였다. 다리가 풀려 스르르 바닥으로 주저앉으면서 이강은 안타까이 중얼거렸다.

　"중혜(中慧)!"

四十一
산화(散華)

1

　강산은 상황을 일별하여 유정의 무사함을 확인했고, 동시에 순동의 참혹한 모습을 확인했다. 그리고 그가 곧장 순동에게로 달려간 것은 앞뒤를 재는 생각과 판단에 의한 것이라기보다는, 오로지 격렬한 분노에 의한 것이었다. 달려간다고 생각했는데, 그는 어느새 강시들의 한가운데에 있었다.

　치이잉!

　맑은 금속성이 울렸다. 마치 칭얼거리는 듯한 소리였다. 이어,

　춰리리릿!

　하는 기묘한 소리가 들리더니, 돌연 한 무더기의 투명한 궤

적이 일어나며 공간을 차지해 들었다. 투명하면서도 도무지 예측할 수 없는 돌발성과 위협을 품고 있는 그 궤적의 실체는 바로 두 자루의 무명이었다.

무명은 실로 놀라운 위력을 발휘하기 시작했다. 그 유연하고도 가느다란 두 개의 사검(絲劍)은 마치 가느다란 채찍처럼 쉽사리 강시들을 휘감았는데, 휘감았다가 풀어내는 중에 그 천고기병(千古奇兵)의 예리한 검인(劍刃)에도 그처럼 단단하던 강시들의 신체에는 깊숙한 상처가 남았다.

얼마 지나지 않아 상산의 가까이에 있던 강시들은 **참혹한** 모습으로 화해갔다. 목과 사지가 반 뼘 남짓이나 베어져 검붉은 액체를 콸콸 쏟아내는 광경은 참으로 끔찍하였다.

무명이 베기만 하는 것은 아니었다. 탄능에 의해 쏘아진 무명의 검극은 어렵지 않게 강시들의 몸을 파고들었다.

키애액!

카아악!

목과 심장 부위에 꽤 깊숙이 가느다란 구멍이 뚫린 채 강시들이 괴성을 지르며 날뛰었다. 그러나 그토록이나 참혹한 지경임에도 강시들은 물러나지 않고 악착같이 덮쳐들었다.

강산은 흉포하게 날뛰는 강시들의 사이를 한줄기 바람처럼 헤집고 다녔다. 그러나 그의 심정은 점차 답답해졌다. 주변으로 몰려든 강시들의 수는 한눈에 세기도 어려울 정도인데, 지금과 같은 식이라면 상황의 호전을 기대하기는 힘들었다.

물론 지금 강산의 일거수일투족에서 발휘되고 있는 무위는 이미 경인지경이라 할 것이지만, 막상 강산 자신은 그런 점에 대해 실감하지 못하고 있었다.

그때 잡조의 조원들은 강시들로 메워진 공간의 안쪽으로부터 새어 나오는 고함 소리를 들었다.

"우와앗!"

모습은 잘 보이지 않았지만, 강산의 외침이었다. 잇따라,

위이이잉!

하는 무언가 웅혼한 울림을 지니는 기이한 금속성이 들렸다. 그리고 이어,

서걱!

서걱!

하는 귀에 거슬리는 소리가 났다.

조원들은 미처 알지 못했지만 그것은 단단한 골육(骨肉)이 베어지는 소리였다.

또한 조원들은 보지 못했지만, 그때 강산 주변의 강시들 서넛의 키가 돌연 반으로 줄어들며 밑으로 폭포처럼 검붉은 체액을 뿜어내고 있었다. 그대로 허리에서부터 양단이 되고 만 것이었다.

그때 조원들은 강시들이 군집한 위쪽 허공으로 무언가 투

명한 궤적이 폭발하듯이 비산해 오르는 것을 볼 수 있었다.
동시에,

와르릉!

하는 맑은 뇌성이 일며 무언가 검붉은 조각들이 무수히 비
산해 오르는 것이었다. 그 조각들은 바로 강시들의 육신 조각
이었다.

"아아!"

지켜보던 누군가가 경악의 탄성을 흘렸다. 그러나 조원들
은 그것이 강산과 무명의 위용이라는 것을 곧바로 알아차리
지는 못했다. 그들이 볼 수 있었던 것은 허공으로 비산해 오
르는 강시들의 잔해와 흥건히 바닥을 적시는 검붉은 액체뿐
이었으므로. 막상 무명을 휘두르고 있는 강산의 모습은 벽을
이룬 강시들의 사이로 언뜻언뜻 비치는 정도를 볼 수 있었을
뿐이다.

물론 그 속에서 상황을 그렇게 만들 사람은 강산밖에 없었
지만, 어쨌든 강산의 위용을 직접 보는 것은 아니었으므로,
무언가 다른 원인이 있겠거니 하는 쪽으로 우선 생각을 해보
는 것이었다. 하긴 두 눈으로 본다고 해도 그들은 쉽게 믿지
못할 것이지만.

2

무형방호막과 탄능, 그리고 흡능. 강산이 이름 붙인 육관통의 공능들이다. 그러나 육관통의 공능은 그것들뿐만이 아니었다. 강산은 방금 전의 상황에서 마침내 또 하나의 새로운 공능에 대해 눈을 뜨게 된 것이다.

후일 강산이 발능(發能)이라고 명명한 그 새로운 공능은 내부의 힘을 외부로 뿜어내는 묘용이었다. 즉, 외부의 충격에 대한 반발 개념인 탄능(彈能), 또는 충격의 여파와 외부의 기를 흡수해 들여 각 관문에 저장하는 흡능(吸能)과는 또 근본적으로 다른 새로운 묘용인 것이다. 그것은 곧 흡능에 의해 그의 내부 각 관문들에 축적되어 있는 기를 신체 외부로까지 발출해 낼 수 있다는 의미였다.

그런데 비록 이제야 깨닫게 된데다, 아직까지 각 관문들에 축적된 기의 양 또한 많지 않았으나, 그것만으로도 강산은 무명에다 그의 진기를 실을 수 있었던 것이다. 그럼으로써 무명은 강산의 독특한 진기 수발법에 반응하여 마침내 수백 년의 신비로 숨기고 있던 그 진정한 실체의 절대예기(絶對銳氣), 기인(氣刃)을 발현시킨 것이었다.

삐이이익!

절벽 위쪽에서 한 가닥의 긴 호각 소리가 울리는 순간, 갑작스런 상황의 변화가 생겼다. 무수히 베어지고 파괴되는 중에서도 그처럼 악착스레 달려들던 강시들이 돌연히 물러나기 시작한 것이었다.

참으로 기이하다 하지 않을 수 없는 광경은, 강시들이 와중에도 그들의 잔재를 빠르게 챙겨서 물러나는 모습이었다. 성한 강시들은 바닥에 넘어진 채 움직이지 못하는 강시들을 나무토막처럼 끌거나, 혹은 양단된 토막들을 짐짝처럼 끼고 메고 갔으며, 사지 중의 한두 곳이 잘린 강시들은 껑충거리고 비틀거리면서도 사방 바닥에 흩어진 육편(肉片)들을 남김없이 수거하는 것이었다. 그러한 광경들은 그야말로 기괴함 그 자체이지 않을 수 없었다.

잡조는 강시들을 굳이 막지 않았다. 아니, 막을 힘도 없었다. 그들 스스로가 지금 정신적으로도 육체적으로도 탈진 상태에 빠져 있는 중이었으므로.

그토록 처절했던 지옥의 현장이었던 협곡 안은, 잠시만에 거짓말같이 적막을 되찾았다. 협곡의 바닥에는 미처 흡수되지 못해 아직까지 여기저기 질펀하게 고인 검붉은 액체들과 자세히 살피지 않으면 그것들이 강시들의 잔재란 사실을 알아보기 어려운 작은 육편(肉片)들이 군데군데 남아 있을 뿐이었다. 그때였다.

휘이익!

휘이이이익!

입구 쪽에서 몇 가닥의 휘파람 소리가 서로 호응하듯이 잇따라 울렸다. 그리고 잠시 후 협곡의 저쪽 입구 쪽 좁은 통로를 통해 일단의 무리들이 질주해 왔다.

사람들의 선두에 무광 진인과 원지룡의 모습이 보였다. 그리고 그 뒤로 칠성검대를 포함해 거의 백여 명에 이르는 무당제자들이 뒤따랐는데, 그들은 곧바로 협곡의 입 출구를 확보하여 경계를 서고, 혹은 주변 사방을 정찰하는 등 기민한 움직임을 보이면서 천천히 잡조를 향해 다가왔다. 그 조직적이고도 일사불란한 움직임을 보면서 선변이 악 다문 잇새로 나직이 중얼거렸다

"빨리도 나타나셨군!"

3

잡조는 순동을 둥그렇게 둘러싼 채 안타까이 지켜보고 있었고, 그 바깥으로는 거리를 두고 무당파의 제자들이 넓게 둘러서 있었다.

순동은 차마 보지 못할 만큼의 참혹한 만신창이의 몸이었으나 기어코 몸을 일으켜 앉았다. 그의 코와 입, 두 눈과 귀, 칠공에서는 끊임없이 피가 흘러내리고 있었다. 검은빛이 강한 피였다. 그런 중에도 순동은 이전과는 사뭇 다른 사람 같았다. 엉망으로 뭉개진 얼굴 모습 때문이 아니라, 혈광이 사라지고 난 뒤 맑은 정광이 감도는 그의 눈빛이 그랬다. 그러나 노달은 무거운 얼굴로 가만히 고개를 가로저

었다.

그때 순동이 울컥하고 한 모금의 피를 토해내자 유정이 안타까워,

"아아!"

하고 애절한 탄식을 불어내는데, 이강이,

"순동 아저씨!"

하고 부르며 그 옆에 무릎을 굽히고 앉으며 힘겹게 한쪽으로 기울어지는 순동의 몸을 받치고 나서, 다시 그가 기댈 수 있도록 한쪽 어깨를 대주었다. 이강의 어깨에 머리를 기댄 채로 순동의 눈빛에 희미한 웃음기가 떠올랐다. 잠시 후 그가 이강을 향해 힘겹게 입을 열었다.

"아이야, 너는 무당의 제자이냐?"

미약하여 속삭이듯이 들리는 소리였다. 그러나 순동의 그 말은 뜻밖인데다, 또한 여러 사람에게 복잡한 의미로 들릴 수 있는 말이었다.

만약 지금 순동의 상태가 심각하지 않았다면, 이강은 굳이 대답을 하지는 않았을 것이다. 그러나 그가 보기에도 순동의 상태는 위급해 보였고, 아마도 이미 손쓸 방도가 없는 지경으로 보였다. 이강이 잠시 갈등 한 후에,

"아닙니다. 저는 무당의 제자가 아닙니다."

하고 또한 작은 소리로 대답하였다. 그러나 분명한 목소리였다. 순동이 의혹의 빛을 띠며, 힘겨워하는 중에도 다시 물

었다.

"그렇다면 좀 전에 네가 펼친 것은⋯⋯."

순동이 힘에 겨운 듯이 잠시 말을 끊고 호흡을 골랐다. 그때 노달은 자신의 양옆으로 선 서활과 윤파를 슬쩍 잡아당겨 서로의 몸이 바짝 밀착되도록 했다. 마치 뒤쪽의 무당제자들로부터 순동과 이강의 모습이 아예 보이지 않도록 하겠다는 듯이. 그때 순동의 미약한 목소리가 겨우 이어지고 있었다.

"태극혜검이 아니더냐?"

그 말에 등그렇게 섰던 잡조의 표정들이 가볍게 흔들렸다. 그때 이강이 흘깃 노달을 돌아보았다. 노달은 다만 무거운 기색이었다.

이강은 지그시 입술을 깨물었다. 지금 이 순간 무엇보다 소중한 것은 순동의 물음에 솔직히 답하는 것이라고 이강은 생각했다.

그래야 나중에 후회가 없을 것 같았다. 그렇게 하는 것만이 그가 순동에게서 아주 잠깐 느꼈던 따뜻함에 대한, 그의 마음속 깊이 침잠해 있던 그 소중한 정감들을 되새길 수 있도록 해준, 순동과의 짧은 정리에 대한 의리이리라 여겨졌다.

"그렇습니다."

이강의 대답은 이전보다 한층 분명했다. 그러나 그 의미는 모호했다.

순동은 두 눈에 기꺼운 빛을 떠올렸다. 웃는 것이리라. 그러나 표정이 만들어지지 않고 웃음소리가 만들어지지 않기에 그저 눈빛으로만 웃는 것이리라.

"쿨럭!"

순동이 고통스럽게 기침하며 한 무더기의 붉은 핏덩이를 토해냈다. 그 속에 거뭇거뭇한 색의 작은 조각들이 섞여 있었다. 아마도 잘게 바수어진 내장 조각들이리라.

잠시간 힘겹게 숨을 고르고 난 다음, 순동은 겨우 다시 입을 열었다.

"네게… 부탁할 것이 있다. 들어… 주겠느냐?"

"말씀하십시오. 제가 들어드릴 수 있는 것이라면 당연히 들어드리겠습니다."

"무엇…이라도?"

이강이 잠시 멈칫했다. 그러나 그는 이내 맑게 웃음지으며 대답했다.

"예! 어떤 것이라도!"

순동이 눈빛으로 마주 미소 지으며 말했다.

"남은… 시간이 별로… 노부의 내공… 이미 폭주… 이제 곧… 마지막 폭발… 노부… 금단의 내공법… 지난 백여 년… 정신 불안정… 그러나… 노부의 단전… 지극순수… 원정진기… 그것… 네게… 주겠다."

마디마디 끊어지는 순동의 말에서 그가 지금 얼마나 힘겨워하고 있는지가 그대로 느껴졌다.

"아아!"

이강이 신음처럼 탄식하며 고개를 가로젓는데, 순동이 잔뜩 일그러진 표정으로, 그러나 여전히 웃는 눈빛으로 다시 고통스럽게 말을 이었다.

"너의… 태극혜검… 내공화후… 절대부족… 원정진기… 노부가… 살다 간… 자취… 욕심… 부탁!"

"하지만… 하지만 저는……."

이강이 크게 당황하여 어쩔 줄을 모르고 중얼거리다가 언뜻 노달을 바라보았다. 그에 노달이 가만히 고개를 끄덕이며,

"그분의 마지막 성의를 헛되게 하지 마라."

하고 무겁게 말하였는데, 그 말을 듣고 나서 이강은 문득 조심스럽게 몸을 일으켜 순동에게 공손히 절하며 물었다.

"존명을 여쭈어도 되겠습니까?"

짧은 순간 순동의 눈빛은 복잡하게 변했다. 깊은 회한과 거친 격동이리라. 그러나 순동은 곧 담담해졌다. 그리고 이미 파랗게 죽은 그의 입술이 겨우 열렸다.

"네가… 부르던… 대로……."

이강이 얼른 말했다.

"아저씨! 순동 아저씨!"

순동의 입술이 다시 달싹였다. 그러나 이제 그 입술에서는

아무런 소리도 나오지 못했다. 그러나 그의 눈빛만큼은 가장 환하게 웃고 있었다.

이강은 지금 이 순간 그와 순동 사이에 같은 느낌이 흐르고 있다고 느꼈다. 무어라고 표현할 수 없는 따뜻하고도 정겨운 감정이 서로 공유되고 있었다.

그때 유직은 모걸(牟杰)과 경호조의 호위 외에 다시 일대의 무당 칠성검진의 호위를 받으며 뒤늦게 협곡 안으로 들어섰다. 사람들이 둥그렇게 에워싼 안쪽으로 유정의 모습을 발견한 유직은 깊은 안도의 빛을 떠올렸다. 그러나 막상 도순학과 고이강이 서둘러 그쪽으로 가려고 하자 일단 제지를 하였다.

"가만있게! 정아의 무사함은 확인했으니, 잠시간 돌아가는 상황을 지켜보기로 하세!"

도순학과 고이강은 즉시로 멈추었다.

그러나 남궁세옥과 제갈중, 그리고 황보소추는 잠시 망설이는 기색이다가는 그대로 앞으로 달려나갔다. 지금 앞쪽에서 일어나고 있는 상황들에 대해 그들의 관심과 호기심을 억제하기 어려웠기 때문이리라.

4

그것은 참으로 기이한 광경이었다. 온갖 기사괴사(奇事怪事)들이 숱하게 일어난다는 강호무림이지만, 지금과 같이 중인환시리(衆人環視裏)에 내공을 전수하는 예는 천고에 드문 일이지 않을 수 없을 터였다.

순동이 노달의 도움으로 힘겹게 정좌하자 앞에 이강이 또한 정좌하여 앉았다. 다시 노달의 도움으로 순동의 두 손이 이강의 정수리 백회혈(百會穴) 위에 포개어 놓여졌다. 곧이어 두 사람에게서는 서서히 장엄하고도 기이한 서기가 뿜어져 나오기 시작했다.

노달은 두 사람의 앞으로 가서 바깥을 향하고 섰다. 그리고 강산과 조원들이 또한 엄숙한 침묵으로 그 곁에 섰다. 그것은 경계라기보다는 순동의 마지막 결단에 대한 존중과 존경의 표시였다.

어느 순간 조용한 침묵으로 지켜보고 있던 무당파 제자들 속에서,

"아!"

"아아!"

하고 몇 마디의 가느다란 탄성들이 새어 나왔다.

이강의 등뒤로 한 무더기의 은은한 황금빛 광채를 띤 기무(氣霧)가 뿜어져 나오고 있었다. 그리고 잠시 후 그 기무는 이강의 뒤에서 하나의 사람 형상을 만드는 것이었다.

그 모습이란, 마치 이강 등뒤에 은은한 황금빛으로 이루어진 또 하나의 이강이 좌정하고 앉은 듯하였다. 그때였다. 무당제자들 속에서 누군가 경악한 목소리로 외쳤다.

"환마체(幻魔體)다! 천마지존신공(天魔至尊神功)이란 말인가?"

그 나직한 외침에 사방은 대번에 술렁이기 시작했다. 그때 또 다른 누군가가,

"묵광이 아니라, 황금빛이니 환마체와는 다르다!"

하고 외쳤고, 그에 중인들은 다시금 술렁거렸다. 그러나 바로 그때 또 다른 변화가 일어나고 있었기에 중인들은 술렁거림을 멈추며 두 눈을 부릅뜨고 말았다.

순동이 정좌한 채로 밀려나고 있었다. 마치 이강에게서 뿜어지는 무형의 어떤 힘에 떠밀리듯이. 그리고 다음 순간 순동의 상처투성이의 거구는,

팟!

하고 돌연 한 줌의 가루로 화해 허공중에 흩어지고 말았다. 순간 협곡에는 소리없는 경악이 흘렀다.

"흑!"

유정이 숨죽여 울음을 토해낼 때, 노달은 가볍게 소매를 떨쳤다. 그러자 순동의 잔해일 한 줌의 하얀 가루가 둥글게 뭉쳐지며 천천히 위로 떠올랐다. 그리고 십여 장 높이의 허공에 이르러 넓게 흩어졌다. 노달이 경건하게 읊조렸다.

"훠어이! 훨훨 날아가시오! 자유로이 날아가 부디 좋은 곳
으로 가시오! 훠어이!"

유정의 눈가로 소리없이 두 줄기의 눈물이 흘러내렸다. 잡
조의 모두는 숙연한 빛으로 허공을 향하였다.

四十二
사부(師父)

1

무광 진인이 천천히 다가오는 것을 보고 잡조는 반사적이다시피 서로의 틈을 좁혔다. 그들의 뒤에는 이강이 아직 운기 중에 있었다.

무광 진인은 잡조의 어깨 너머로 가부좌를 취하고 있는 이강을 흘깃 넘겨보고 나서 다시 노달에게 눈빛을 주며 무겁게 입을 열었다.

"한 가지 묻겠소."

노달이 담담하게 시선을 마주하자 무광 진인은 눈짓으로 이강을 가리켰다.

"저 아이, 귀하의 제자요?"

순간 노달의 얼굴은 곧바로 굳어지고 말았다. 하지만 찰나간이었을 뿐 이내 담담한 얼굴로 돌아간 노달은 가만히 고개를 저으며 태연히 대답했다.

"아니올시다! 노부같이 하잘것없고 박복한 자에게 어찌 저런 기재를 제자로 둘 자격과 복이 있을 것이며, 또한 가르칠 재주가 있겠습니까?"

"하면 방금 전 저 아이에게서 보였던 현상에 대해서는 어떻게 설명하겠소? 그것이 비록 마교의 천마지존신공을 운공할 때 나타나는 본래의 모습 그대로는 아니었다고 하더라도, 어떤 영향을 받았음이 분명하다는 것을 다른 사람은 몰라도 귀하는 결코 부인할 수 없을 터인데?"

순간 노달의 눈빛이 미미하게 흔들렸다. 그러나 그는 곧 담담한 투로 대답했다.

"대체 무슨 말씀을 하시는 것인지? 마교니, 천마지존신공이니 하는 것들에 대해서 이 늙은이는 도통 알지 못하겠습니다."

무광 진인의 눈빛에 설핏 미미한 당황이 스쳤다. 그런데 그가 잠시간 틈을 두는 사이였다. 그의 뒤쪽에 서 있던 원지룡이 앞으로 불쑥 한 걸음을 내디디며 매섭게 호통을 쳤다.

"당신은 바로 마교의 전대 교주인 진여송이 아닌가? 한데 어찌 천마지존신공을 모른다고 하는 것인가?"

하고 날카롭게 호통을 쳤다. 대번에 주변이 경악으로 술렁이는데 원지룡이 틈을 주지 않고 이번에는 이강을 향해 다시금 호통쳤다.

"이강! 네가 직접 말해보아라. 네가 마교의 호교신공(護教神功)인 천마지존신공을 익혔다면, 그것은 네가 마교와 새로운 사제지연을 맺었다는 것이 되지 않느냐? 네 비록 죄를 지어 무당에서 파문된 처지이기는 하나, 그래도 사람의 탈을 썼는데 설마 면전에서 네 사부를 부인하겠느냐?"

사람들의 시선이 일제히 이강에게로 향하였다. 그때 이강은 마침 운공을 마치고 몸을 일으키고 있는 중이었다. 그의 면모는 헌앙해져 있었다. 그의 주변으로는 마치 착시인 듯 아직까지도 은은한 황금빛 광채의 여운이 남아 있는 듯했고, 그의 두 눈은 맑게 빛나고 있었다. 그럼으로써 원래는 호남형의 미남임에도 불구하고 순한 인상으로 인해 유약하게만 보였던 그에게서 지금은 당당한 기상이 비치고 있었다.

이강은 잠시 주변을 돌아보며 상황을 인지하는 듯했다. 이어 잠시 생각을 정리하는 듯하다가 천천히 고개를 끄덕였다. 순간 노달이 그를 향해 나직이, 그러나 무겁게 말했다.

"무인의 언행은 아무리 작은 것이라 하더라도 결코 감정에 가벼이 좌우되어서는 안 되는 법이다!"

그러나 노달의 그 말을 받은 것은 원지룡이었다. 원지룡이 대뜸,

"이강! 네가 지금 고개를 끄덕이는 것은, 네가 바로 저 노

인, 전대 마교주 진여송의 제자임을 인정하는 것이냐?"

하고 채근하였다. 그에 일시 사방이 조용해지면 이강의 대답을 기다렸다. 노달 또한 무거운 얼굴로 이강을 바라보았다. 그런 그의 얼굴에 언뜻 다급한 빛이 스치고 있었다.

그때 이강이 원지룡을 향해 가볍게 고개 숙이며 신중한 어조로 입을 열었다.

"말씀하시는 바를 다 이해하지는 못하겠습니다. 그러나 저기 저분 사해상단의 노달이라는 분과 저와의 관계를 물으시는 것이라면, 맞습니다. 저분께서 저의 사부님이시라는 것은 어김없는 사실입니다."

노달의 두 눈이 부릅떠졌다. 그의 입에서 나직한 중얼거림이 새어 나왔다.

"천하에 꽉 막혀 터진 놈!"

가늘게 떨리는 목소리였다. 그때 이강이 차분하게 다시 말을 잇고 있었다.

"비록 정식으로 사제지연을 맺은 바 없고, 또한 한 번도 저를 제자로 인정하신 바도 없으나, 어쨌든 저분께서는 제게 많은 것들을 가르치셨으니, 저분은 분명 저의 사부이십니다. 무행자 사부님에 이어 저의 두 번째 사부이십니다."

원지룡은 무광 진인을 향해 돌아섰다. 그의 기색은 당당하고도 자신에 차있었다.

"들으신 대로 이미 밝혀진 정황만으로도 저들이 마교도(魔

教徒)들이라는 것은 추호의 여지도 없이 분명한 사실입니다. 더하여 저들이 신분을 감추고 본 파에 잠입한 것에는 분명 어떤 불순한 의도가 있음에 틀림이 없습니다. 그러니 즉시 저들을 체포하여 그 의도를 엄히 심문하여야만 할 것입니다."

무광 진인에게 간언하는 형태를 취했으나, 원지룡의 목소리에는 심후한 내공이 담겨 있었다. 그는 자신이 노달과 이강을 추궁한 결과에 준하여 노달과 이강이 마교도이며, 따라서 그들이 무당파의 적(敵)임을 기정사실화 했다.

협곡 내에는 당장에 첨예한 긴장이 감돌았다. 그때 협곡을 쩌렁하니 울리는 대갈일성이 있었다.

"경거망동을 삼가라! 누가 함부로 나서라고 하였더냐?"

무광 진인이었다. 삼엄한 위엄이 담긴 사부의 호통에 오연(傲然)하던 원지룡의 기세가 멈칫하고 한풀 꺾이고 말았다.

2

무광 진인은 여전히 확신이 부족했다. 심증이 있다 해도 확신은 어디까지나 객관적이어야만 했다. 모든 사람들이 다 인정할 수 있어야만 확신이라고 할 수 있는 것이다. 무당파의 장문인이자, 더욱이 무림맹주인 그의 입장에서는 그랬다.

노달이 자신이 진여송임을 부인하리라고는 미처 예상치

못했던 일이었다. 마교는 혹도와는 또 다른 위상을 지닌 무림의 일맥(一脈)이다. 비록 마(魔)라고는 하나 소림이나 무당에 다르지 않게 그들 나름의 신심(信心)과 신념을 지니며, 천 년 전통과 명예를 숭상하는 무맥(武脈)인 것이다.

그러니만큼 한때 그 교주의 위(位)에 있던 인물이, 아무리 상황이 열세에 처했다고 해도 마교 자체를 부정할 수는 없는 일이었다. 혹은 자신의 안위를 돌보기 위해서, 직접적으로 제기된 자신의 정체에 대해 스스로 아니라고 부정할 리는 없었다. 차라리 죽임을 당할지라도 말이다. 적어도 마교의 교주쯤 되는 자라면 스스로의 신심을 위해, 그리고 최후의 명예를 위해 목숨쯤 가벼이 던질 수 있어야 하는 것이다. 그러나 어쨌든 그가 모든 것을 분명하게 부인한 이상, 또 다른 명백한 증거도 없이 계속하여 밀어붙이는 것은 뒤따라 이어질 향후 상황들에 무리로 작용될 공산이 컸다.

잠시 입장의 진퇴(進退)를 저울질 하다가 무광 진인은 언뜻 한쪽으로 시선을 주었다. 그리고 마침 이쪽을 바라보고 있는 누군가의 시선과 마주쳤다.

강렬한 그 시선 속에 젊음과 열정, 야망 등등의 각기 찬연하게 빛나는 조각들이 치열하게 엉켜 돌아가고 있다는 생각을 무광 진인은 언뜻 해보았다.

"맹주님!"

무광 진인을 부르며 앞으로 나선 사람은 바로 남궁세옥이었다.

"저희 가문이 마교에 가진 원한에 대해서는 맹주님께서도 잘 알고 계시는 바이니, 오늘 이 일에 대해 제게도 관여할 수 있는 기회를 주실 것을 감히 청합니다!"

"기회를 달라? 음! 어찌할 셈인가?"

무광 진인의 차분한 반문에 남궁세옥은 천천히 손가락을 들어 노달을 가리키며 단호하게 대답했다.

"저희 가문에서는 지난 사십 년 동안의 긴 세월 동안 마교의 부공에 대해 설지부심으로 연구를 해온 바 있으니, 소생이 비록 능력이 부족하긴 하나 저자와 다만 몇 수만 나누어본다면, 그가 아무리 애써 숨기려 한다고 해도 반드시 그가 마교의 인물인지 아닌지를 구분해 낼 수 있을 것이라 자신합니다. 또한 그리하는 것이야말로 소생이 가문의 원한 중 만분의 일이라도 갚는 길이라 생각합니다."

"음!"

무광 진인은 짐짓 무겁게 침음성을 뱉으며 천천히 주변의 사람들을 둘러보았다. 막상 노달이 진여송 본인이라면, 남궁세옥의 무공으로는 감히 상대가 되지 못할 것은 불 보듯 뻔하니 선뜻 청을 받아들이기 어렵다는 의미였다.

한편으로는 남궁세옥이 스스로의 말에서도 비친 것처럼, 그가 노달과 막상 승부를 벌인다고 하더라도, 다만 몇 수만 견디어서 노달이 과연 마교의 인물이라는 사실만 확인시킨

다면, 그때에는 여기에 있는 누구라도 나서서 그의 열세와 위급을 돕고 마교의 거두를 처단하면 될 것이라는 명분을 공감시키는 의미이기도 했다. 또한 그리함으로써 남궁세옥은 가문의 원한을 갚기 위해 자신이 할 수 있는 최선을 다한 의혈남아가 될 것이며, 나아가 마도의 전설적 거물을 상대로 용기있게 검을 겨눈 청년영웅으로 강호에 크게 부각될 것이라는 타당성을 부여하는 의미가 될 수도 있을 것이었다.

그러나 무광 진인의 세밀한 심기는 한순간에 어긋나 버리고 말았다. 한 사람이 노달의 앞으로 나와서 우뚝 버티고 섰기 때문이다. 바로 이강이었다.

3

이강은 느슨하게 검을 늘어뜨린 채 조용히 서 있었다. 그러나 그의 묵묵함에는 누구라도 노달에게 검을 겨누려면 그전에 먼저 자신을 상대해야 할 것이라는 단호함이 서려 있었다.

남궁세옥은 오래 갈등하지 않았다.

상대가 이강으로 바뀌었다고 해도, 그 뒤에 노달이 있는 이상 그에게는 여전히 검을 뽑을 분명한 명분이 있었다.

그리고 또 한 가지의 강력한 이유가 있다면, 그것은 바로 그가 잡조에 대해 가지고 있는 미묘한 반발심이었다.

"타앗!"

짧은 기합과 함께 남궁세옥의 검이 공간을 베며 짓쳐 나갔다. 순간 허공에는 하얀 백광(白光)의 검광이 웅장한 검벽(劍壁)을 이루며 첩첩이 일어섰다.

우웅!

우우웅!

제왕검형(帝王劍形)이었다. 그때였다. 그 엄밀하고도 웅장한 검벽의 숲 속으로 한 무리의 희미한 광채가 스며드는 듯하더니 한순간 그것은 눈부신 황금빛으로 화해 마치 햇살저럼 사위로 퍼져 나갔다. 그리고 다음 순간 일대의 공간은 아무 것도 없던 처음과 같이 돌아갔다.

"아아! 저것은……?"

원지룡의 경악을 무광 진인이 설핏 엄한 눈빛으로 막았다. 그러나 그때 무광 진인의 눈빛으로도 찰나간 기이한 흥분이 스쳤다 사라지고 있었다.

이강은 천천히 검을 거두어들였고, 남궁세옥은 멍한 눈길로 아래로 늘어뜨린 자신의 검극을 바라보고 있었다.

어찌 된 일인지 자세히 본 사람은 없었다. 그러나 결과는 분명했다. 조금도 변명할 여지없는 남궁세옥의 패배였다. 무당파의 파문제자, 아니, 사해상단 휘하 잡조의 조원인 이강의 승리였다.

"귀하의 진정한 신분이 무엇인지에 대해서는 더 이상 따지지 않도록 하겠소. 어쨌거나 귀하가 딱히 불순한 행위를 하였다는 정황이 아직까지는 없기 때문이오. 그러나 노부는 귀하로 인하여 또 다른 사단이 벌어지는 것을 원하지 않으니, 귀하는 지금 즉시 무당산에서 떠나주시오."

무광 진인의 목소리는 무겁게 가라앉아 있었다. 그러나 무거운 중에 다시 한 가닥의 기이한 흥분 같은 것이 녹아 있는 듯하였다. 노달은 대답하지 않고 묵묵히 침묵을 지켰다. 무광 진인의 시선은 이어 이강에게로 향했다.

"이강! 네 죄를 알고 있느냐?"

순간 이강은 창백한 얼굴이 되고 말았다. 그러나 그의 기색은 곧 결연해졌다. 그런데 그가 막 무광 진인에게 대답을 하려는 순간, 그를 대신하여 불쑥 나서는 사람이 있었다. 초췌한 중에도 분개한 기색이 완연한 선변이었다.

"대체 이강에게 무슨 죄가 있다는 것입니까?"

무광 진인이 번뜩이는 눈으로 선변을 돌아보았다.

"이것은 무당파의 내부적인 사안이니 그대는 가벼이 끼어들지 말라!"

그러나 선변은 조금도 굴하는 기색 없이 곧바로 말을 받았다.

"이강과 저는 한솥밥을 먹는 처지이니, 그가 억울한 경우를 당하는 것을 보고 나서는 것은 당연하다고 해야 할 일이지, 결코 가벼이 끼어드는 것은 아닐 것입니다."

"지금 이강이 억울한 경우를 당한다고 했나?"

"그렇습니다. 무슨 일인지는 자세히 모르겠으나, 어쨌든 이강이 귀파에서 파문된 것은 이미 오래전의 일입니다. 그런데 지금에 와서 다시 무당파의 내부적인 사안 운운하며 그의 죄를 논한다는 것 자체가 이미 사리에 맞지 않는다고 할 것입니다."

선변의 말은 나름의 조리를 갖춘 데다 몹시 빠르기까지 하여 간단히 눌러서 무시해 버리거나 혹은 중간에 잘라 버리기가 쉽지 않았다. 하여 지금 무광 진인의 얼굴은 노기로 인해 은근히 달아오르고 있었다. 그러나 잠시 노기를 추스른 후 무광 진인은 다시금 차분하게 물었다.

"이강이 파문제자로서 반드시 지켜야 할 율법을, 아니, 강호도의를 어겼다고 해도 말인가?"

"이강이 대체 무슨 율법을 어겼으며, 강호도의를 어겼다는 것입니까?"

"바로 무당의 무공일세! 파문제자로서 의당 무당의 무공을 사용할 수 없음에도 이강은 엄연히 무당의 무공을 사용했으니, 본 장문으로서는 엄하게 죄를 묻지 않을 수 없는 것일세!"

"이강이 무당의 무공을 사용했다고요? 하하하! 그 말씀이라면, 어제 낮에도 이미 한 번의 시비가 있지 않았습니까? 그런데 어제는 귀파의 누구도 이강이 펼친 무공이 과연 무당의 것이라는 사실을 명확히 입증하지 못했었는데, 이제 장문인께서 그 시비를 다시금 꺼내시는 것을 보니 아마도 장문인께서는 이강의 무공이 과연 무당의 것이라는 사실을 확실히 입증하실 수 있게 된 모양이군요?"

"좀 전 이강은 누구도 부인할 수 없는 무당의 절기를 펼쳤네."

대답하는 무광 진인의 표정이 몹시도 무거웠다. 선변의 표정에 언뜻 약간의 불안이 서렸다. 그러나 그는 이내 빙글거리는 얼굴로 되며,

"누구도 부인할 수 없는 무당의 절기라… 그렇다면 박대정심의 무당절기들 중에서도 다시 최고의 절기임에 분명하겠군요. 호오? 한낱 파문제자에 불과한 이강이, 그것도 열 살의 어린 나이에 파문당하여 내내 거친 강호를 전전해야만 했던 그가 무당 최고의 절기를 펼쳤다는 말입니까? 하하하! 그것참 대단하군요. 혹시 그 진산절기라는 것이… 설마 태극혜검은 아니겠지요?"

하고 반문했는데, 빈정거리는 투가 뚜렷했다. 그러나 무광 진인은 무겁게 고개를 끄덕이며 곧바로 수긍했다.

"그렇네. 바로 본 파의 무상검인 태극혜검일세."

순간 선변은 경악하는 빛이 되었다. 그러나 그의 놀라움 정

도를 어찌 무당제자들의 경악에 비길 수 있을까?

태극혜검이라니? 무당시조(武當始祖) 이후 그것을 완성한 이 누가 있었던가? 어느 때부터 그것은 다만 장문 후계자의 정통성을 상징하는 의미로만 존재하게 되었던 것이다. 그러나 무당의 제자치고 태극혜검에 대한 꿈과 환상, 그리고 자부심을 가지지 않은 자 또 누가 있겠는가?

그런데 그런 태극혜검이 장문제자가 아닌 파문제자에게 전해졌고, 더욱이 요결로서가 아니라 실제로 실현이 되었다니……?

"하하하하! 그렇군요. 바로 태극혜검이군요!"

크게 소리 내어 웃으며 뱉은 선변의 그 말에 사뭇 노골적인 빈정거림이 담겨 있었다.

"함부로 말하지 말라!"

무광 진인이 선명한 노기를 담아 나직이 호통칠 때, 선변은 곧바로 정색이 되었다.

"좋습니다. 무당파의 장문인이시며 무림맹의 맹주이신 분의 말씀에 저같이 하잘것없는 일개 무부가 어찌 감히 약간의 의문이라도 가질 수 있겠습니까? 그러나 아무리 그렇다고 하더라도, 이강이 지금 무당의 제자가 아니며, 무림맹의 맹도 또한 아닌 만큼, 장문인께서는 이 일에 대해 어디까지나 공평무사한 처사를 베푸셔야만 할 것입니다."

"무슨 뜻인가?"

"결코 일방적이어서는 안 된다는 것입니다. 장문인과 무당파의 권위와 힘으로 이강을 억압해서는 결코 안 될 것입니다. 최소한 이강에게도 자신의 입장과 처지를 자유롭게 말할 기회를 충분히 주어야 한다는 것입니다."

"으음!"

무광 진인이 나직하게 침음성을 흘릴 때, 선변은 이강을 향해 돌아섰다.

"야! 이강! 얼 것 없어! 말해봐! 니가 태극혜검을 펼쳤다는 게 사실이야?"

하고 물었다. 농이라도 건네듯 짐짓 가벼운 투였다. 이강이 분위기에 대해 눌리거나 부담을 느끼지 말기를 바라는 것일 터였다.

이강은 고개를 숙이고 잠시 생각을 정리하는 듯했다. 그러다 그는 문득 고개를 들어 무광 진인을 향했다.

"저는 태극혜검에 대해 알지 못합니다."

짧은 말이었다. 그러나 분명한 의미를 담은 말이었다. 순간 무광 진인은 치미는 격노를 참지 못하겠다는 듯 쩌렁하게 호통을 터뜨렸다.

"이놈! 네 감히 본 장문 앞에서 손바닥으로 하늘을 가리고자 하느냐?"

그 격렬한 꾸짖음에 대해 이강은 감히 말 대답을 하지 못하였다. 무광 진인의 호통이 다시 이어졌다.

"네 진정 예전의 네 사부에게서 태극검결을 전수받지 않았다는 것이냐?"

이강은 가만히 심호흡을 한 연후에 차분하게 대답했다.

"그때 사부께서는 틈틈이 제게 어떤 이치에 관해 가르침을 주시긴 하셨었습니다."

무광 진인이 다그쳤다.

"그것이 바로 혜검의 검결이 아니더냐?"

무광 진인을 등진 채로 선변이 다급한 눈짓을 했다. 그러나 이상은 여선히 차분한 재로 나시 내답했다.

"말씀드린 대로 저는 알지 못합니다. 사부께서 태극혜검을 거론하신 적은 한 번도 없습니다."

선변이 저도 모르게 한 모금의 급한 숨을 가만히 토해냈다.

그때 무광 진인의 목소리가 삼엄해졌다.

"당시 네 사부는 무당의 장문 제자 신분이었다. 그러니 그가 네게 어떤 이치를 전수해 주었다면, 그것이 무엇이든 간에 어쨌든 무당의 절기임에는 분명할 것이다. 또한 그런 까닭에 파문 당시에 네가 그런 사실을 숨겼다는 자체로, 곧바로 용납할 수 없는 대죄가 되는 것이다."

잡조 조원들의 얼굴이 제각기 딱딱하게 굳어졌다. 상황은 점점 더 분명한 쪽으로 굳혀져 가고 있는 듯했다, 이강에게 불리한 쪽으로. 그때 이강이 나직하나 분명한 목소리로 말했다.

"그때 사부께서는 제게 이렇게 말씀하셨습니다. 그것의 이치는 무한히 넓고 끝없이 깊어서 결코 무당의 좁은 틀 안에만 가두어놓을 있는 것이 아니라고."

그러나 무광 진인은 간단히 무시해 버렸다.

"허허허! 참으로 허무맹랑한 소리로다!"

들을 가치도 없다는 듯이 웃으며 하는 말이었다. 그러나 무광 진인의 두 눈은 날카롭게 번뜩이는 위엄으로 이강을 직시하고 있었다.

그런 무광 진인의 눈길을 이강은 굳이 회피하지 않았다. 오히려 조금도 비키지 않고 똑바로 마주하였다. 그리고 한결 차분해진 목소리로 다시 말했다.

"사부께서는 또 말씀하셨습니다. 조사께서 일찍이 비인부전(非人不傳)을 말씀하신 깊은 뜻은, 천하의 누구라도 진정으로 그 이치를 이해하고 깨닫는 자에게 그것이 전해지기를 바라는 성심에서였다고!"

"갈! 네놈의 말이 점점 더 간특하게 변해가니 더 이상 듣고 있을 수가 없구나!"

무광 진인은 크게 일갈하여 이강의 말을 끊고 나서,

"지룡은 무얼 하느냐? 당장에 저놈을 포박하지 않고?"

하고 원지룡에게 명했다. 선변이 곧바로 한 걸음을 나서며 격하게 따졌다.

"잠깐! 장문인의 처사가 너무 지나치십니다. 이미 몇 번이나 밝힌 바 있거니와, 이강은 지금 귀파의 제자가 아니라 사해상단 휘하 우리 잡조의 일원입니다. 한데 어찌 함부로 포박을 하겠다는 것입니까?'

그러나 무광 진인은 선변의 말에 대답하지 않았다. 그러나 그 순간 선변은 마치 산악과도 같은 거대한 한 무리의 기세가 그에게로 뿜어져 나오는 것을 느꼈다. 그 같은 기세란 선변이 감히 버텨볼 엄두라도 낼 수 있는 것이 아니어서 당장에 주춤거리며 뒤로 물러서고 말았다. 그때 무광 진인이 설핏 잡조를 일별하고 나서 삼엄한 어조로 외쳤다.

"이 문제는 본 무당파의 중대한 내부사정과 밀접히 결부가 되는 지극히 민감한 사안이다. 하여 다시 한 번 천명하건대, 이제부터 누구라도 함부로 개입한다면 곧바로 무당파에 대한 의도적인 시비와 모욕으로 간주하여 결코 용납하지 않을 것이다."

무광 진인의 목소리는 나직했다. 그러나 심후하기 이를 데 없는 내공이 담겼기에 그의 목소리는 온 협곡을 우렁우렁 울리며 멀리까지 퍼져 나갔다. 그런데 바로 그때였다.

"설혹 이강에게 어떤 잘못이 있다고 하더라도, 그를 꾸짖거나 벌하기 전에 먼저 저를 이해시켜야만 할 것입니다."

강산이었다. 강산의 그 말이 자신의 경고가 끝나자마자 나온 것이었기에, 더욱이 그의 엄중한 경고에 대해 정면으로 도전하는 의미였기에 무광 진인은 진정으로 격노하지 않을 수 없었다. 그러나 그는 차라리 냉담한 어조가 되어 반문했다.

"그대는 누구인가?"

"소생은 이강이 소속된 사해상단 휘하 잡조의 조장입니다. 그러니만큼 먼저 저를 이해시키지 못한다면, 그 어떤 경우라도, 그 누구라도 이강을 핍박하거나 포박할 수 없습니다."

무광 진인은 가만히 시선을 강산에게로 고정시켰다. 잔잔한 눈빛이었다. 그러나 그 눈빛의 깊숙한 곳에서는 촉발 직전의 응축된 차가운 분노가 일렁이고 있었다. 그리고 마침내 그것이 폭발하기 직전, 누군가 거칠게 외쳤다.

"닥쳐라! 네가 감히 누구 앞에서 함부로 망발을 부리느냐? 네가 사해상단의 소속이라고 해서 내가 네 따위의 목을 베지 못할 것 같으냐?"

원지룡이었다. 강산의 미간이 꿈틀하고 반응했다. 순간 선변은 얼른 강산의 소매를 부여잡았다.

5

도순학은 선변이 처음 무광 진인의 행사에 토를 달고 나섰을 즈음부터 더 이상 방관할 수 없겠다는 다급함에 총수에게는 고개를 숙여 보이는 것으로 허락을 구하는 둥 마는 둥 하고, 고이강의 소매를 잡아끌어 무당제자들의 앞쪽까지 나와서는 안절부절못하며 사태를 진정시킬 방도를 모색하고 있던 중이었다.

그가 계속되는 선변의 언행에 대해 아슬아슬 위태위태하다 여기면서도 지금껏 지켜보고 있을 수 있었던 것은, 선변의 언변있음에 대해 익히 파악하고 있었으니 선변이 상황을 최악으로까지 진전시키지는 않을 것임에 대해 그래도 믿는 구석이 조금은 있었기 때문이다. 또한 선변이 무광 진인에게 제기하는 이의 중에는, 사해상단의 입장에서 무당파에 제기할 만하다고 여겨지는 점들이 없지도 않았던 것이다.

그러나 강산이 돌연 나선 것은 도순학이 미처 예측하지 못한 상황이었다. 어쩌면 과거의 오랜 타성으로 인해 그가 잠시 간과하고 있었던 것이리라.

사실 얼마 전까지만 하더라도 강산은 도순학이 가장 잘 예측할 수 있는 전형적인 부류에 속하는 인물이었다. 아니, 예측할 필요조차 없는 인물이었다.

강산의 지난 이십 년간 복무 성향이 단적으로 말해주듯이 그는 상단의 법과 규칙을 벗어날 일이 없는 인물이었다. 그러니 강산의 모든 생각과 행동 또한 그러한 테두리 안에만 있을 것이었다.

그러나 강산에 대한 그런 분류가, 또 판단이 지금도 유효한 것은 결코 아니었다. 좀 더 정확하게는 강산이 인력양성원으로 배치가 되고, 이어 잡조의 조장이 된 시점부터였다. 그때부터 강산은 이따금씩 전에 없던 돌출적인 면모를 보이더니,

이즈음에 와서는 도순학으로서도 예측하기에 결코 쉽지 않은 인물이 되어 있었던 것이다.

어쨌든 강산의 돌발적인 개입으로 인해 이제 상황은 도순학으로서도 어떻게 손을 써야 할지 도무지 엄두를 내지 못하는 지경으로 급변하고 만 것이었다.

강산은 다만 몇 마디를 하는 것만으로 대번에 무광 진인으로 하여금 살기를 떠올릴 정도로 격노하게 만들었다. 그것도 부족하여 지금 못마땅하게 찡그린 강산의 인상에서는, 혹시 그가 느닷없이 튀어나가 원지룡의 따귀를 후려갈기지는 않을까 하는 턱없는 상상까지 떠오르게 만드는 것이었다.

쓸데없는 상상을 털고, 다급할수록 침착해지자는 뜻에서 도순학은 가볍게 머리를 흔들었다. 그러나 더 이상 앞뒤 잴 여유는 없었기에 그는 급하게 앞으로 나서는 동시에 크게 외쳤다.

"강 조장! 지금 무슨 짓을 하고 있는 건가? 당장 물러나지 못하겠나?"

그러나 강산은 물러나지 않았다. 대신 담담한 투로 도순학에게 반문했다.

"물러나라고요? 그럼 이강은 어떻게 합니까?"

"어허! 감히 자네 정도가 나설 문제가 아니라는 데도? 당장 물러나게! 이건 명령이야!"

그 말에 강산이 문득 정색을 하였다.

"명령이라고 했습니까?"

"그렇네!"

강산은 문득 물끄러미 도순학을 바라보았다. 그러다가 착
잡한 목소리로 물었다.

"그 명령에 따르지 못하겠다면 어떻게 되는 것입니까?"

그 뜻밖의 소리에 도순학이 저도 모르게 움찔하며 곧바로
반문했다.

"무슨 뜻인가?"

그때였다. 도순학의 그 물음에 대해서 누군가 강산 대신에
대답을 했다.

"상단에서 지켜주지 않겠다면, 극단적으로 잡조 또한 굳이
상단의 명령을 들어야 할 이유가 없어진다는 뜻이지요."

맑고 차분한 목소리. 바로 유정이었다.

"아가씨! 이러시면 안 됩니다."

도순학이 당황하여 황급히 유정에게로 다가서며 나직이
속삭였다. 그러나 유정은 차분하기만 하였다.

"그리고 또 한 가지. 저 또한 잡조의 조원이라는 점도 생각
하셔야만 할 것입니다."

유정의 그 말은 일시 사람들의 말문을 막히게 만드는 데가
있었다. 도순학뿐만이 아니라, 무광 진인과 원지룡, 그리고
잡조의 조원들까지도.

그때였다.

"허허허! 무림의 일에 밝지 못한 노부가 감히 한 말씀드려도 되겠습니까?"

저쪽에서 걸어오며 부드러운 어조로 말한 이는 바로 유직이었다. 그의 좌우 양옆으로는 고이강과 모결이 섰고, 그 뒤로는 다시 여섯 명의 경호조원이 따르고 있었다. 무광 진인의 앞으로 다가서며 유직이 다시 말을 이었다.

"노부는 상인일 뿐이니, 상인의 셈 법으로 한 말씀드리고자 합니다. 먼저 이강이라는 저 청년은, 그간의 사정이야 어찌 되었든 지금은 분명히 본 상단의 휘하에 있습니다. 그러니만큼 만약 그가 지금 시점에서 저지른 잘못이 있다면, 그리고 그로 인해 책임을 져야 한다면, 그 연대선상에서 상단의 총수인 노부 또한 책임질 부분에 대해 응분의 책임을 질 용의가 당연히 있습니다. 그러나……."

사방은 조용했다. 유직의 목소리 외에는 바늘 떨어지는 소리도 들릴 만큼 적막했다. 그런 중에 크지 않은 유직의 목소리가 담담히 이어졌다.

"노부는 이강이 이미 대가를 치른 과거의 잘못에 대해 다시금 책임을 지거나, 혹은 어떤 오해로 자신의 잘못이 아닌 일에 대해 억울하게 책임을 지는 일이 결코 없기를 바랍니다. 노부 또한 그런 책임에 대해서라면 어떤 연대책임도, 단 한 푼의 손해도 결코 감수하지 않을 것입니다."

그때 무광 진인이 무겁게 가라앉은 목소리로 나직이 물

었다.

"총수께서는 어떻게 하시겠다는 것인지요?"

유직이 빙그레 웃으며 답했다.

"이강이 좀 전에 펼친 것이 과연 태극혜검인가 하는 문제 말입니다. 물론 노부는 장문인께 반드시 타당한 근거가 있을 것이라는 점을 확신하고 있습니다. 그러나 이제 일이 이렇게 까지 되었으니, 이강의 말을 완전히 도외시할 수는 또 없게 되었다고 해야 할 것입니다."

그리고 유직은 문득 정색으로 덧붙였다.

"노부가 제안을 한 가지 하겠습니다. 만약 장문인께서 허락하신다면 노부는 가까운 시일 내에 누구나 인정할 만한 무림의 절대고수들 몇 분을 한자리에 모시도록 하겠습니다. 그리고 그 자리에서 이강으로 하여금 문제의 그 무공을 다시 한 번 펼쳐 보이도록 하여서, 그것이 과연 어떤 종류의 무공인지 객관적인 판정을 받아보도록 하면 어떻겠습니까?"

무광 진인의 표정이 일시 딱딱하게 굳어졌다. 언중유골(言中有骨)이었다. 그리고 천하제일상단을 일군 노상인(老商人)다운 노회함이었다.

이강에게 당장의 강압적인 조치를 하지 말라는 요구에 그치지 않고, 여차하면 문제를 무당파가 아닌 강호로 끌고 나가겠다는 압박을 가하고 있는 것이었다.

무광 진인으로서는 달가울 까닭이 없었다. 물론 자신의 대에서 태극혜검이 단절되었다는 사실은 이미 비밀이 아니었다. 무당파 내부의 소수만 알고 있는 사실이긴 하지만, 비밀이란 것이 원래 언제, 어떤 형태로든 반드시 바깥으로 확산되는 속성을 가진 것이 아니던가. 물론 어떤 경우에도 누구에게라도 사정을 설명하지 못할 바는 아니었다. 그러나 그것이 공공연히 무림 전체에 공표되는 양상은 결코 바람직하지 않았다.

그때 유직이 문득 부드럽게 웃으며 말했다.

"허허허! 장문인께서 오늘 노부의 궁색한 위신을 한번 세워주신다면, 그 후의는 결코 잊지 않겠습니다."

무광 진인으로 하여금 다시금 몇 가지 이해타산을 해보지 않을 수 없도록 만드는 말이었다. 그런데 마침 그때 뒤편 저쪽에서 짜랑한 목소리 하나가 들려와 무광 진인은 한결 쉽게 마음을 정할 수가 있었다.

"진인! 이 늙은이의 얼굴을 봐서라도 오늘은 진인께서 한 발 양보해 주시지요!"

크지 않으나 사람들의 귓가에 기이하게도 선명히 울리는 그 목소리의 주인공은 아담한 체구의 늙은 비구니였다.

그런데 그녀가 언제부터 협곡 안에 들어와 그들의 뒷전에 서 있었는지 알 수 없기에, 무당의 제자들 중에서는 가볍게 놀라는 술렁거림이 있었다. 그때였다.

"사부님!"

앳되어 어리광마저 느껴지는 목소리로 외치며 유정이 신형을 쏘아나가 그대로 비구니의 품으로 안겨들었다.

"어허! 말만 한 처녀가 어찌 이리 경박하게 구느냐?"

가볍게 꾸짖으면서도 두 팔을 벌려 유정을 안고서 넉넉하고도 따사롭게 웃음 짓는 그 늙은 비구니는 바로 청련 신니(淸蓮神尼)였다.

구파일방에 속하지 않으면서도 오랜 세월 무림정파의 성지로 존재해 온 남해보타암의 당대 문주이며, 당금 강호의 절대지들인 신주십삼존에 당당히 그 이름을 올리고 있는 바로 그 여인.

6

청련 신니의 등장을 계기로 노달과 이강으로 인해 야기되었던 그 일련의 사태는 일단 봉합이 되었다.

남궁세옥이 소리없이 사라진 것은 모두가 무당파로 돌아온 직후였다. 다음날 아침에는 황보소추와 제갈중이 조용히 고이강을 찾아 남궁세옥의 인사까지 함께 전한 뒤 서둘러서 무당산을 내려갔다.

四十三
대회(大會)

1

선변은 노달과 이강과는 은연중 거리를 두는 모습이었다. 왠지 서먹해하고 어려워하는 기색이었다. 쾌활하고 특히 이강에게는 짓궂을 정도로 대하던 선변이었기에 갑작스러운 변화는 조원들에게 낯설기까지 하였다.

하긴 노달과 이강에 대해서는 다른 조원들 역시 서먹한 감이 조금씩이나마 없을 수는 없었다. 비록 노달의 진정한 신분에 대해서는 아직까지 아무것도 확실해진 것이 없고, 또한 이후에 아무도 다시 거론한 바도 없었으나, 그들이 이미 보고 겪었던 몇 가지 상황들을 단편적으로 조합해 보는 것만으로도 어쨌든 노달의 전력(前歷)이 참으로 대단하리라는 것을 능히 짐작해 보고도 남음이 있는 것이었다.

여리고 순하게만 보아왔던 이강 또한 그런 범상치 않은 사연과 그처럼 놀라운 역량이 숨겨져 있었다는 사실들에 대해 대번에 익숙해질 수야 있겠는가.

다만 그런 중에도 강산만큼은 전과 별반 다름없이 노달을 대했고, 또한 이강을 대했다.

오로지 기록되거나 눈에 보이는 사실에 대해서만 신뢰하는 습관이 배어 있던 이십 년차 상단서기일 때였다면 모르되, 지금의 강신에게 노달이 이전에 무엇이었든 이강에게 얼마나 놀라운 능력이 있든 하는 것들은 그렇게 중요한 사실이거나 기준이 될 수 없었다.

마교니 태극혜검이니 하는 것들이 주는 놀라움과 대단함보다는, 그동안 그가 직접 겪어왔고 지금도 곁에서 두 눈으로 직접 보고 있는 노달과 이강이 더욱 중요했다. 그들에게서 전해져 오는, 그리고 서로 교감되는 느낌들이야말로 가장 중요한 것이다.

저녁에 노달은 고이강에게 불려갔다. 그 자리에서 더 이상 사해상단 소속이 아니라는 해고의 통보와 날이 밝는 대로 즉시 떠나라는 마지막 명령을 받았다. 노달은 순순히 명에 따르겠다는 대답을 하고 잡조로 돌아왔다.

노달이 떠나겠다며 작별을 말했을 때, 이강은 망설임없이 자신도 노달을 따라가겠다고 했고, 윤파 또한 곧바로 그에 동조했다. 강산은 묵묵히 지켜만 보았고, 서활은 윤파의 눈치가 부담스럽다는 듯이 애매한 표정으로,

"사람마다 사정이 있는 법."

하고 작게 중얼거리고는 슬그머니 윤파의 시선을 피하였다.

유정이야 그저 곤란하기만 입장일 것이니 묵묵히 있는 것이 당연해 보였다. 그러나 선변의 말은 뜻밖이었다.

"저도 떠나겠습니다. 그러나 저는 따로 저의 길을 가겠습니다."

밤늦게 유정은 조부를 찾았다. 오랜만에 둘만 마주 앉은 자리에서 그녀는 노달의 방출에 대한 명을 거두어달라는 청을 올렸다.

아직까지 자세한 사정을 말하기는 어려우나 자신이 잡조에 속해 있기를 고집하고 있는 데는 그럴 만한 사유가 있으며, 이제 와서 노달의 이탈로 잡조가 해체된다면 그동안 애써 노력해 온 일련의 일들이 모두 허사로 된다는 말을 드렸다.

유정의 청이 간절하다기보다는 차분했고, 또한 그런 중에 다시 어떤 단호함이 있었기에 유직은 굳이 이유를 캐묻지 않고 손녀의 청을 들어주기로 하였다.

다음날 아침 일찍 잡조를 찾은 고이강은 노달에게 새로운

명령을 하달했다. 전날 밤에 했던 명령의 일시적 유보였다. 사천 지단에 도착할 때까지 해고를 유보한다는. 다만 그동안 에는 조용히 자신의 자리를 지키고 있으라는.

2

순행단은 무당파에서 며칠을 더 머물기로 하였다. 하루라 도 더 손님 노릇을 하기가 몹시 껄끄럽지 않은 것은 아니었지 만, 사천 지역의 수변 정세가 예상치 못하게도 급박한 흐름을 타고 있는 까닭이었다.

바로 청성파와 청방(靑幇) 간의 다툼이었다. 사천 지역의 주도권을 놓고 최근 몇 년간 촉발의 신경전을 펼치던 두 문 파가 이윽고는 본격적인 무력 충돌의 국면으로 들어간 것이 었다.

청성파가 명실상부한 구파일방의 하나이며 무림맹의 한 축임은 새삼 부연할 필요가 없을 터이나, 청방이란 문파는 그 역사가 이제 이십 년도 채 되지 않은 신흥 방파였다.

그러나 청방은 무벌이 사천 지역을 관할하기 위해 직간접 적으로 지원하고 있는 사실상 위성방파였다.

무벌과 무림맹은 당금의 무림천하를 양분하는 데 있어 사천을 기준으로 그 이북 지역은 무벌이, 그리고 그 이남 지역은 무림맹이 관할하는 것으로 은연중 서로가 인정하고 있었다.

그러나 그 양분의 경계가 되는 사천 지역에 대해서는 막상 그 관할권이 모호하였으니, 두 거대 세력 간에 갈등의 불씨가 되곤 했었다.

사천은, 무림맹의 입장에서는 구파일방 중의 청성파와 아미파가 이미 수백 년간이나 뿌리를 내려오고 있어 아무래도 정파 쪽으로 기울어 있는 오대세가 중 당문의 본거지가 되기도 하는 곳이었다. 그러니 따로 주장하지 않아도 당연히 사천의 관할권이 무림맹 쪽에 있다는 입장이었다.

그러나 무벌은 무림맹의 기득권을 인정하지 않았다. 그리하여 청방으로 하여금 사천 지역의 주도권을 잡도록 간접 지원을 해온 것이었다.

그런데 아미파의 경우는 본산인 아미산을 제외하고는 사천 지역의 패권 다툼에 나설 의지가 별로 없었고, 당문의 경우도 사실상 무림맹과 무벌의 세력 경쟁에 뛰어들 엄두를 낼 형편이 아니었으므로 조용히 내실을 기하는 데만 치중하고 있을 뿐이었으니, 결국 청성과 청방이 격돌할 수밖에 없게 된 것이었다.

그동안에는 무벌과 무림맹 양대 세력 모두가 청성과 청방의 분쟁에 직접적으로 개입하는 행위를 자제해 왔었다.

비록 두 거대 세력 간의 힘의 균형이 무벌 쪽으로 기울어져 가는 추세이긴 하였으나, 아직까지는 그것이 절대적인 우세라고 할 정도는 아니었으니 만약의 경우 양대 세력이 전면전의 양상으로 치닫기라도 한다면 어느 쪽이든 회복하기 어려운 막대한 희생을 각오해야만 하는 양패구상의 결과를 가져올 것이 명확하기 때문이었다.

더욱이 아무리 무림이 양민들의 세상과는 별개의 세상이라고 해도 조정의 치하에 있다는 것은 엄연한 사실이었다. 그러니 함부로 대규모의 전쟁을 일으켰다가는 그 후환을 감당하기 어려운 점도 있었다.

그런데 어찌 된 연유인지, 최근 양대 세력 간에 어떤 뚜렷한 갈등의 조짐이 없었음에도, 적어도 무림맹에서는 전혀 바라거나 의도하지 않았음에도, 청성과 청방 간의 분쟁이 돌연히 격화되고 만 것이었다.

처음에 총수는 주변 정세가 긴박해진 만큼 즉시 무당파를 떠나 사천 지단으로 향할 것을 명했다. 그러나 고이강과 도순학이 함께 나서서 강력히 반대 의견을 냈다. 그런 중에 두 사람의 의견은 다시 갈렸다.

도순학은 목하의 무림 정세가 긴박하니, 상단의 입장에서도 그 시급한 대책 마련을 위해 사천 지단이 아니라 항주 본단으로 돌아가야 한다는 의견이었다.

고이강은 총수와 순행단의 안전을 위해 사천 지단을 포함한 인근 지역의 가용(可用)한 모든 경호 인력을 긴급소집하여야 하고, 그들이 도착하는 동안에는 무당파에 머무를 수밖에 없다는 의견을 개진했다.

그럴 즈음에 무광 진인이 또한 총수를 만류하였다. 일단 며칠간 무당파에 머물며 정세의 변화를 살핀 다음에 다시 향후의 일을 결정하도록 권한 것이다. 만약 이삼 일이 지나도록 여전히 정세가 험하게 돌아가면 그때는 항주 본단이나 사천 지단 어느 쪽으로 가든 간에 안전 지역까지 무당파에서 경호를 해주겠다고까지 하였다.

다소간 의외이고 과하다 싶은 무광 진인의 그런 친절에는 만약의 경우에 바라지 않는 극단의 상황, 즉 무벌과 무림맹 간에 확전(擴戰)이 벌어지는 경우를 대비하는 심계가 있다는 것을 도순학과 고이강은 그리 어렵지 않게 짐작해 볼 수 있었다.

지금의 양상으로 볼 때, 더욱이 무림맹주인 무광 진인의 입장에서는 청성과 청방의 분쟁이 도화선이 되어 무림전쟁으로 확전될 만약의 경우를 상정해 두지 않을 수 없을 것인데, 그럴 경우, 특히나 그것이 장기전으로 진행되게 되면 지금까지 중도를 표방해 온 사해상단이라 하더라도 결국에는 어느 한쪽을 택할 수밖에 없는 입장이 되고 말 것이다. 자의에 의해서든 타의에 의해서든 말이다. 그리고 그때에는 사해상단의 선택에 따라서 전쟁의 승패의 향방이 결정된다고도 해도 과언은 아닐 것이었다.

그러니 무광 진인으로서는 지금 미리 할 수 있는 모든 성의를 다 보여놓지 않을 수는 없을 터였다.

그러나 사해상단의 입장에서도 어쨌든 지금으로서는 무광 진인의 친절을 고맙게 받아들이는 것보다 더 좋은 방안이 있을 수는 없었다. 그리하여 결국 순행단은 무당파에 며칠 더 머물며 정세의 변화를 지켜보기로 한 것이었다.

고이강과 도순학은 순행단을 돌며 모두에게 언행에 각별히 조심할 것을 거듭하여 강조했다. 특히 잡조에 대해서는 아예 거처에서 벗어나지 말라는 지시를 내렸다.

그런 까닭에 잡조는 어제오늘 동안 지정된 숙소에만 틀어박혀 정말로 쥐 죽은 듯이 지내는 중이었다.

3

다시 이틀 사이에 정세는 더욱 긴박해지고 있었다. 청방의 무력이 대폭 증강되었다고 했다. 그리고 그런 데에는 무벌이 사실상 직접 개입을 시작했다는 추측들이 거론되기 시작했다.

어쨌든 갑자기 급한 지경으로 몰린 청성파를 무림맹에서도 수수방관할 수는 없었다. 곧 가까이에 있는 아미파로 하여금 청성을 지원하도록 하는 조치가 나갔다.

물론 아직까지 그 같은 무림맹의 개입은 철저히 비공식적인 조치였고, 아미 또한 본산제자가 아닌 속가제자들 위주의 전력을 청성으로 급파하였다.

어쨌든 그럼으로써 청성과 청방의 싸움은 이제 건잡을 수 없이 확대될 것이니, 조만간 무벌과 무림맹 간의 직접적 개입, 즉 무림천하를 양분하는 두 거대 세력이 마침내 무림전쟁으로 돌입하는 사태도 멀지 않았다는 관측들이 보다 설득력 있게 제기되고 있었다.

무당파가 분주해지고 있었다. 무림인들이 속속 몰려들고 있었다. 소위 고수(高手)요, 고인(高人)이요, 명숙(名宿)으로 불리는 인물들이었다.

하루하루가 지날수록 그 숫자는 점점 더 늘어나는 중이었는데, 그럼으로써 무당산에는 정말로 거대한 전쟁의 풍운이 몰려오는 느낌이 나고 있었다.

순행단이 무당파에 머문 것이 나흘째 되는 날. 무광 진인은 갑자기 유 총수와의 단독 협의를 요청했다.

무광 진인은 사태를 진정시키기 위해 무림맹과 무벌 양측의 정보 책임자들이 극비회합을 가졌다는 말로 서두를 뗐다. 그리고 무림맹과 무벌의 지휘부가 함께 당황하고 있으며 사태의 수습을 위해 취할 수 있는 모든 방법들을 강구하고 있는 중이라는 사실을 찬찬히 설명한 끝에 유 총수에게 정중하게 한 가지의 도움을 청했다.

"무림전쟁이라는 대재앙을 막기 위해 총수 대인의 도움이 절실하게 필요합니다."

"허허! 할 줄 아는 거라곤 기껏 장사뿐인 늙은이가 지금과 같은 상황에서 할 수 있는 일이 무엇이 있겠소? 노부가 단순히 생각해 보건대 당장에 시급한 일은 일단 양측이 전격적인 휴전 선언을 하는 정도가 될 듯하오만, 그런 일이야 어디까지나 양측의 수뇌진에서 하실 일이지 노부가 관여해서 될 일은 아닌 것 같습니다만."

"물론 그런 내용도 충분히 논의가 되었습니다만, 그것만으로는 해결이 되지 않을 것이란 데 양측이 의견을 같이했습니다."

"그래요?"

"휴전 선언으로 당장의 피는 멈출 수 있을 것입니다. 그러나 이미 격화될 대로 격화된 청성과 청방의 관계는 조금도 호전되지 않을 것이니, 언제 어느 때 또다시 촉발될지 모르는 불씨를 그대로 안고 가는 양상이 될 것입니다. 그런데 휴전 선언 후에 다시 그들 두 문파 간의 싸움이 재개된다면, 그때는 어떤 수단으로도 그 싸움을 막지 못하게 될 것이니, 곧바로 거대한 무림전쟁으로 확전되고 말 것이 불 보듯 확연하기 때문입니다."

"음!"

"그래서 총수 대인의 도움이 절실히 필요하다는 것입니다."

"허! 그것참······! 그래, 어디 이 늙은이가 할 일이 무엇이라는 것인지 들어나 봅시다."

무광 진인의 얘기는 이랬다. 분쟁의 당사자들인 청성과 청방뿐만이 아니라, 무벌과 무림맹의 중요 인물들까지 대거 참여하는 대규모의 무림대회를 개최하려 한다고 했다.

그럼으로써 당장의 분쟁을 멈추게 할 수 있을 뿐만 아니라, 보다 근본적인 재발 방지를 위한 인식의 큰 공감대까지 확보가 가능할 것이라고 했다.

양측의 실무간 협의를 통해 그런 사항들은 이미 논의를 거쳐 대체적인 합의에까지 이르렀는데 문제는, 무림대회를 개최하는데 있어서 서로의 안전 보장과 또한 불필요한 오해들을 피하기 위해서는 양측이 공히 신뢰할 수 있는 중도적 성향의 대회 주최자가 필요하며, 또한 중도적인 장소의 선정이 필요하다는 것이었다.

그리고 그런 문제에 대한 답으로써 양측에서 함께 제안된 것이 바로 무림대회를 유 총수 주최하에 사해상단의 사천 지단에서 개최한다는 안이라고 했다.

무광 진인은 다시금 정중히 부탁했다.

"작금의 무림 위기를 타개하기 위한 최선책입니다. 무림천하의 안정과 평화를 위해 부디 총수 대인께서 나서주시기를 고개 숙여 부탁드립니다."

강호무림이 거세게 요동치고 있었다. 사해상단의 사천 지단에서 무림대회가 개최된다는 소식이 강호 전 지역으로 빠르게 퍼지면서였다.

무림대회에는 목하 사천 지역에서 벌어지고 있는 분쟁의 당사자인 청방과 청성의 수뇌들뿐만이 아니라, 무림맹과 무벌의 핵심 수뇌부와 기타의 내로라하는 무림의 거두명숙들이 대거 참석한다고 했다.

가히 백 년래 최대 규모가 될 무림대회를 구경하기 위해 천하의 무림인들이 사천으로, 사천으로 몰려들고 있었다.

유 총수가 무림맹주 무광 진인 등과 함께 무당파를 떠난 것은 무림대회의 주최자가 될 것을 수락한 후 이틀이 지난 다음 날이었다.

무림대회의 주최자가 됨으로써 유 총수의 위상은 무림맹주에 못지않은 것으로 격상되었고, 그런 덕분으로 순행단의 위상 또한 덩달아서 올라간 듯했다.

무당산을 내려오는 내내 순행단은 무당파 제자들과 또 그간 무당산으로 군집했던 무림맹 인사들의 한 가운데에 위치했다. 마치 호위를 받듯이.

도중에 노달은 강산에게 조용히 떠날 뜻을 비쳤다. 그의 뒤에는 이강이 시무룩한 기색으로 서 있었는데, 아마도 두 사람 사이에는 이미 얘기가 끝난 듯하였다.

강산으로서는 노달이 가진 구체적인 사연이 무엇인지 알지 못하였고, 물어본 적도 없었다. 그러나 노달이 지금 떠나려 하는 이유에, 그 스스로의 필요성 외에도 자신으로 인해 잡조에 번거로운 일들이 생길 것을 우려하는 마음이 포함되어 있다는 것을 능히 짐작해 볼 수 있었다.

강산이 잠시 노달을 바라보다가 짐짓 가벼운 투로 불쑥 말을 꺼냈다.

"영감님, 나흘이면 충분하겠습니까?"

노달은 선뜻 대답하지 못했고, 강산은 싱긋이 웃으며 다시 말했다.

"나흘 뒤 무림대회가 끝나면 다시 잡조로 복귀하십시오."

그것은 명령이었다, 조장으로서 내리는. 노달의 표정이 묘하게 일그러졌다. 그때 강산은 언뜻 눈길을 이강에게로 돌리며,

"됐지?"

하고 물었다. 이강이,

"예?"

하고 반문하였다가 곧 강산의 뜻을 짐작하였는지,

"예!"

하고 대답하였다. 그런 이강의 표정은 좀 전까지의 시무룩
하던 데서 한결 밝아지며 약간의 안도까지 비쳤다.

강산은 노달이 떠난 사실에 대해 고이강에게는 보고하지
않았다. 조장의 전권으로 며칠 출장을 보냈다는 논리였다.
  그러한 가당찮은 월권에 대해 조원들은 물론이고 유정까
지도 별반 거부감을 느끼지는 않는 모양으로, 그저 그러려니
하고 가벼이 넘겨 버리는 기색이었다.
  노달이 떠난 후 안 그래도 말수가 적던 이강은 아예 말이
없어졌다. 그런 이강을 지켜보면서 선변은 마음 쓰여 하는 기
색이 역력하였다.
  그러나 요 며칠 동안 거리를 두어온 까닭인지, 선변은 선뜻
위로의 말 한마디도 던지지 못하였다. 그 또한 시무룩하니 말
이 없어졌다.

5

  순행단은 마침내 사천 지단에 당도하였다. 그러나 사천 지
단은 이미 수많은 무림인들로 인해 인산인해로 북적이고 있
는 중이었다. 무림대회를 참관하기 위해 천하 각지로부터 몰
려온 인파들이었다.
  잡조는 지단 안쪽에 위치한 독신자 숙소의 작은 방 하나를

겨우 배정받았다. 그리고 행장을 풀자마자 곧바로 이런저런 행사 관련 잡무처리에 동원되어야만 했다.

물론 유정은 잡조와 함께 일하지 않았다. 적어도 내일부터 삼 일간 무림대회가 끝날 때까지 유정은 사해상단 총수의 손녀로서, 그리고 사해상단의 후계자로서 무림의 여러 거두들과 안면을 트고 인사를 나누는 본연의 직분에 충실해야만 하는 것이다.

무림대회는 오후 느지막이 개회가 되는 것으로 예정되어 있었는데, 오늘 밤은 개회식 겸 전야의 여흥을 위한 자리였다.

내일부터의 본 대회를 앞두고, 정사양도를 나뉘어 걷는 첨예한 입장으로서 서로 간의 긴장을 풀고 선의의 대회를 기약하자는 의미였다.

넓은 연무장은 사람들로 가득 찼다. 동쪽 끝 지점에 설치된 가로세로 각 십여 장의 커다란 비무대를 중심으로 그 좌측에는 무벌 측의 인물들이, 우측에는 무림맹 측의 인물들이 나뉘어 군집했다.

비무대 뒤쪽의 높다란 단상에는 이십여 개의 태사의가 놓여 있어, 거기에는 지금 사해상단 총수 유직을 가운데로 하여 그 좌우로 무벌과 무림맹 양측의 핵심 수뇌들이 좌정해 있었다.

유 총수의 좌측으로는 무벌주인 무황(武皇) 염운백(廉雲佰)을 위시하여 그 휘하의 오대전주들이 자리하였고, 우측으로는 무림맹주 무광 진인을 위시하여 소림장문인 무혜 대사(無慧大師), 화산장문인, 청성장문인, 개방장문인, 그리고 청련신니가 차례로 자리를 하였다.

참으로 대단한 위용이 아닐 수 없었다. 그들의 면면이야말로 당금의 무림천하를 좌지우지하는 대표 세력의 수장일뿐만 아니라, 그중 신주십삼존에 속하는 인물만도 무려 여덟이니 그 사실만으로도 가히 백 년래 가장 주목을 받을 만한 대사건이라고 해야 할 것이었다.

특히 단상에 자리한 무벌의 여섯 사람이 모두 다 신주십삼존의 일좌씩을 차지하고 있는 인물들이란 사실에 이르러서는 누구라도 새삼 경악하지 않을 수 없을 터였다.

그럼으로 인해 단상 아래 비무대 좌우에 선 무림의 명숙 거두들은 빛이 바래는 느낌이었다. 만약 이런 자리가 아니라 강호도상에서 만난다면 그들 각각이 능히 위명을 떨칠 만한 인물들임에도 말이다.

젊은 용봉지재(龍鳳之材)들도 제법 눈에 띄었다. 각파를 대표하는 영재들일 것이었다. 향후 문파를 이끌어갈 후기지수들에게 백 년에 한 번 있을까 말까 한 경험을 시켜주고자 하는 어른들의 배려이자, 운이 닿는다면 무림에 자파 후기지수들의 얼굴을 무림에 알려놓으려는 욕심이 있기도 할 것이었다.

젊은이들은 들뜨지 않을 수 없었다. 말로만 듣던 강호의 전설적 고인들이 눈앞에 있고, 그들이 우상으로 여겨왔거나 혹은 경쟁 상대로 마음속에 품어 왔던 비슷한 연령대의 젊은 기재들이 한자리에 모여 있는 것이다.

기회가 된다면 그들과 말을 나누어볼 수도 있을 것이고, 교분을 맺을 수도 있을 것이다. 또 비무에 직접 참여하여 그들과 재주를 겨루어볼 수도 있으니, 스스로의 무공을 평가하고 더욱 무공에 정진하는 계기로 삼을 수 있을 것이었다.

더하여 비무에서 좋은 결과까지 얻는다면 스스로와 사문의 명예를 크게 빛낼 수도 있을 것이다. 그러니 그들 젊은 가슴들에 들뜬 기대가 없을 수는 없었다.

그런 중에 다시 무벌과 무림맹에 소속된 문파의 젊은이들 사이에는 벌써부터 은근한 기세 싸움이 있었다. 그럼으로써 무림대회의 열기는 점차로 뜨거워져 가고 있었다.

6

잡조는 오후 내내 정신없이 바빴다. 대회 준비를 거들어야 했기 때문이었다. 대회가 개막되고 나서야 겨우 일이 끝나, 그들은 비무대 오른편의 앞쪽 구석쯤에 겨우 자리를 잡고 서서 대회 구경을 할 수 있게 되었다.

그러나 잡조가 위치한 그 자리는 정면 단상의 우측 바로 아래 외진 자리라 단상에 앉은 당금 강호에서 가장 유명한 인물들의 면면은 정작 볼 수가 없었다.

유정이 슬쩍 잡조로 합류한 것은 무벌주와 무림맹주의 축사와 격려사에 이어 막 유 총수의 개회 선언이 끝나 대회의 열기가 크게 고조되는 즈음이었다.

그런데 그녀가 오고 난 다음부터 사방의 군웅들, 특히 젊은 중들의 시선들이 속속 잡조에게로 쏠리기 시작하였다.

물론 시선들의 종점은 유정이었다. 지금 잡조가 있는 위치가 외진 구석임에도 불구하고, 그리고 유정의 옷차림이 그저 평범하고 수수한 것임에도 유정의 미모와 기품이 돋보이는 것만큼은 어쩔 수가 없던 모양이다. 혹은 누군가의 입에서 다시 입에 입을 타고 그녀가 사해상단 총수의 후계자라는 사실이 짜하니 전해졌을지도 모를 일이었다.

이윽고는 마치 자석에 이끌리는 쇠붙이처럼 사방의 청년들이 하나씩, 둘씩 잡조의 부근으로 모여들기 시작하였다. 그렇게 잠시 지나고 보니 잡조가 서 있는 그 외진 구석 주변은 어느 틈에 젊은이들로 북적이고 있었다.

그곳은 마치 일부러 젊은이들만 모아놓은 특별한 자리 같았다. 그곳에서만큼은 무벌 쪽이니 무림맹 쪽이니 하는 구분조차 없어 보이는.

그런 흥미로운 현상이 발단이 된 것일까? 예정에 없던 일 하나가 생겼다.

무황 염운백의 즉흥적인 제안이었다. 대회는 내일부터이 지만 전야제에 여흥이 없어서는 또 싱겁고 섭섭하니, 무벌과 무림맹에서 각기 한 사람씩의 청년영웅을 뽑아 가볍게 재주를 겨루게 하자는 제안이었다.

승자에게는 대회 주최자인 유 총수와 무림맹주인 무광 진인, 그리고 염운백 자신이 상의하여 적당한 상을 준비하도록 하겠다는 말도 덧붙였다. 내공이 담겨 군웅들 모두에게 또렷이 전달된 그 제안은 곧바로 젊은이들의 열렬한 환호를 이끌어냈다.

"와!"

"와아!"

염운백은 청년들의 환호가 조금 잦아들 때까지 느긋하게 기다리고 나서야 유 총수와 무광 진인에게 동의를 구했다.

유 총수야 가타부타할 일이 아니었고, 무광 진인 또한 이미 군웅들에게 공표되어 뜨거운 환호까지 받은 상황인지라 떫은 웃음으로라도 동의를 할 수밖에 없었다.

염운백이 빙그레 웃으며 말했다.

"우리 쪽에서 별호를 마룡(魔龍)이라고 하는 청년을 내보내도록 하겠습니다. 허허허! 노부도 직접 보는 것은 이번이 처음이나 듣기에 이제 스물을 갓 넘긴 나이치고는 제법 훌륭

한 성취를 이루었다고 칭찬들을 하더군요. 바로 청방 방주의
자제가 되는 청년이지요!"

무광 진인의 눈살이 가만히 찌푸려졌다. 대회가 너무 격해
질 것을 우려하여 청방과 청성파의 제자들은 출전하지 못하
도록 하자는 양측의 사전 조율이 있었던 터였다.

그런데 지금 염운백은 직접 나서면서까지 조율했던 바를
깨고 오히려 불을 붙이려는 파격을 범하고 있는 것이다.

왜 하필이면 청방 방주의 자식이란 말인가? 전야제의 흥을
돋운다는 명분은 핑계에 불과할 것이고, 뭔가 다른 의도가 있
음에 분명했다. 그리고 그 의도가 결코 호의적이지는 않은 것
일 터였다.

염운백이 가볍게 손짓하자, 비무대 아래에서 하나의 흑의
무복의 청년 하나가 곧장 비무대로 솟구쳐 올랐다. 그는 곧장
비무대의 가운데쯤으로 걸어가 단상을 향해 포권을 취한 다
음, 우뚝 버티고 섰다. 그가 바로 염운백이 말한 마룡일 터였
다.

무광 진인의 시선이 설핏 청성장문인에게로 향했다.

무벌 측에서 청방주의 자식을 내세우겠다면, 이번 사천 분
쟁의 당사자인 청성장문인의 의사부터 일단 물어봐야 할 것
같아서였으리라.

그때 청성장문인은 굳은 얼굴로 한 곳을 바라보고 있었다.
그의 눈길이 머문 곳에 백의 무복의 청년 하나가 또한 그를

바라보고 있었다.

청년의 두 눈에는 이미 결의가 서려 있었다. 청성장문인이 가볍게 고개를 끄덕이는 순간 청년의 몸은 곧바로 이 장여나 허공으로 도약한 다음 그대로 비무대 위를 향해 쏘아져 갔다.

"청성의 부운약표(浮雲躍飄)다!"

장내의 누군가가 감탄조로 외쳤다.

백의청년은 마룡과 이 장쯤 떨어진 곳에 사뿐하게 착지하고 나서 단상을 향해 포권하며 낭랑히 외쳤다.

"청성파 제자 사마영(司馬英)입니다!"

7

비무를 시작한다는 선언이나 신호는 필요하지 않았다. 두 청년은 어느 사이에 대치하며 서로를 노려보고 있었다.

사마영의 표연한 움직임으로 비무는 시작되었다. 아니, 두 청년 사이에 서린 결연한 각오와 비장한 분기에서 그것은 이미 단순한 비무가 아니었다.

사마영은 먼저 움직인 이후 내내 움직이고 있었다. 현기와 예측불허의 변화를 내포한 부드럽고도 유연한 움직임이었다. 바로 환환미종보(幻環迷踪步)다.

그리고 어느 순간 마치 구름 위를 노니는 신선의 유유한 춤

사위이듯이 그의 손에서 유려하게 일련의 검식들이 풀려 나왔다. 바로 청성의 대표적 절기 청풍검(淸風劍)이었다.

사마영은 언뜻 초연해 보였다. 비무라는 지금의 상황을 초월하여 자신의 검에 몰입하고 있는 것같이 보이기도 하였다. 그것은 어쩌면 마룡과 비무를 하면서도 군웅들에게 청성절기의 뛰어남을 선보이려는 순박한 호기인지도 몰랐다.

상대적으로 마룡은 마치 움직이지 않으려고 애를 쓰는 것처럼 보였다. 이렇다 할 절기를 선보이지도 않았다. 다만 상대와의 거리를 유지하고, 또 상대의 검초에 대한 최소한의 방어로만 내내 일관하고 있었다.

그런 마룡의 모습은, 혹시 그가 지나치게 긴장하고 조심하느라 그만 투지를 잃고 움츠리고 만 것이 아닌가 하는 생각을 해보게까지 만드는 데가 있었다. 그러나 그는 결코 소극적이지 않았다. 상대의 눈에다 집요하게 박아두고 있는 치열한 그의 눈빛이 그것을 말해주고 있었다.

"잘한다!"

"과연 청성의 후기지수답다!"

무림맹 측의 군웅들에게서 응원의 추임새들과 탄성들이 간간이 터져 나오고 있었다.

사마영의 손에서 펼쳐지고 있는 유려하고도 심오한 청성의 절기들, 정연한 기도, 차분한 질서와 깊이 등등 모든 면에서 사마영의 우세가 돋보이고 있었다.

반면에 비무대 건너편 무벌 측의 군웅들은 잠잠하게 가라 앉은 분위기였다.

그러던 한순간 비무대 위의 상황은 일변하였다. 내내 수세로 일관하던 마룡이 돌연 공세로 전환하였는데, 그 몰아치는 기세가 그야말로 질풍과도 같고 노도와도 같았다.

사마영은 급하게 사전절광검(射電絶光劍)으로 맞부딪쳐 갔다. 기세의 이(利)를 버리고 실전의 묘(妙)를 취하려는 것이었다. 그러나 한번 빼앗긴 선기를 다시 되찾아오는 일은 쉽지가 않았다.

마룡의 검은 처음부터 굳셈과 쾌속함만을 취하였다. 부드러움과 변화는 아예 도외시하였다. 그는 일직선의 진보(進步)만을 밟으며 오로지 상대의 인후만을 집요하게 노렸다. 그의 눈빛이 치열하게 불타오르고 있었다.

수세에 몰려 있던 중 언뜻 마룡의 옆구리 쪽에 빈틈이 열리는 것을 보는 순간 사마영의 눈빛이 설핏 흔들렸다. 찰나의 갈등이었다.

'어깨의 살점을 내주고 상대의 옆구리에 보다 치명적인 상처를 안겨줄 것인가?

찰나의 망설임 끝에 사마영은 상대의 옆구리를 찌르는 대신 자신의 인후를 겨누고 찔러오는 상대의 검을 막는 쪽을 선택했다. 이것은 비무이지 생사결이 아니었던 것이다. 적어도 그가 생각하는 한에는.

그 찰나의 갈등과 선택이 모든 것을 결정해 버렸다. 사마영이 막았다고 생각하는 순간, 마룡의 검극은 완만히 휘어지며 그대로 사마영의 가슴으로 파고들었다.

"헉!"

불로 지지는 듯한 고통으로 가슴을 파고들었던 상대의 검이 다시 그의 몸에서 빠져나가는 순간, 산산이 흩어져 버리는 내공의 비산(飛散)이 주는 허탈함의 충격에 사마영은 손아귀에서 검을 놓치며 바닥으로 무너졌다.

텅!

자신의 생명과도 같은 검이 바닥에 부딪치며 내는 무거운 비명을 아스라하니 스쳐 들으며 사마영은 두 손으로 가슴을 부여잡았다. 뜨거웠다. 그의 두 손바닥을 비집고 뜨거운 피가 솟구치고 있었다. 서럽도록 붉은 용솟음, 바로 그의 피였다.

청성장문인은 태사의를 박차고 일어섰다. 일그러진 얼굴, 부들거리며 떨리는 그의 어깨에서 당장에 비무대로 달려나갈 듯한 격렬한 흥분과 터질 듯한 살기가 일렁거렸다.

무광 진인이 황급히 다가가 슬쩍 청성장문인의 소매를 잡아챘다. 그리고 그때쯤에는 급히 사마영에게로 쏘아나간 개방장문인이 상처를 살피며 지혈과 응급조치를 하고 있는 중이었다.

잠시 후, 비무대 위로 올라와 있던 다른 청성파 제자들에게

사마영을 인계하고 돌아온 개방장문인이 무광 진인과 청성장
문인에게 나직이 말했다.

"다행으로 검이 요혈은 비켜났소이다."

무광 진인이 가늘게 안도의 한숨을 내쉬며 청성장문인에
게 무겁게 고개를 끄덕였다. 그에 청성장문인이 노기 가득한
시선으로 무벌 측 인사들을 한번 쭉 노려보고는 천천히 자신
의 의자에 앉았다.

"벌주께서는 대회 전야의 흥을 돋우기 위해 가벼운 비무
를 언급하신 것이었는데, 귀 측 청년의 손속은 너무 적나라
한 살기를 담고 있었으니 심히 유감스럽지 않을 수 없습니
다."

무광 진인의 무거운 유감 표시에 염운백은 일단 가볍게 고
개를 숙여 보이며,

"노부 또한 유감스럽지 않을 수 없소이다. 아직 어리고 수
양이 부족한 아이인지라, 공명을 탐하는 욕심이 지나쳐 비무
의 취지에 맞지 않게 과잉되게 투지를 발휘하고 만 것 같습니
다."

하고 자신 또한 유감을 표시하고 나서 문득 단상의 여러 사
람들을 돌아보며 다시 말을 이었다.

"그런데 다른 한편으로 짐작해 보자면, 아무래도 저 아이
가 요즈음에 겪은 전장의 치열한 살기 때문이지 싶기도 하오
이다. 그렇다면 결국은 저 아이를 그런 전쟁터로 내몬 우리

어른들의 잘못도 크지 않겠소이까?"

염운백의 말에서는 사마영에 대한 마룡의 실수를 무벌과 무림맹 양측 모두의 근원적인 잘못으로 돌려놓음으로써, 슬쩍 마룡에 대한 면죄부를 만들어두려는 의도가 엿보였다.

그리고 이어지는 염운백의 처사에서 그의 그런 의도는 보다 명백하게 보였다.

염운백이 단상 아래를 향해 가벼운 손짓을 보냈고, 그러자 비무대의 한쪽에 묵묵히 서 있던 마룡이 단상을 향해 포권을 해 보이고는 뚜벅뚜벅 걸어서 비무대를 내려갔다.

그런 마룡의 걸음걸이는 당당해 보였다. 그러자 그때까지 아무런 반응을 보이지 않고 있던 무벌 측 군웅들이 조금씩 술렁이기 시작했다. 그리고 분위기는 더욱 고무되어 이윽고는 소리 죽인 환호로 번져 나가는 것이었다.

그런데 무겁게 가라앉아 있던 무림맹 측 군웅들의 분위기 또한 묘한 변화를 보이기 시작했다. 점차 열기를 띠기 시작하는 것이었다. 분기와 결기로 차오르는 열기였다.

그리고 이윽고 누군가의 입에서 외쳐진 이름 하나가, 이내 무림맹 측 군웅들 전체의 외침이 되고 있었다.

"원지룡!"

"원지룡!"

"원지룡!"

"원지룡!"

바로 원지룡(遠智龍)이었다. 천하삼대기재 중에서도 가장 먼저 꼽히는 그였으니, 구파일방의 후기지수들 중에서는 자타공인 단연 제일의 고수였다. 군웅들은 그가 나섬으로써 방금의 패배에 확실한 복수를 해주기 바라는 것이었다. 오늘 밤 반드시 그들 편의 청년영웅이 이기는 모습을 보기를 원하는 것이었다. 그렇게 해서 정도(正道)의 무너진 자존심을 세워야만 하겠다는 조급한 갈망을 외치고 있는 것이었다.

원지룡은 벌써부터 상기된 얼굴이었다.

무공의 성취에서뿐만 아니라 정신적인 성숙도에 있어서도 이제는 어느 정도 완숙의 경지로 접어들었다는 평가를 받는 그였으나, 지금 이 순간에는 가슴속의 벅찬 홍분을 다잡기가 쉽지 않았다.

수많은 군웅들이 그의 이름 석 자를 연호하고 있지 않는가. 그 뜨거운 외침, 그 끝없이 울려 퍼질 듯한 외침에 그의 가슴속에서는 지금 도저히 주체 못할 뜨거움이 벅차게 용솟음치고 있었다.

뿌듯한 자부심이었다. 그리고 터질 듯한 홍분이었다.

사람들의 시선에 더 잘 띄는 곳에, 사람들의 함성이 더 잘 들리는 곳에, 우뚝 서보고 싶은 열망이 일순 그의 가슴을 온통 먹먹하게 만들고 있었다.

　애써 흥분을 누르며 원지룡은 단상 위의 사부를 바라보았
다.

四十四
신성(神星)

1

염소천(廉逍天)은 군웅들 속에 섞여 있었다.

벌주는 그에게 무림대회 기간 중 금족령을 내렸다. 측근들에게 알아보고 눈치를 살폈으나, 그들 또한 자세한 이유를 알지 못하는 것 같았다.

하긴 이유를 아주 짐작 못할 바는 아니었다. 천하의 고인명숙들과 기인호걸들이 한자리에 모인다는 대회이니, 혹여 그가 엉뚱한 실수라도 저지를까 염려하는 것일 터였다.

벌주가 다른 누구보다 아들인 자신의 능력을, 그리고 누구도 따르지 못할 탁월한 천재성을 인정하면서도, 다만 크게 중요하지는 않은 단 한 가지의 측면에서는 벌써 오래전부터 그를 신뢰하지 않는다는 것은 그도 잘 알고 있었다. 그러니 벌주는 아마 이번에도 지레 불안했던 것이리라.

　나이 스물일곱. 남들은 패기를 말하고 호연지기를 말하지만 염소천이 일상에 대해 환멸을 느끼기 시작한 지는 벌써 오래전부터였다. 무공도 권좌도 모두 지루하기만 했다.

　물론 그가 그런 데에 소홀히 한다거나 성취가 낮은 것은 결코 아니었다. 그의 무공 성취는 강호에서 신화적인 인물들로 주앙뇌는 부친과 소부가 그 나이 대에 이루었던 성취를 분명 능가하는 것이었다.

　또한 그가 차기의 벌주가 되는데 예상되었던 애로와 장애들이 대개는 제거되고 무마된 것이 이미 몇 년 전의 일이었다.

　다만 관심이 가지 않아, 무언가 그의 가슴을 확 달아오르게 할, 열정으로 가득 채워줄 무언가가 부족할 뿐이었다. 그래서 매일매일이 지루하기만 한 것이었다.

　그런 이유에서라도 간만에 그의 관심을 은근히 당기는 무림대회를 구경해 보지 않을 수는 없었다.

　측근 겸 감시자들의 눈길을 따돌리는 일은 간단했다. 평소 즐겨 입던 순백의 장삼을 벗고 무던한 회색 계통의 무복을 걸쳤다.

　인피면구를 쓸까 하였지만, 왠지 마음에 들지 않았다. 꼭 자존심이 긁히는 기분이 들었던 것이다.

무벌에 소속된 사람들 중에서도 그의 얼굴을 아는 사람은 극소수에 불과하니, 그저 요령껏 군중들 사이에 끼어 있는 것만으로 별다른 사단은 생기지 않으리라는 계산이 서기도 했다.

염소천은 비무대 우측 앞쪽의 외진 구석쯤에 자리를 잡았다. 혹시 벌주나 오대전주들의 눈에 띌까 봐 정면 단상에서는 잘 안 보이는 위치를 잡는다고 잡은 것이었다.

우연인지 그쪽에는 마침 젊은 층들이 많이 모여 있었기에, 그들 속에 섞여 있으면 더더욱 그를 알아보는 사람들의 눈에서 안전할 수 있으리라는 계산이 서기도 했다.

대강 둘러보는 것만으로도, 사실은 얼굴이 아니라 그 기도와 눈빛들을 대강 살펴보는 것만으로도 주변의 젊은이들 중에 소위 기재라든지, 혹은 흔히 말하는 무림의 신성(新星)이라는 따위의 제법 유명하거나 사람들의 주목을 받을 만한 귀찮고 성가신 부류들이 끼어 있지는 않은 듯했다.

무림대회를 참관하러 나온 그저 그런 평범한 청년들일 것이었다. 그런 탓인지 그들 청년들에게서는 무벌 쪽이라거나 무림맹 쪽이라거나 하는 구분조차도 크게 나뉘지 않는 것 같았다. 그런 점이 또한 좋았다.

염소천이 유정을 보게 된 것은 당연했다. 부근의 청년들이 계속하여 그녀의 모습을 힐끔거리는데다, 주위의 누군가는 그녀가 바로 사해상단의 후계자라는 말을 수군거렸다.

물론 그런 정도일 뿐이었다면, 염소천은 그저 힐끗 그 여인의 모습을 한번 살펴보는 정도로 그쳤을 것이다. 오늘 밤 그의 주된 관심은 어디까지나 군웅들의 열기를 가까이에서 느껴보는 것이었으니 말이다.

그러나 주변의 시선을 따라 힐끗 그녀의 모습을 돌아보는 순간, 염소천은 그가 방금까지 비웃었던 다른 청년들과 마찬가지로, 이후로 계속하여 그녀를 힐끔거리지 않을 수 없었다.

아니, 시간이 감에 따라 그의 마음은 점차로 주체하기 어려울 정도로 되어가고 있었다. 그것은 흥분이었다. 그가 가장 경계하면서도 또한 늘 맛보기를 고대하고 있는, 세상에서 가장 짜릿한 흥분. 그 흥분의 농밀한 조짐이었다.

그러나 그러한 흥분이 다만 그녀가 천하일색의 미모와 고아하기 이를 데 없는 기품을 지녀서인 것만은 아니었다.

어느 때부터 스스로의 정체성을 인정할 수밖에 없게 되면서부터, 염소천은 그것을 운명이라 치부해 오고 있었다. 그의 운명이자, 또한 그의 그런 운명에 선택받은 상대 여인의 운명.

그의 부친이 늘 한탄하기를, 그것은 고약하기 짝이 없는 고질병이었다. 그동안 자숙하며 참고 있던 그 고질병이 지금 슬그머니 고개를 들고 있었다. 그리고 그 고질병이 일단 발동이 된 이상에는, 그것은 그가 참으려고 해서 참아지는 일이 결코 아니었다.

2

무림맹 측의 군웅들 사이에서 원지룡의 이름이 연호될 때부터 염소천의 흥분 또한 서서히 고조되고 있었다. 그러던 중에 군웅들의 연호는 엉뚱한 쪽으로 번지고 있었다.

"운중신룡!"

"운중신룡!"

바로 염소천 자신의 별호였다. 기묘하게도 그 연호는 무벌 측이 아닌 무림맹 측의 군웅들에게서 외쳐지고 있었다.

그러나 염소천은 당황하기보다는 차라리 그런 상황을 즐기는 마음으로 되었다. 군웅들의 심리를 짐작 못할 바가 아니었다.

군웅들은 이미 원지룡을 그들의 자존심을 회복시켜 줄 투사로 지정해 놓은 상태에서, 이제 원지룡의 상대까지를 지목하여 끌어내리려는 것이었다. 훼손된 그들의 자존심을 되돌려 세우고도 남을 통쾌한 복수의 제물을 말이다.

그런 의미에서 또한 천하삼대기재의 또 다른 한 명이며, 무벌의 소벌주인 운중신룡은 그야말로 맞춤한 제물이 아닐 수 없을 것이었다.

물론 그런 데에는 군웅들의 원지룡을 믿는 폭넓은 공감대가 바탕이 되었으리라.

원지룡이 이미 십대 초반에 천하제일의 기재로 이름이 났으니, 그 이후 십여 년이나 지난 다음에야 천하삼대기재로서 같은 반열에 이름을 올린 남궁세옥이나 염소천과는 말하자면, 세대가 다른 것이다.

원지룡은 이미 서른을 넘긴 나이로 이미 무당의 절기들을 두루 섭렵하여 차기의 장문인으로서 조금도 손색없는 성취를 이룬 것으로 무당뿐만이 아니라 무림의 여러 거두명숙들 사이에서도 평가가 돌고 있었다.

이를테면 원지룡의 명성은 검증된 것이다.

그러나 그에 비해 염소천은 운중신룡이라는 별호처럼 무림에 알려진 것이 거의 없었다.

많은 무림인들, 특히 정파계열의 무림인들 대다수는 그의 명성이 무벌 측에서 의도적으로 조성시킨 거품일 것이라고 공공연히 격하시키기도 했다.

운중신룡을 연호하는 군웅들의 분위기가 점점 더 고조되는 가운데, 이윽고는 조롱을 담은 외침과 웃음소리들이 간간이 섞여 들고 있었다.

"운중신룡! 구름이 안 깔려서 못 나오는 거냐?"

"하하하! 구름이 없어서가 아니라 찔리는 구석이 있어서 못 나오는 것이겠지!"

"껄껄껄! 그렇기도 하겠군. 섣불리 나왔다가는 그동안 신

비한 척 억지로 쌓아놓았던 허명이 한순간에 와르르 무너지고 말 테니 말이야!'

염소천은 애써 참고 있었다. 화를 참고 있는 것은 아니었다. 오히려 그는 소리 내어 웃고 싶었다. 그의 흥분은 이제 최고조로 치닫고 있는 중이었다.

이런 경로로, 이런 과정으로도 그의 흥분이 이처럼 커질 수도 있다는 것은 그에게 완전히 새로운 발견이었다. 그는 조금 더 즐기고 싶었다. 그러나 그때,

"하하하! 운중신룡은 무슨? 그저 부친의 뒷배에 기대 헛된 이름을 얻은 철없는 어린 아해를 가지고!"

하는, 의도적으로 내력을 실어 그 소리가 멀리까지 퍼져 나가게 하는 하나의 외침을 듣는 순간, 염소천의 심정은 돌연히 격해졌다.

여전히 화는 아니었다. 차라리 조급증이었다. 그의 부친이 더 이상 참지 못할까 우려하는 조급증.

원지룡이야말로 이 자리에 있는 군중들 중에서 그를 가장 극적으로, 그리고 그를 가장 매력적인 주인공으로 만들어줄 수 있는 적임자였다. 그의 흥분을 더욱 극적인 것으로 격상시켜 줄 중간 도구가 될 최적의 인물인 것이다.

그리고 군웅들의 연호가 이처럼 거세어지고 그 흥분이 이런 지경에까지 이른 이상 상황은 이제, 원지룡 본인은 물론이고 무림맹주조차도 결코 발을 뺄 수 없게 되었다.

바로 그렇기에 지금이야말로 그가 나서야만 할 시기인 것이다. 자칫 실기하기 전에.

참지 못한 그의 부친이 다른 엉뚱한 자를 원지룡의 상대로 지목하기라도 한다면, 그로서는 그야말로 낭패가 아닐 수 없었다. 어쩌면 일평생 두고두고 아쉬워해야 할지도 모를 일이었다.

그런 생각에 염소천은 이윽고 더 이상 참을 수 없는 지경에 이르고 말았다.

그 자리에서 곧장 오 장여 허공 높이로 신형을 뽑아 올렸다가 깃털처럼 천천히 떨어져 내리며 염소천은 낭랑히 외쳤다.

"소생이 바로 부친의 뒷배를 이용해 헛된 이름을 얻은 운중신룡 염소천이오!"

그 한 가닥의 외침은 우렁차지 않고 차분했으나, 기이하도록 차고 맑은 울림으로 퍼져 나갔다.

순간 연무장을 가득 메운 군웅들의 와자한 소음이 일시에 잦아들었다.

3

염운백은 잠깐 당황하였으나 이내 못마땅한 얼굴이 되었다. 이어 그는 유 총수와 무광 진인을 향해 어색한 웃음으로 말했다.

"노부의 못난 자식 놈이올시다. 강호에서 나도는 무슨 삼대기재니, 운중신룡이니 하는 터무니없는 소리들을 듣고서 제놈이 정말 잘난 줄로 착각하고 있는 참으로 못난 놈이지요."

그러나 이어지는 염운백의 말은 못난 자식을 둔 부끄러움과는 사뭇 거리가 있어 보였다.

"그러나 저놈이 기왕에 저리 설치고 나섰으니, 허허허! 맹주께 부탁말씀을 드리지 않을 수 없게 되었군요. 방금 군웅들의 열렬한 연호도 있었으니 바로 그 무당의 젊은 영웅으로 하여금 못난 제 자식 놈의 턱 없는 자만을 꺾어주시기를, 세상이 얼마나 넓은지를 깨우쳐 주시기를 부탁드리겠습니다."

순간 무광 진인은 내심의 난감함을 금치 못하였다. 상황은 점점 더 예측불허로 진전되고 있었다. 그런 만큼 위험부담이 많을 수밖에 없었다.

원지룡을 내세우지 않을 수 없는 쪽으로 상황이 흘러가는 것에 대해서, 사실 좀 전까지 만해도 무광 진인은 내심,

'일이 이런 지경에 이르렀으니, 이번에 지룡이 나선다면 무벌 측에서도 적당히 균형을 맞추지 않을 수 없을 것이다.'

하고 염두를 굴렸었다.

어차피 이번 무림대회가 양쪽의 지나친 갈등을 일단 해소시키고자 하는 공동의 목적으로 개최된 것이 아니던가. 그런 터에 염운백이 끝내 무림맹 측의 군웅들을 격동시킬 이유는

없을 것이었다.

그런데 무벌 소벌주의 등장은 갑작스러운 변수가 되었다, 양쪽 모두에.

염운백이 좀 전에 보인 짧은 당황으로 보아 갑작스러운 것은 그에게도 마찬가지인 듯했다. 다만 짧은 순간 염운백은 다른 생각을 한 것 같았다.

무광 진인의 뇌리로 여러 가지 생각이 빠르게 교차했다. 염운백이 느닷없이 자신의 아들과 원지룡 간의 비무를 거론했다는 것은, 어쨌든 자신이 있다는 의미일 것이었다. 정말로 두 사람이 비무를 벌여서 만약 염소천이 패했을 때 그 결과가 무벌 전체에 끼칠 영향은, 지금 그 반대의 결과에 대해 무광 진인이 걱정하고 있는 것과 그리 다르지 않을 것이니 말이다.

그때 무광 진인은 비무대 아래 군웅들 사이에서 자신에게로 향하고 있는 익숙한 눈길 하나를 알아볼 수 있었다. 지금 단단한 결의로 빛나고 있는 그 눈길은 바로 원지룡의 것이었다.

무광 진인은 잠시 신중한 눈길을 주었다. 그러나 그는 곧 무겁게 고개를 끄덕일 수밖에 없었다.

4

원지룡은 천천히 걸어서 비무대 위로 올랐다. 여유있고 당당한 걸음걸이였다.

양측 군웅들의 모든 시선이 원지룡에로 집중되었다. 그러나 막상 염소천은 시선을 다른 곳으로 고정시켜 놓고 있었다. 노골적인 호감의 미소를 띠고서. 바로 유정에게로였다.

염소천은 참으로 수려한 용모였다. 반듯한 이마와 영기 넘치는 두 눈. 그리고 귀밑까지 쭉 뻗은 양 검미(劍眉)와 깎은 듯이 우뚝한 콧날. 그런 중에도 일자(一字)의 얇은 입술은 기재로서의 자부심과 냉철함을 동시에 풍기고 있었다.

그의 시선에 노출되어 있다는 것만으로도 얼굴과 전신에 뭔가가 끈적거리는 것만 같은 불쾌한 느낌. 그리고 수많은 시선들 사이에서도 그 시선만큼은 바로 구분이 될 듯한 특이한 이질감. 유정이 염소천에게서 받은 첫 느낌은 이상하게도 그런 것이었다.

그러나 그녀는 애써 담담한 표정을 흩뜨리지 않고 있었다. 굳이 시선을 피하고 싶지도 않았다.

염소천과 유정의 그런 교감(?)에 대해 윤파와 이강은 차가운 빛으로 염소천을 쏘아보았다. 선변은 오히려 유정에게 불쾌한 시선을 보냈고, 서활은 이채로운 빛으로 그들, 당금 천하에서 가장 유복하다고 세상의 부러움을 받는 두 남녀를 번갈아 쳐다보았다.

강산은 조금 멍한 느낌이었다. 사실은 조금 기분이 나빴다. 기분이 나쁜 이유가 딱히 있는 것은 아니었다.

운중신룡 염소천이라는 청년을 보고 있으면서 괜히 기분이 더러워지고 있는 것이었다.

그의 수려한 용모, 자부심에 가득 찬 미소, 그리고 냉철하고도 이지적인 눈빛 등등. 그의 훌륭하고 멋지고 뛰어난 모든 점들이 이상하게도 마음에 들지 않았다.

강산은 슬그머니 얼굴이 달아오르는 기분이었다. 유치하다는 생각, 나잇값을 못한다는 생각 때문일까?

원지룡은 상대를 향해 정중히 포권지례를 취한 다음 곧바로 검을 뽑아 검극을 바닥으로 향했다가 다시 천천히 중단세로 끌어올렸다. 정중하고도 절도있는 기수식이었다.

그의 검끝에서는 이내 한 가닥의 차가운 기세가 서렸고, 곧장 그의 몸 전체로 한 무리의 엄정한 기세가 일렁거렸다. 그대로 일대의 허공을 난자하고 말 것 같은 차갑고도 맑은 예기였다.

염소천은 비무의 당사자가 아니라 마치 구경을 하고 있는 사람 같았다. 검을 뽑기는커녕 아무런 대비도 없이 멀거니 지켜보고만 있었다.

그러고 보니 그의 허리춤에는 검이 걸려 있기는 하되, 기껏 반 팔 정도 길이의 단검이라, 그저 장식용에 불과해 보였다.

우우웅!

원지룡의 검이 나직한 울음을 토했다.

여전히 한가로이 지켜보고 있는 염소천을 대신해 군웅들이 긴장하여 술렁였다.

한순간 원지룡의 신형이 공간을 축약하며 앞으로 쭉 뻗어나갔다. 그러나 사실은 직선으로 나아간 것이 아니었고, 찰나지간 반보 간격으로 좌우를 여덟 번이나 교차하며 나아간 것이었다. 유운제종신법(提縱術)이었다.

와르릉!

은은한 뇌성(雷聲)이 일었다. 그리고 허공에는 한 무리의 푸른색 강기가 일어났다.

"풍뢰검(風雷劍)이다!"

비무대 바로 아래쪽에서 누군가 알아보고 외쳤다. 그러나 정확히는 태청풍뢰검(太淸風雷劍)이었다. 태을풍뢰진기(太乙風雷眞氣)가 기반이 된.

원지룡의 풍뢰만동(風雷萬動) 일 초식이 완전히 펼쳐지는 것을 보고서 무광 진인은 그제야 은근히 안도하는 표정이 되었다.

그러나 무광 진인은 곧바로 의혹을 떠올리지 않을 수 없었다. 흘깃 스쳐본 염운백의 표정, 그 표정에 서린 한 가닥의 느긋한 여유를 읽었기 때문이었다. 바로 그때 비무대 아래의 군웅들 사이에서 몇 마디의 경호성이 흘러나왔다.

"앗!"

"헛!"

원지룡의 검이 염소천의 양 손바닥 사이에 잡혀 있었다. 원지룡은 당황한 기색이었다.

그러나 원지룡은 결코 미숙하거나 경솔하지 않았다. 무공의 성취는 물론이거니와 부족하지 않을 만큼의 다양한 경험과 정신적인 성숙도를 갖추고 있는 것이다. 지금 원지룡의 당황은 의도적인 것에 불과했다. 촌각 후에 생길 불상사에 대한 약간의 명분을 미리 쌓기 위한.

이제 그가 간단히 검을 비틂에 따라 염소천의 양 손아귀는 무참하게 찢어질 것이다. 힘줄과 뼈가 모조리 끊어져서 다시 복원이 불가능하도록.

그럼으로써 염소천은 다시는 검을 잡을 수 없게 될 것이다. 또한 그럼으로써 무벌은 후계자를 잃을 것이다. 그리하여 새로운 후계자를 정하기 위해 꽤나 오랫동안 혼란을 겪을 것이고, 또한 막대한 비용과 노력을 재투자해야만 할 것이다.

그러나 결과적으로 그것은 원지룡의 오판이었다. 그는 너무 성급했거나 혹은 너무 많은 생각을 했다. 그가 막 검을 비틀려는 순간,

짜자자자작!

하는 격렬한 소리가 터져 나왔다. 귀가 아닌 그의 내부에서.

그것은 치열하고도 격렬한 내기(內氣)의 흐름이었다. 그러

나 원지룡 자신의 내력은 아니었다. 뭔가 낯설고도 기이한 힘 한줄기가 그의 내부로 파고들어 온 것이다.

원지룡의 내력은 깊고 두터웠지만 예측불가로 밀고, 끌어당기고, 튕기고, 비틀고, 미끄러지고, 파고드는 그 기이한 힘에 대해서는 도무지 어떻게 방어를 해야 할지 그야말로 속수무책이 될 수밖에 없었다.

그리고 그 기이한 힘이 마침내 그의 내부에서 거세게 휘돌며 강력한 역류를 일으키는 순간, 원지룡은 마치 비명과도 같이,

"타아앗!"

하고 크게 소리를 내지르며 전력을 다해 뒤로 신형을 튕겨냈다. 순간 첨예의 긴장으로 지켜보고 있던 군웅들의 환호가 폭죽처럼 터져 나왔다.

"와아아!"

"와아아아아!"

귓전에 와 부딪치는 먹먹한 함성을 들으면서 원지룡은 자꾸만 허물어 무너지려는 무릎에 억지로 힘을 주어 간신히 버티고 섰다.

특별히 내상을 입은 것은 아니었다. 그러나 원지룡은 다시 염소천을 향해 검을 겨눌 투지를 일으켜 내지는 못했다.

원지룡은 지금 빈손이었다. 검은 그의 수중에 있지 않고, 염소천의 양 손바닥 사이에 끼인 채로 있었다. 검사로서 검을

버리고, 아니, 숫제 상대에게 넘겨주고서 몸만 빼 나온 것이다.

무모했던 것은 염소천이 아니라, 바로 원지룡 자신이었다. 염소천의 무모한 만용에 대해 그것을 자신의 유리함으로 취할 욕심부터 부리는 것이 아니었다. 그 이전에, 염소천의 그런 무모함이 다만 만용에 의해서가 아니라 어떤 이유가 있을 것이라는 점을 한 번쯤은 당연히 생각해 보아야만 했었다. 혹은 기왕에 욕심을 부렸더라도 너무 완벽한 이득을 취할 욕심까지는 부리지 말았어야 했다.

원지룡의 뇌리에 후회와 자책이 거대한 소용돌이처럼 맴돌 때였다.

텅!

비무대 바닥으로 한 자루의 검이 떨어지는 소리가 문득 원지룡을 경각시켰다. 그리고 그 익숙한 검신 위로 올려지는 가죽신의 발 하나.

순간 사방의 군웅들에게서는 탄식과 환호가 뒤섞였다.

"아아!"

"와아아아!"

원지룡의 얼굴에서 핏기가 사라졌다. 그러나 그는 이내 꼿꼿하게 섰다. 그리고 단상을 향해 포권하여 예를 갖추었다. 그 모습에 군웅들은 일시 조용해졌다.

원지룡은 천천히 걸어서 비무대를 내려갔다. 염소천의 발

아래에 짓밟힌 자신의 검을 그대로 둔 채로.

염소천은 태연했다, 마치 아무 일도 없었다는 듯이. 그는 다시 엷은 미소를 떠올렸다, 유정을 향해.

5

무벌주는 미미하게 미간을 찌푸리고 있었다. 염소천이 굳이 쓰지 않아도 좋았을 상황에서 칠절마벽(七絶魔壁)까지 시전한 것은 너무 지나쳤다.

비록 그것이 초식의 형태가 아니라 신공(神功)이기에 바깥으로 드러나는 것은 아니지만, 그러나 이 자리에 모인 고수들, 특히 신주십삼존의 반열에 드는 화경의 고수들이라면 그 허실에 대해 나름대로 파악하는 바가 없지 않았을 것이다. 물론 그렇다고 해서, 근래에 들어서야 겨우 궁극의 완성을 본 칠절마벽에 대한 염운백의 자부심으로 그런 정도를 우려하는 것은 결코 아니었지만.

염소천이 누구도 예상하지 못한 기초(奇招)로 단숨에 원지룡을 제압한 것은 결코 나무랄 일이 아니었다. 오히려 그런 상황에서 기발한 기지를 발휘할 수 있었던 대범함과 냉철함, 그리고 기민성에 대해서는 칭찬을 해야 할 일이다.

그러나 염소천의 오만방자함은 그의 승리를 오히려 빛바래게 만들었다. 하지 않아도 되었을, 아니, 하지 않았어야 할 행동을 했다.

상대의 검을 밟았다는 것은 상대를, 나아가 무당파와 무림맹 전체를 조롱하고 모욕한 것이다. 상대를 꺾는 것과 치욕을 주는 것은 다르다. 당장에는 통쾌할지 모르나, 조만간 반드시 그것에 대한 역작용이 있게 마련이었다. 어떤 식으로든.

최소한 무당파를 중심으로 한 무림맹의 결속은 오늘의 치욕을 계기로 더욱 강화될 것이다. 지금 빠르게 당황과 노기를 추스르고 있는 무광 진인의 심중에도 아마 그런 계산이 빠르게 이루어지고 있는 것이리라.

그러나 염운백이 가장 못마땅하게 여기는 것은 따로 있었다.

'놈의 고질이 다시금 발동하였구나!'

처음에 무광 진인은 어이없는 제자의 패배에 대해 분노하기보다는 차라리 절망하였다.

군웅들의 걷잡을 수 없는 실망과 허탈감과 분노가 올올이 그에게로 전해졌다. 그것은 곧 무림맹의 결속력의 약화로 이어질 것이다.

무림맹이 무력의 분명한 비교 열세에도 불구하고 지금껏 무벌과 더불어 천하를 양분해 올 수 있었던 것은, 구파일방뿐만 아니라 천하 정도의 광범위한 지지를 얻고 있는 덕분이었다.

그런데 오늘 전혀 예상하지 못했던 이 뜻밖의 사태들은 무림맹이 정도의 신뢰와 지지를 잃어버리는 커다란 계기로 작용할 것이 분명했다. 그로 인해 최악의 경우 무림맹은 말 그대로 구파일방의 연합체로만 고립되어 버릴지도 몰랐다.

문득 등줄기로 흐르는 한줄기 식은땀의 차가운 느낌에 무광 진인은 흠칫 어깨를 떨었다. 절망에 빠져 있을 때는 아니었다. 절망 중에서도 어떤 형태로든 희망의 싹은 있게 마련이고, 악재들 속에서도 긍정적인 부분이 아주 없을 수는 없는 것이 세상사의 이치가 아니던가. 무광 진인은 차분하게 군웅들을 돌아보았다.

무벌 측 군웅들은 가라앉지 않은 흥분으로 여전히 들떠 있었다. 무림맹 측의 군웅들에게서는 서서히, 아주 서서히 변화가 보이고 있었다. 실망과 탄식에서 가라앉은 분노로.

무광 진인은 새삼스럽게 실감해 볼 수 있었다. 군웅들의 분노가 무엇 때문인지, 어디로 향하고 있는지.

그랬다. 군웅들의 분노는 패자가 아닌 승자에게로 향하고 있었다. 패배를 인정하고, 또한 수치와 조롱까지를 묵묵히 감내하며 비무대를 내려가는 패자에게 끝끝내 오만함으로 일관했던 승자에게로. 염소천에게로.

무광 진인의 시선에 언뜻 한 사람의 모습이 들어왔다. 단상 좌측 바로 아래의 구석 자리였기에 지금껏 보지 못했던 인물. 바로 이강이었다.

순간 무광 진인의 마음속으로는 미처 의도하지 않았던 어떤 기대 하나가 설핏 떠올랐다.

6

염소천은 유정에게 미소를 보내던 중에 언뜻 그녀의 가까이에서 유난히 자신을 주시하고 있는 시선 하나를 발견하였다. 그런데 그 시선은 그저 주시하는 정도가 아니었다. 뚜렷한 적의를 담고서 쏘아보는 눈길이었다.

그 약관의 청년이 선변이라는 것을 염소천이 알 리 없었으니, 선변이 왜 그런 적개심을 담고서 자신을 쏘아보는지에 대해 알 리는 더욱이 없는 일이었다.

그러나 염소천은 기분이 나쁘거나 화가 나는 대신에 순간적으로 강한 호기심을 느꼈다. 그리고 그는 이내 선변이 감추고 있는 비밀 한 가지를 알아차릴 수 있었다. 그만이 가진 아주 특별한 직감력으로.

'호? 그렇단 말이지?'

순간 염소천의 호기심은 곧장 흥분으로 치닫고 말았다. 그 흥분은 아주 강력해서 유정에 대한 그의 관심을 아주 잠깐이나마 망각하게 만들었을 정도였다.

이강의 가슴속에서 돌연 거센 불길 하나가 치솟았다. 염소천의 눈빛이 희미하게 웃는 것을 보고, 그것이 희롱이며, 또 누구에게 보내는 추파란 걸 직감적으로 알아채는 순간이었다.

유정에게가 아니었다. 만약 그랬다면 이강이 기왕에 염소천에 대해 느끼고 있던 멸시의 느낌이 더욱 깊어졌을지언정, 지금과 같이 활활 타오르는 적개심을 느끼지는 않았을 것이다.

바로 선변을 향한 눈짓이었다.

'왜? 그가 왜 선변에게?'

그런 당연한 의문을 가져 볼 이성이 지금 이강에게는 없었다. 한순간 그냥 무조건적인 분노에 휩싸였을 뿐.

그때 염소천의 한쪽 눈이 찡긋하였다. 사뭇 선정적이며 노골적인 끈적임으로.

이강은 이윽고 우뚝 버티고 섰다. 곧게 쭉 편 허리, 활짝 열어젖힌 어깨, 그리고 힘 준 두 다리로. 그리고 온몸으로 염소천과 마주하였다.

주위에 수많은 군중들이 있었고, 그들이 내는 소음들로 소란하였지만, 이강은 지금 염소천과 마주하는 것에 그의 모든 것을 집중하고 있었다. 그것은 무형의 기세였다. 다른 사람들은 느낄 수 없되, 그 기세의 지향점이 되는 대상은 즉시로 느낄 수밖에 없는.

염소천은 언뜻 흥분을 가라앉혔다. 아니, 그 극점을 유지한 채로 잠시 눌러놓았다. 그리고 천천히 자신에게 묘한 기세를 보내온 상대에게로 시선을 옮겼다.

염소천의 시선이 차분하게 한곳으로 고정되었다는 사실만으로도 군웅들의 주의는 금세 집중되었다. 그리고 차가운 분노로 염소천과 시선을 격돌시키고 있는 이강의 모습에서, 군웅들은 그 두 사람이 지금 일종의 대치 상태에 들어가 있다는 사실을 익히 짐작할 수 있었다.

어떤 이유인지는 몰라도, 그리고 어떠한 이유에서도 두 사람 사이의 그러한 대치는 결코 수긍이 되지 않았지만, 그것은 분명 도전이었다. 운중신룡 염소천을 향한 무명 약관 청년의 턱없는 도전.

「잡조행」 3권 끝

저작권 보호!!
장르문학의 성장에 힘이 되어주십시오.

저작물의 무단 전재와 복제, 불법 다운로드! 이것은 관심이 아니라 무관심입니다!

작가님들은 창의적 열정과 시간을 투자해 자신의 꿈과 생계를 유지합니다.
한 권의 책을 만들어 많은 사람들은 자신의 인생과 미래를 설계합니다.

저작물 속에는 여러 사람의 노력과 희망이 담겨 있습니다!

저작물의 무단 전재와 복제, 불법 다운로드는 여러 사람들의 꿈과 생계를
위협함으로써 장르문학을 심각한 상황에 빠뜨리고 있습니다.

이제는 무관심이 아니라 관심으로 장르문학의 성장에 힘이 되어주세요.

[도서출판 **청어람**은 항시적인 저작권 보호를 통해 장르문학과
여러분의 희망을 지키겠습니다.]

도서출판
청어람

은하의 계곡

무천향

武天鄉

허담 新무협 판타지 소설

뿌리를 찾아가는 목동 파소의 여행.
그 여정의 끝에서
검 든 자들의 고향 대무천향(大武天鄉)을 만난다.

검객 단보, 그는 노래했다.

…모든 검 든 자들의 고향 무천향.
한 초식의 검에 잠든 용이 깨어나고, 또 한 초식의 검에 잠든 바다가 일어나네.
검의 흐름을 따라가다 보면 어느새, 세월도 잊어버리고, 사랑도 잊어버리고,
무공도 잊어버려…….
결국에는 자신조차 잊어버리는…….

은하의 가장 밝은 빛이 되어버린다는
그 무성(武星)들의 대지(大地).

아, 대무천향(大武天鄉)이여!

유행이 아닌 자유추구 -
WWW.chungeoram.com
Book Publishing CHUNGEORAM

閻王眞武
염왕진무

김석진 新무협 판타지 소설

"그, 그럼 어디서 오셨습니까?"
무심하게 고개를 돌리며 진무가 속삭이듯 말했다.

……지옥에서.

인간이라면 절대 익힐 수 없다는 강호삼대불가득!
그것에 얽힌 비사를 풀기 위해 그가 강호로 나섰다!
피처럼 붉은 무적의 강기, 혼돈혈애를 전신에 두르고
수라격체술과 염왕보로 천하를 질타하는 쾌남아, 진무!
염왕의 진실한 무학을 발현하여 무림삼패세와 고금십대천병을
이겨내고 속세의 악업을 심판하는 진정한 염왕이 되어라!

이제 강호는 진무의
일거수일투족에 열광한다!

유행이 아닌 자유추구 -
WWW.chungeoram.com

Book Publishing CHUNGEORAM

신일룡
新무협 판타지 소설

풍신유사

**태초에 우주를 구성하는
세 개의 기운이 있었다.**

그것은 빛[光], 땅[地], 그리고 물[水]이었다.
이것들이 서로 조화되어 만휘군상(萬彙群象)을 이루었다.
그리고 이들 사이에서 또 하나의 기운이 탄생했으니,

그것은 바로 바람[風]이었다.

'풍령문' 제삼십구대 전인 관우.
제세(濟世)의 사명을 위한 길이 그의 앞에 펼쳐졌다.

"사람이 어찌 하늘의 뜻을 다 알 수 있을꼬?"

바람에 미쳐 바람이 된 자.
사람이되 신이 되어버린 자.
하늘의 뜻을 좇아 하늘을 거역한 자.

이것은 그에 관한 '남겨진 이야기[遺事]' 다.

유행이 아닌 자유추구 -
WWW.chungeoram.com
Book Publishing CHUNGEORAM

絶代君臨

절대군림

장영훈 新무협 판타지 소설

문피아 골든베스트 1위, 선호작 베스트 1위

「표표무적」, 「일도양단」, 「마도쟁패」에 이은 장영훈의 네 번째 강호이야기.

절대군림

"왜 나를 선택했지?"
"당신은 좋은 어른이니까."

호북 제패를 시작으로 적이건의 강호 제패가 시작된다.

"비록 아버지의 강호가 옳다 해도, 난 어머니의 강호에서 살 거야.
아버지의 강호는 너무… 고리타분하거든."

왼손에는 군자검을, 오른손에는 지옥도를 든 천하제일 과일상 행운유수의 장남 적이건.
그의 유쾌하고 신나는 강호제패기

"문파를 세울 거야. 이 강호에서 가장 강하고 멋진."